FOLIO BIOGRAPHIES

collection dirigée par

GÉRARD DE CORTANZE

James Dean

par

Jean-Philippe Guerand

Gallimard

Crédits photographiques

1. Corbis. 2, 3, 4, 8, 10, 15 : Kobal Collection. 5, 11, 12, 13, 14 : Dennis Stock / Magnum. 6, 7, 9 : Rue des Archives. 16 : Cat's / Corbis.

Journaliste de cinéma, Jean-Philippe Guerand a été membre de la rédaction de *Première, Jardin des Modes, Le Film français et Télé-Ciné-Obs*, et responsable des rubriques cinéma et vidéo-DVD à *Epok*. Il a publié *Woody Allen* (Payot, 1989) et *Cyril Collard, la passion* (en collaboration avec M. Moriconi), aux éditions Ramsay (1993). Chroniqueur gastronomique, entre 1993 et 1997, pour *Le Petit Guide Lebey* et *Le Guide des restaurants*, il a récemment collaboré à *La mort et l'immortalité*, encyclopédie publiée aux éditions Bayard.

À Marion, Simon et Charles

auxquels James Dean a enlevé leur papa pendant six mois, mais qui leur a permis de le retrouver presque tous les jours au retour de l'école.

À Loulou

qui a été patiente, confiante, encourageante et stimulante, lorsqu'un doute insidieux s'installait...

Un esprit sain dans un corps sain

Les grandes personnes ne comprennent jamais rien toutes seules, et c'est fatigant, pour les enfants, de toujours et toujours leur donner des explications.

Le Petit Prince,
ANTOINE DE SAINT-EXUPÉRY

C'est le 10 février 1831, presque un siècle jour pour jour avant la naissance de James Dean, que le comté de Grant hérite du nom de Samuel et Moses Grant, deux héros de la guerre d'Indépendance originaires du Kentucky, tombés sous les flèches indiennes en 1789. Une dizaine d'années plus tôt, la petite ville de Marion, qui n'était pas encore devenue chef-lieu, héritait pour sa part du patronyme glorieux de Francis Marion, un général de la Révolution américaine. La bourgade a poussé sur un territoire de vingt-quatre hectares offert par deux généreux donateurs sur la rive gauche du fleuve Mississinewa que les Indiens Miami, en provenance du sud du lac Michigan, ont baptisé ainsi pour célébrer ses « eaux riantes ». Dix-neuf ans plus tôt, une terrible bataille s'est pourtant déroulée onze kilomètres en aval, qui a opposé les troupes américaines à des tribus établies là depuis des lustres. La blessure a mis longtemps à cicatriser mais les pionniers venus en nombre peupler Marion vivent désormais en parfaite harmonie avec leurs voisins, regroupés dans l'une des dernières réserves du pays.

UNE UNION SUR FOND DE GRANDE DÉPRESSION

D'origine indienne par sa grand-mère maternelle, Mildred Marie Wilson a souvent entendu raconter cette histoire imprimée dans sa chair et surtout dans son sang mêlé. Cette fille brune, petite mais boulotte, aux pommettes hautes, aux yeux enfoncés et au sourire mélancolique, voit le jour le 15 septembre 1910 dans une famille de fermiers méthodistes très modeste qui décide, peu de temps après sa naissance, d'émigrer vers un eldorado éloigné de huit kilomètres et connu sous le nom évocateur de Gas City. Il s'agit d'une ville-champignon de quelques milliers d'âmes qui a perdu son appellation initiale de Harrisburg en 1887, à la faveur de la découverte d'un gisement de gaz naturel miraculeux dont des promoteurs un peu trop optimistes ont décrété qu'il assurerait à jamais la fortune de la bourgade… avant de se tarir prématurément à la veille de la Première Guerre mondiale.

Ainsi que beaucoup de jeunes filles de sa génération et de son milieu, Mildred se voit contrainte d'abandonner tôt ses études afin d'apporter sa contribution à la vie de la maisonnée. Tout en travaillant comme serveuse et comme ouvrière en usine, elle ressent un besoin irrépressible de rêver pour échapper à la grisaille d'une existence déjà tracée. Pendant que les autres se réunissent autour de la TSF afin d'écouter les programmes radiophoniques, elle se passionne pour la littérature, avec une nette prédilection pour la poésie anglaise, et va au cinéma trois soirs par semaine.

En janvier 1929, Mildred perd sa mère, Minnie, emportée par un cancer à l'âge de quarante-six ans ; le 25 décembre suivant, elle apprend de la bouche de son père, John, qu'il a décidé de se remarier avec une veuve. Entre-temps, le 24 octobre, le Jeudi noir de Wall Street entraîne une crise économique sans précédent qui provoque faillites et misère en jetant des centaines de milliers de personnes sur les routes. Au plus fort de la Grande Dépression, un Américain sur quatre pointe au chômage. C'est ainsi qu'en mars de l'année suivante, Mildred, à dix-neuf ans, quitte le foyer familial et retourne s'installer à Marion où elle est engagée comme employée de bureau grâce à la Commission d'aide aux chômeurs qu'a instituée l'Assemblée générale de l'Indiana en faveur des femmes célibataires, au lendemain de la crise de 1929.

Un jour d'avril, dans un parc, alors qu'elle est en train de lire tranquillement sur un banc à l'ombre d'un marronnier, Mildred est abordée par un jeune inconnu du nom de Winton R. Dean. Ce blond aux yeux bleus né le 17 janvier 1907 à Fairmount est le fils d'un vétéran de la Première Guerre mondiale et d'une infirmière bénévole de l'hôpital de Marion. Il confectionne toutes sortes de moulages au sein du laboratoire dentaire du dispensaire médical du Bureau des Anciens Combattants de cette petite ville située à soixante-dix kilomètres au nord d'Indianapolis. Mécanicien-dentiste intelligent et tranquille, mais peu ambitieux et dénué d'humour, il a tout de même déposé le brevet d'une prothèse à l'Académie des sciences de l'État. Séduite par la haute stature de ce jeune homme plutôt réservé qui semble lui promettre un avenir rassurant, Mildred se rend compte qu'elle est enceinte de lui sans avoir eu le temps de se demander si elle en est vraiment tombée amoureuse.

LORSQUE L'ENFANT PARAÎT

Le bébé joufflu de 4,350 kg auquel elle donne naissance le dimanche 8 février 1931 à deux heures huit du matin, à son domicile de Green Gables Apartments, un ensemble résidentiel de Marion sis 320 Quatrième Rue Est, à l'intersection de McClure Street, a été conçu en dehors des liens sacrés du mariage. En effet, sa maman n'a convolé en justes noces avec son compagnon que le 26 juillet 1930, alors qu'elle était enceinte de trois mois. Afin d'éviter le qu'en-dira-t-on, le couple falsifie d'une année son certificat de mariage.

Le petit garçon hérite des prénoms de deux collègues de son père : James Emmick et Byron Feist. Dans le cas de ce dernier, la référence involontaire au poète britannique Lord Byron n'est pas pour déplaire à Mildred qui y voit un hommage aux romantiques. Une façon comme une autre d'inciter les muses à se pencher sur le berceau du nouveau-né. D'autant plus que son gynécologue l'a avertie que toute grossesse ultérieure pourrait se révéler fatale pour sa santé. Dès lors, Mildred élève son fils avec l'idée de faire de lui l'artiste qu'elle n'a jamais pu devenir. Rien n'est trop beau pour le petit Jimmy qu'elle inscrit dès l'âge de trois ans au cours de claquettes du College of Dance and Theatrical Arts de Marion où sa cousine germaine Joan Winslow, de quatre ans son aînée, apprend quant à elle les rudiments de la valse… chaussée de sabots de bois. Les deux enfants ont même l'occasion de se produire sur scène sous la houlette de leur professeur, Zina Glady Pitsor, qui s'extasie sur « le sourire éclatant et le jeu de jambes [1] » du petit garçon.

Pendant les cinq premières années de la vie de James, la famille Dean déménage cinq fois. Le 5 juillet 1933, elle s'installe à Fairmount, où vit la famille de Winton. Deux ans plus tard, celui-ci obtient sa mutation à l'hôpital Sawtelle de Santa Monica, en tant que pupille de la nation, chape-

1. *James Dean : The Biography*, Val Holley, St Martin's Griffin, 1995.

ronné par l'influent Bureau des Anciens Combattants, ce qui implique théoriquement une nette amélioration du train de vie familial. Le 7 juin 1935, James et ses parents émigrent donc vers la Californie. Mais ils déchantent assez vite : une fois acquittés le loyer de leur bungalow meublé de cinq pièces et les mensualités de leur voiture, une Packard 32, ils ont toujours autant de mal à joindre les deux bouts et Mildred doit reprendre un emploi de femme de ménage à mi-temps à l'hôpital local. Winton est régulièrement absent et accomplit de nombreuses heures supplémentaires afin d'arrondir ses fins de mois. James dira d'ailleurs de lui plus tard qu'il était particulièrement doué de ses mains. Le soir, il arrive fréquemment à ce père de famille tranquille d'aller boire ou jouer aux cartes avec ses copains. Il parie aussi sur les courses hippiques de temps à autre, mais on ne lui connaît pas d'autre vice caché.

MÈRE ET FILS

Mildred, qui possède quelques notions de piano, consent à des sacrifices pour que son petit garçon puisse suivre des cours de violon, un instrument coûteux qu'elle avait toujours rêvé de posséder enfant. Elle se plaît à déclamer des poèmes ou à poser des devinettes à son fils unique, auquel elle a enseigné toute seule à lire et à écrire. Néanmoins, au cours de l'été 1937, James est admis à l'école primaire de Brentwood. Étonnamment douée pour les imitations, Mildred invente régulièrement à l'intention de son fils et ses petits camarades des spectacles de marionnettes dans le jardin à l'aide du théâtre en trompe l'œil et des poupées de chiffon qu'ils ont confectionnés ensemble. L'une d'entre elles est baptisée Calamity Jane, du nom de l'héroïne du premier film que James a vu avec Mildred : *Une aventure de Buffalo Bill*, un western de Cecil B. de Mille dans lequel l'héroïque Wild Bill Hicock est campé par Gary Cooper. Cette complicité de tous les instants instaure un rapport fusionnel entre la mère et le fils. Elle l'emmène souvent dans les salles obscures où il leur arrive même de découvrir des films européens, ce qui témoigne d'une ouverture d'esprit peu banale pour l'époque, surtout en plein cœur de l'Amérique profonde. Un après-midi, elle accepte l'invitation d'un voisin en quête d'une aventure et le rejoint au cinéma... en compagnie de James, sans avoir réalisé les véritables intentions de ce séducteur.

Malgré plusieurs déménagements, Mildred ne se plaît décidément pas en Californie, tant l'hiver et l'été s'y confondent dans une douceur artificielle qui ignore les variations climatiques auxquelles l'a habituée sa vie dans l'Indiana. Elle souffre du mal du pays et envoie toutes les semaines des photos de James à ses beaux-parents et à ses sœurs en leur donnant des nouvelles. Début 1938, physiquement épuisée par une tâche harassante, elle quitte son emploi pour se consacrer exclusivement à l'éducation de son fils qui se révèle alors d'une nature chétive, souffre fréquemment de saignements de nez et voit son épiderme se couvrir régulièrement de rougeurs suspectes. Bien que les médecins se révèlent impuissants à diagnostiquer l'affection véritable dont il est atteint, il semble que les hématomes inquiétants dont est couvert le petit James soient le fait de violentes crises de saturnisme et non la marque de violences familiales. Mildred insiste pour que les murs de tous les logements dans lesquels la famille emménage successivement resplendissent de couleurs vives. Or, à l'époque, la peinture contient du plomb, métal dont on ignore encore les effets néfastes sur l'organisme.

À BOUT DE SOUFFLE

Une fatigue inexplicable la terrassant en permanence, Mildred passe désormais le plus clair de ses après-midi au lit à se reposer. Elle s'assoupit fréquemment pendant que James lui fait la lecture. Lorsqu'elle consulte son généraliste, celui-ci diagnostique un simple surmenage et lui prescrit donc une médication inadéquate. Inquiet de l'état d'affaiblissement général de sa patiente qui a beaucoup maigri en quelques mois, le médecin impose à Mildred une séance de rayons X et un examen approfondi. Afin de pouvoir assumer le coût de ces lourdes dépenses imprévues, Winton doit vendre sa voiture, puis la plupart de ses meubles, mais aussi solliciter de son employeur une avance sur ses congés payés et recourir à un emprunt auprès de sa compagnie d'assurances. Las, le verdict est sans appel : Mildred est atteinte d'un cancer de l'utérus en phase terminale. On lui fait néanmoins subir un traitement au radium et une opération de la dernière chance qui ne font qu'accroître le surendettement déjà abyssal du couple. Un soir, le diagnostic tombe : il ne reste plus à Mildred que six à huit semaines à vivre... Au printemps 1940, désespéré, Winton, qui a remué ciel et terre pour sauver sa femme, décide de faire venir auprès d'eux sa mère, Emma Wooler Dean, afin qu'elle prenne soin de James qui est passé de l'école communale de Brentwood à celle de McKinley. Les deux sœurs de Mildred effectuent également le voyage pour lui rendre visite, contrairement à son père qui lui garde rancune d'avoir quitté le foyer familial.

Tous les soirs, Winton et James se rendent au chevet de la malade en empruntant les transports en commun, parcourant un trajet long et épuisant qui prend parfois des allures de chemin de croix. Mildred meurt finalement dans d'atroces souffrances à l'âge de vingt-neuf ans, le dimanche 14 juillet 1940, laissant seuls les deux hommes de sa vie. Winton est criblé de dettes, au point que ses modestes moyens ne lui permettent même pas de se rendre aux obsèques de son épouse, célébrées au Grant Memorial Park de Marion, aux frais de la seule famille de Mildred. Son fils Jimmy, neuf ans, rentre en train à Fairmount avec sa grand-mère

Emma, dans la voiture mitoyenne du wagon mortuaire. Sur le quai de la gare de Los Angeles, le 20 juillet, la séparation entre le père et son fils s'avère particulièrement glaciale : sa grand-mère racontera d'ailleurs qu'« au lieu de s'étreindre, ils se sont contentés de se serrer la main comme deux boxeurs avant un combat ».

RETOUR VERS L'INDIANA

Après cinq jours d'un voyage au cours duquel il n'a cessé de faire la navette entre son compartiment et celui où repose le cercueil de la défunte, le petit garçon conduit sa mère en terre dans le caveau familial où il insiste pour enfouir aussi le violon en bois des îles qu'elle lui a offert en septembre de l'année précédente. Mais il garde sur lui une boucle des cheveux noirs de Mildred que son père l'a autorisé à couper. De cette mise à l'épreuve cruelle qui se révélera fondatrice d'un nouveau James, plus secret et plus ombrageux, il confessera un jour :

> Quand ma mère est morte, j'ai eu l'impression d'avoir été poussé du sommet d'une falaise. Je me suis retrouvé tout seul dans un espace vide, sans tomber, juste suspendu en l'air [1].

1. *Dizzy and Jimmy : My Life with James Dean, a Love Story,* Liz Sheridan, Regan Books, 2000.

Comme l'a décidé le conseil de famille réuni à la demande de son père, James se voit confié à la garde de la sœur aînée de Winton, Ortense, trente-neuf ans, et de son mari, Marcus, quarante ans, lointain descendant d'un couple d'immigrés arrivés à bord du mythique *Mayflower*. Ils vivent avec leur fille unique, Joan, âgée de treize ans, qui s'empresse de prêter son vélo à son cousin. La famille Winslow possède depuis 1904 une bâtisse blanche de quatorze pièces dominant une exploitation agricole de cent soixante-dix-huit hectares que leur aïeul Joseph a fait édifier en 1830 dans ce qui n'était alors qu'un faubourg du comté de Grant. Leur maison, qui fut la première de Fairmount, au nord de la ville, James la connaît bien pour y avoir déjà vécu quelques mois en compagnie de ses parents, au plus fort de la Grande Dépression.

Contrairement à la promesse solennelle qu'il lui avait faite en l'abandonnant aux bons soins de sa grand-mère sur le quai de la gare, Winton ne reviendra jamais à Fairmount rechercher son fils, même lorsque ses dettes seront apurées, se contentant de lui rendre visite une fois tous les semestres, comme pour accomplir son devoir minimum à l'égard d'un étranger dont le sépare désormais un fossé qui ne cessera de se creuser jusqu'à devenir un abîme d'incompréhension. Au fil du temps, James et son père auront de moins en moins de choses à se dire. Elia Kazan dressera d'ailleurs plus tard de Winton un portrait sans aménité : « Cet homme n'avait aucun signe particulier et ne produisait aucune impression. Il ne se distinguait en rien [1]. »

Blessée dans son honneur par le désastre de Pearl Harbor, l'Amérique entre en guerre en mobilisant douze à treize millions d'individus, qui absorberont définitivement les huit millions de chômeurs encore dénombrés en 1940. Winton Dean se retrouve mobilisé dans le corps sanitaire de l'armée américaine. Définitivement séparé de son père, James continue à s'en vouloir de la mort de sa mère et répète inlassablement : « J'ai dû me comporter mal avec elle pour qu'elle m'abandonne. » En classe, il lui arrive d'éclater soudainement en sanglots. Sa mélancolie est telle que le médecin de la famille Winslow préconise de lui fournir des dérivatifs. Ortense lui offre un tambour sur lequel il se défoule, tandis que Marcus se plie en quatre pour rendre agréable l'existence de ce neveu qu'il considère désormais comme son fils. C'est ainsi qu'il installe à son intention des projecteurs pour lui permettre de patiner sur la glace de l'étang gelé, l'hiver à la tombée de la nuit. L'été, l'étendue d'eau fait une piscine fort acceptable où James et sa cousine s'entraînent avec leurs camarades de classe.

1. *Une vie*, Elia Kazan, Éditions Grasset, 1989.

Dans les années quarante, les machines agricoles n'existent pas encore. Il faudra attendre 1952 pour que les industriels se livrent une concurrence acharnée dans ce domaine. Chez les Winslow, tous les bras sont requis pour vaquer aux travaux des champs. James apprend donc à conduire le tracteur, à prendre soin du bétail et de la volaille. La vie en plein air dont il apprécie les espaces infinis de liberté lui inculque un attachement tout particulier à l'égard des animaux auxquels il aime prodiguer des soins. Pour son dixième anniversaire, son oncle lui offre même un poney dont il est chargé de s'occuper. Une fois, il réclame un taurillon de Guernesey qu'il élève et grâce auquel il remporte le premier prix du comice agricole local. À une autre occasion, à la foire de septembre de Marion, il présente un taureau Brahma, l'une de ces bêtes de près d'une tonne que les cavaliers montent dans les rodéos. Le reste du temps, note l'un de ses biographes, « quand il n'était pas à la ferme, on le trouvait à l'atelier où Mervin Carter réparait les bicyclettes ou en train de construire un kart chez son copain Whitey Rust[1] ».

En juin 1945, Ortense Winslow donne le jour à un garçon, Marcus Junior, que James n'appellera jamais que Markie. Alors que l'adolescence le pousse à tous les excès (il lui arrive de passer des

1. *James Dean, l'homme, l'acteur, la légende*, Barney Hoskins, Gremese, 1994.

nuits entières à jouer du tambour de Bali ou à aller déclamer des poèmes à l'adresse de la lune), ce petit intrus menace d'altérer par sa présence envahissante le rapport filial exclusif que James a établi avec son oncle au fil des ans. Mais il ne s'agit là ni plus ni moins que de la réaction naturelle d'un enfant unique contraint de partager l'affection de ses parents avec un nouveau-né. Toutefois, passé ce violent sentiment d'abandon, leur grande différence d'âge, quatorze ans, l'incite rapidement à veiller sur Markie avec la tendresse bienveillante d'un véritable frère aîné.

UN SPORTIF ACCOMPLI

À l'école, James se révèle plutôt bon élève et, l'exercice et la vie campagnarde aidant, il excelle dans la plupart des disciplines sportives. Il prétendra même plus tard avoir battu le record de saut à la perche du comté de Grant (à quinze ans, et alors qu'il ne mesurait qu'un mètre cinquante !), s'arrogeant par pure forfanterie une performance à mettre en réalité au crédit de son oncle Marcus, lui-même ancien champion régional dans cette discipline. Il occupe la position de pivot dans l'équipe de basket des Quakers du lycée de Fairmount qui écrase littéralement celle de St.-Paul en finale du championnat interscolaire de 1948, ses dix-sept points marqués lui valant le titre de meilleur marqueur du match. Sportif accompli, il se débrouille par ailleurs plutôt bien au base-ball, en équitation et au hockey sur glace. James Dean fait partie de ces élèves qui réussissent systématiquement à dépasser leur maître. Comme le jour mémorable où le père d'un copain l'initie au tir au pistolet et où il réussit d'entrée de jeu un sans-faute, en reproduisant à l'identique le mouvement qu'il a observé avec attention.

Épris de vitesse, James convainc son oncle de lui acheter pour ses seize ans un vélomoteur de la marque tchèque Whizzer chez Mervin Carter, le marchand de cycles local. Marcus a pris soin d'aménager un gymnase dans l'une des multiples dépendances de la ferme afin que son neveu puisse s'y entraîner et améliorer ses performances prometteuses qui lui vaudront d'ailleurs la médaille du meilleur athlète de son lycée. C'est dans cette grange où se réunissent tous les week-ends les meilleurs joueurs de basket du comté qu'un jour, suspendu à un trapèze pour impressionner une petite copine, James percute de plein fouet un pan de bois et se casse les deux incisives frontales supérieures en essayant d'exécuter imprudemment une cascade que lui a enseignée son oncle. Son père lui confectionne un bridge qu'il conservera toute sa vie. Atteint d'une très forte myopie, James doit aussi porter en permanence des lunettes dont certaines sont teintées. La légende affirme qu'il en brisera une quinzaine de paires au cours de ses multiples activités sportives. Non pas dans le feu de l'action, mais en les jetant lui-même à terre afin de protester contre une erreur d'arbitrage ou une expulsion jugée injuste. Par la suite, à dix-huit ans, appelé à accomplir ses obligations militaires, il se verra exempté de service actif avec la mention suivante : « Myopie despotique pouvant entraîner des troubles de la pensée et de la mémoire[1]. »

PREMIER MENTOR

Inquiète de voir son neveu traverser des phases de profonde dépression, Ortense le recommande au révérend James de Weerd, pasteur de l'église baptiste locale installé à Fairmount depuis 1931. Devenu en quelque sorte son père spirituel, celui-ci noue avec James Dean une relation intense, sans doute empreinte d'une connotation homosexuelle, l'adolescent n'entretenant plus que des contacts sporadiques avec son père remarié en Californie. Personnage controversé dont certaines de ses ouailles stigmatisent l'attrait plus prononcé que de raison à l'égard des biens terrestres, de Weerd exerce une influence déterminante sur la jeunesse locale. Il accompagne ainsi régulièrement des groupes de garçons à la piscine de l'auberge de jeunesse d'Anderson, une ville nichée à une trentaine de kilomètres au sud de Fairmount, où il exhibe sans fausse pudeur les impressionnantes cicatrices

1. *James Dean*, Marceau Devillers, Éditions Pygmalion, 1985.

qui constellent son corps. Ancien combattant, il a servi comme aumônier pendant la Seconde Guerre mondiale et s'est vu décorer de la Silver Star et du Purple Heart après avoir été blessé à deux reprises en tentant de porter assistance à ses hommes. Il peut en outre se targuer d'avoir rencontré personnellement Winston Churchill et assistera même à ses obsèques à Londres, le 30 janvier 1965, à l'invitation personnelle de la reine Élisabeth II.

Âgé alors d'une trentaine d'années, de Weerd n'a aucun mal à gagner la confiance de James qui se confie volontiers à lui. Il l'aide à lutter contre le sentiment de culpabilité qui le taraude depuis la mort de sa mère et lui ouvre des horizons inconnus. « Jimmy adorait se prélasser sur le parquet de ma bibliothèque en lisant du Shakespeare ou d'autres livres de son choix, a raconté de Weerd. Il aimait également écouter de la bonne musique en sourdine, avec une prédilection toute particulière pour Tchaïkovski [1]. » Au cours de leurs longues conversations en tête à tête, le pasteur contribue à aiguiser la curiosité du jeune homme et s'élève contre l'étroitesse d'esprit des habitants de Fairmount qu'il stigmatise à maintes reprises dans ses sermons dominicaux. Il l'initie aux plaisirs de l'art, de la musique classique, de la philosophie, mais aussi au yoga et à la corrida dont il est extrêmement féru. Il va même jusqu'à lui projeter des films amateurs qu'il a tournés dans les arènes mexi-

1. « To Really Understand What Jimmy Dean's Home Town Can Now Reveal », Evelyn Washburn Nielsen, *Movie Stars Parade*, août 1956.

caines. C'est aussi de Weerd qui encourage la passion naissante de James pour l'automobile. Il lui apprend à conduire sa Mercury décapotable et l'emmène assister aux cinq cents miles d'Indianapolis où il lui présente le pilote Cannonball Baker, un fou du volant mythique. Grâce à ses relations dans ce milieu, cet anticonformiste permet au jeune homme de visiter les stands, les ateliers, et surtout de rencontrer des pilotes et des mécaniciens venus du monde entier.

L'APPEL DES PLANCHES

C'est à l'âge de seize ans que James prend réellement goût au théâtre. Sa tante Ortense l'encourage à s'exprimer en public pour conjurer sa timidité et l'incite même à venir lire un exposé édifiant sur les bars, dans le cadre de la lutte contre l'alcoolisme en faveur de laquelle militent les bonnes dames de l'Union de Tempérance des Femmes chrétiennes dont elle est l'une des plus fidèles paroissiennes. Soucieux de s'acquitter au mieux de sa tâche, James fait appel à son professeur d'anglais et d'art dramatique, Adeline Nall, laquelle détecte rapidement en lui de réelles prédispositions pour la déclamation et l'exhorte à persévérer dans ce domaine par tous les moyens. En gage de reconnaissance, il dessinera pour elle une orchidée qu'il lui dédicacera.

Au lycée, le plus grand titre de gloire de James Dean est d'être élu président du club de théâtre : dans ce cadre, il peut développer à loisir son attrait prononcé pour la poésie et l'art dramatique. De retour à la ferme, il lui arrive fréquemment de se rendre au milieu d'un champ vêtu d'une toge confectionnée avec un drap et de déclamer des vers d'une voix de stentor, dans le double but d'apprendre à placer sa voix et de vaincre sa timidité maladive. À tout juste seize ans, il prend part à des spectacles scolaires tels que *MoonCalf Medford,* une pièce en un acte de Brainard Duffield, *Our Hearts Were Young and Gay,* une comédie tirée du livre de Cornelia Otis Skinner et Emily Kimbrough dans laquelle il tient son premier rôle de séducteur, ou *An Apple from Coles County*. Dans *The Monkey's Paw,* pièce en un acte de W. W. Jacobs tirée d'une nouvelle horrifique de 1902 qui a inspiré de multiples versions cinématographiques, l'adolescent campe Herbert White, un jeune homme victime d'une malédiction due à une patte de singe momifiée.

Au cours du carnaval d'Halloween célébré à l'automne 1948 au lycée de Fairmount, James apparaît dans le spectacle parodique *Goon With the Wind (Autant en emporte le vaurien)* et réussit à faire forte impression sur l'assistance constituée de ses camarades, d'enseignants et de parents d'élèves. Rares sont ceux qui le reconnaissent sous les oripeaux et le maquillage de la créature de Frankenstein. Mais c'est surtout dans *Vous ne l'emporterez pas avec vous,* une pièce de George

S. Kaufman et Moss Hart couronnée du Prix Pulitzer, qu'il marque durablement les esprits de ses professeurs et de ses condisciples. Il a alors dix-huit ans et son talent semble le prédestiner tout naturellement à incarner le grand-père Martin Vanderhof immortalisé par Lionel Barrymore dans l'adaptation cinématographique qu'en a réalisée Frank Capra. Pourtant, Adeline Nall préfère lui confier un rôle plus modeste où il peut toutefois exprimer son sens de la composition : celui du maître de ballet russe Boris Kolenkhov (que campait à l'écran Mischa Auer) pour lequel il se présente sur scène affublé d'une épaisse barbe, en s'étant maquillé tout seul. Malgré ses caprices incessants et ses retards réguliers pendant les répétitions, James Dean s'y révèle remarquable.

Ses deux acteurs favoris sont Robert Walker, qu'il a admiré aux côtés de Judy Garland dans *L'Horloge* de Vincente Minnelli, et John Garfield dont le jeu introspectif et torturé ne cesse de le hanter. James passe beaucoup de temps dans les salles obscures, généralement seul, le plus souvent au Palace de Fairmount, mais n'hésite pas à accomplir parfois des kilomètres pour aller découvrir un film qui se joue dans une ville voisine, ce qui lui donne l'occasion de pousser des pointes de vitesse sur sa moto.

Le 13 février 1949, James Dean défend officiellement les couleurs de Fairmount avec Barbara Leach, face à d'autres représentants du comté de Grant, dans le cadre d'un concours de rhétorique pour la jeunesse qu'organise la station de radio WBAT. Le débat public auquel participent les deux élèves porte sur un thème hautement politique : « Le président des États-Unis devrait-il être élu au suffrage universel direct ? »

Deux mois plus tard, alors que les journaux bruissent de la signature du traité de l'Atlantique Nord et de la conclusion imminente du procès de Nuremberg, James Dean fait la une du quotidien local, *The Fairmount News* : il vient de remporter la première place du concours de déclamation dramatique qui s'est tenu cinq jours plus tôt à Peru, la ville natale de Cole Porter. Une victoire prestigieuse qui lui vaut l'honneur de représenter l'Indiana au cours de la finale du concours national qui doit se dérouler à Longmont, dans le Colorado, où il souhaite interpréter le monologue du *Fou* extrait des *Aventures de Monsieur Pickwick* de Dickens, qu'il a répété pendant des mois. À la veille des vacances de Noël, il s'est même battu avec un membre de son équipe de basket qui a eu l'audace de perturber son exercice de déclamation et a écopé de trois jours de renvoi pour cet acte d'agressivité caractérisée. Tous les élèves du lycée de Fairmount se montrent toutefois solidaires et escortent en fanfare leur délégation jusqu'à la gare de Marion où elle doit embarquer pour Chicago avant d'y prendre le Denver Zephyr à destination de Longmont. Malgré les recommandations d'Adeline Nall, qui l'a accompagné et lui a vivement conseillé d'abréger sa prestation, théoriquement limitée à dix minutes, James s'y refuse et se fait éliminer au quatrième tour, terminant sixième sur vingt-deux.

Au cours de son année de terminale, James Dean se lie également avec son professeur d'art, Bette McPherson, de onze ans son aînée, qui ne reste pas insensible à son charme juvénile. C'est elle qui est chargée d'accompagner sa classe, lors d'une excursion de fin d'année à Washington. James en profite pour se rendre en pèlerinage au Ford's Theatre, lieu mythique où a été assassiné le président Abraham Lincoln, dont Adeline Nall lui a vanté les mérites. « Pendant le voyage de retour en bus vers l'Indiana, quelques jeunes filles coupent des mèches de ses cheveux et de ceux d'un autre élève en profitant du fait qu'ils se sont assoupis [1]. » Surprenante blague de potaches qui traduit la fascination érotique qu'exerce déjà le jeune homme sur le sexe opposé.

Une fois diplômé du lycée de Fairmount, où ses performances sportives et théâtrales ont été couronnées comme elles le méritaient, James décide de partir rejoindre son père à Santa Monica où il a l'intention d'aller étudier l'art dramatique à l'université de Los Angeles (UCLA). Après une fête de départ organisée par une de ses petites amies, Joyce

1. Val Holley, *op. cit.*

Wigner, dont rend compte le journal local, il fait ses adieux au révérend de Weerd qui lui remet un petit mot. Sur celui-ci est griffonné le conseil suivant : « Il vaut mieux perdre à sa manière que gagner à la façon des autres. » Tel sera donc le credo auquel s'accrochera James Dean au cours de sa conquête du monde. Il ne dispose pour cela que d'une mince certitude attisée par tous ceux qui croient déjà en lui pour l'avoir vu à l'œuvre, en l'occurrence les Winslow, Adeline Nall, Bette McPherson, James de Weerd. Il ne lui en faut pas davantage pour croire en sa bonne étoile et la suivre.

Les fantômes de la liberté

Le mardi 14 juin 1949, trois camarades de classe, vis-à-vis desquels James Dean ne manifeste qu'arrogance et mépris, le déposent pourtant en voiture à la gare routière de Chicago d'où il embarque dans un autocar à destination de Los Angeles. Son père a accepté de l'héberger pendant qu'il poursuivra ses études, bien que le jeune homme soit resté assez vague quant à leur nature précise. Ainsi domicilié en Californie, plus précisément dans une modeste maison de deux pièces sise à Santa Monica, il peut s'inscrire gratuitement dans un établissement scolaire public et surtout se faire délivrer un permis de conduire, du moins en théorie, car il ne se procurera le document officiel que cinq ans plus tard… après avoir beaucoup roulé dans la plus parfaite illégalité !

En fait, l'aspirant comédien a des étoiles plein les yeux et il est bien décidé à étudier l'art dramatique. Mais il lui faut bientôt déchanter. En effet, son père et Ethel M. née Case, que Winton a épousée quatre ans plus tôt, sont bien décidés à le dissuader de mettre ses projets théâtraux à exécution. Ils insistent pour qu'il s'inscrive au City College de Santa Monica afin d'y passer un diplôme de nature à lui assurer un métier stable. En l'occurrence, au vu de ses résultats scolaires, Winton verrait bien James devenir entraîneur de basket. Histoire de l'encourager, il offre même à son fils une moto puis une voiture d'occasion pour qu'il se sente libre de ses mouvements et puisse aller et venir à son gré... quitte à rouler sans permis, car la police californienne n'est guère regardante dans la mesure où les conducteurs, encore relativement peu nombreux à l'époque, respectent les limitations de vitesse.

Quelques semaines après son arrivée, James intègre la section expérimentale de la Guilde théâtrale de Santa Monica, une troupe estivale itinérante qui dépend de l'UCLA et s'apprête à monter un cycle de quatre pièces en un acte dans le cadre de la Miles Memorial Playhouse qui domine le Lincoln Park. Inscrit trop tardivement pour pouvoir être engagé comme acteur, James est chargé de peindre les décors. Entre-temps, son contrat avec le lycée de Fairmount n'ayant pas été renouvelé,

Bette McPherson a débarqué à son tour à Los Angeles pour les vacances avec deux de ses amies. Elles apprécient en James un chevalier servant pleinement disposé à jouer les guides touristiques dans cette ville où il vient lui-même à peine d'arriver mais qu'il semble déjà si bien connaître. Ils profitent de leurs relations locales respectives pour visiter la maison du comédien Don Ameche, pratiquer le ski nautique et surtout se faire inviter dans des fêtes où Bette apprend à danser à James.

Pompeusement autoproclamé régisseur d'un mélodrame intitulé *The Romance of Scarlet Gulch*, pour lequel il adopte le pseudonyme temporaire de Byron Dean, James hérite d'un emploi d'alcoolique dans ce spectacle qui se déroule à l'époque de la Ruée vers l'or et qui se donne au Royce Hall de l'UCLA. Il essaie de convaincre Bette d'y tenir un rôle. En vain : elle se contente de l'aider à exécuter ses travaux de peinture, de le véhiculer et de lui tenir compagnie pendant les répétitions. Il va même jusqu'à la demander en mariage mais, après son refus, leurs relations deviennent pour le moins orageuses et leur rupture s'avère inévitable. Par la suite, James confie à ses camarades que son principal objectif pour le premier trimestre de l'année scolaire qui commence est de « perdre sa virginité[1] ». Vaste programme existentiel qui traduit surtout une immaturité déconcertante, même à une époque où les choses du sexe sont taboues, et cela malgré la publication en janvier 1948 du très

1. Val Holley, *op. cit.*

controversé *Comportement sexuel de l'homme* du « professeur de zoologie » Alfred C. Kinsey !

REGARDS SUR LE MONDE

Dans le cadre du club de jazz auquel il a adhéré, James Dean se familiarise plus particulièrement avec le Dixieland, une musique originaire de La Nouvelle-Orléans mais interprétée par des Blancs, dont il apprécie le rythme binaire. Mi-octobre, il entreprend d'intégrer l'équipe de basket du City College de Santa Monica et prend part aux entraînements qui se déroulent pendant trois semaines et doivent aboutir à la sélection de quinze joueurs sur la cinquantaine de candidats en présence. Finalement admis dans l'équipe qu'entraîne Sanger Crumpacker, il passe le plus clair de la saison sur le banc de touche. Sa taille d'un mètre soixante-quatorze fait de lui le plus petit joueur de son équipe et le complexe. Aussi, quand il lui arrive d'être appelé sur le terrain, James se dépense avec d'autant plus de hargne. Également handicapé par sa myopie, il se débarrasse dès qu'il le peut de ses épaisses lunettes à monture d'écaille. L'un de ses coéquipiers lui présente Dianne Hixon, la reine de beauté de l'année qui ne se déplace jamais sans un serpent en guise de fétiche. Il entreprend de la séduire dans les règles et s'affiche régulièrement à son bras dans les lieux où il convient de se montrer, sans savoir que la belle accorde également ses faveurs à un étudiant plus âgé de l'UCLA.

Après avoir suivi une formation qui lui a permis de parfaire sa diction et d'apprendre à poser sa voix correctement, sans marmonner comme on le lui reproche déjà souvent, James occupe de façon sporadique un poste de présentateur à la radio de son lycée et anime dès février 1950 une émission intitulée *Student Shares His Interest (Un étudiant vous fait partager sa passion)*. Il s'inscrit à l'atelier théâtral au sein duquel il travaille les personnages de Iago et de Hamlet, rode sa voix en interprétant des extraits d'une comédie musicale intitulée *Iz Zat So ?* puis se lance vraiment avec *She Was Only a Farmer's Daughter*, un mélodrame démodé de Millard Crosby dans lequel il interprète un père de famille aristocratique, au cours d'une représentation donnée à l'occasion de la Fête du Travail de 1950. Gene Nielson Owen, la quadragénaire qui dirige l'atelier, fait plus particulièrement travailler James sur sa diction rendue confuse par le port de son bridge. Un mois durant, à raison de plusieurs heures chaque semaine, il répète sans relâche des tirades d'*Hamlet* qui lui font aimer et comprendre Shakespeare, à défaut de lui donner un phrasé impeccable. Au dire de l'un de ses camarades, « il était timide et gauche, mais il était sûr de lui et il a appris très vite quelles ficelles actionner pour obtenir ce qu'il voulait[1] ».

1. *Jimmy Dean on Jimmy Dean*, Joseph Humphreys, Plexus Publishing Limited, 1990.

Muni d'un diplôme de moniteur d'éducation physique qui lui ouvre de nouveaux horizons en lui permettant de trouver immédiatement de quoi gagner un peu d'argent de poche, James Dean peut désormais subvenir à ses modestes besoins et commencer à s'affranchir de la tutelle paternelle qui lui pèse depuis son arrivée en Californie. Il a parfaitement conscience que c'est par le biais de la pratique sportive, dans laquelle il excelle, qu'il peut conquérir son indépendance et rompre avec cette promiscuité étouffante qu'il a de plus en plus de mal à supporter. Grâce à l'intervention de son entraîneur de basket, il décroche un emploi saisonnier de moniteur sportif à l'académie militaire de Glendora qu'il occupe de la fin juin à la mi-août, à raison de six jours par semaine. Il achève l'été en s'offrant un séjour réparateur chez son oncle et sa tante au cours duquel il découvre au cinéma de Marion *C'étaient des hommes*, le premier film d'un nommé Marlon Brando, son aîné de six ans, dont l'itinéraire personnel lui semble ressembler au sien, par ses origines provinciales et sa façon de s'approprier son personnage comme s'il lui donnait la possibilité de vivre une autre existence par procuration. En l'espace d'une séance, il a trouvé un modèle auquel s'identifier.

À la rentrée scolaire, James prépare officiellement une licence d'art dramatique à l'UCLA, et suit des cours d'art dramatique et d'histoire théâtrale, contre la volonté de son père et de sa belle-mère avec qui ses relations se sont à la fois tendues et distendues au fil des mois. Prudent, James Dean s'inscrit également en capacité de droit. Il prend prétexte du déménagement de son père et de sa belle-mère dans le quartier de Reseda pour adhérer à la fraternité étudiante Sigma Nu qui présente la particularité enviable de proscrire les brimades. Elle a été fondée en 1869 à l'académie militaire de Virginie sur le principe de l'honneur, de la vérité et de l'entraide réciproque. En qualité de membre, James bénéficie d'une chambre au sein de la résidence universitaire installée dans le quartier de Westwood. Bien que le loyer en soit fort modique, il est encore largement au-dessus de ses moyens, ce qui l'incite à accepter un emploi de projectionniste scolaire à temps partiel. Il noue aussi des relations avec certains joueurs de l'équipe universitaire et profite par là même de leurs faveurs, ceux-ci bénéficiant notamment de tickets repas dont ils lui font régulièrement cadeau. Côté cœur, James sort avec une étudiante en théâtre d'origine texane du nom de Jeanetta Lewis. Une liaison éphémère comme il en accumule tant à cette époque.

POUR L'AMOUR DU JEU

À force de ténacité, il est sélectionné pour interpréter le rôle du fils du roi d'Écosse, Malcolm, dans une production de *Macbeth* que supervise Walden

Boyle, le directeur du département théâtral en personne. Le mercredi 29 novembre 1950, le rideau du Royce Hall Auditorium se lève sur cette mise en scène shakespearienne plutôt médiocre qui est jouée devant un public de mille six cents personnes, mais s'arrête définitivement au bout de cinq représentations. Les critiques se déchaînent, en particulier contre James Dean, lui reprochant sa diction incompréhensible, son accent nasillard de l'Indiana et ses mouvements que sa mauvaise vue rend hésitants, car il doit jouer sans ses lunettes. Mais James est sur un petit nuage : il ne les entend pas.

Ayant appris qu'un autre étudiant a déjà réussi à décrocher quelques petits rôles au cinéma, James persuade un camarade de l'aider à préparer une audition pour le film *Face à l'orage* que Farley Granger s'apprête à tourner sous la direction de Mark Robson. La scène qu'ils répètent est tirée de la pièce de Sidney Kingsley *Histoire de détective*, portée à l'écran par William Wyler. Lorsque son partenaire hasarde une critique sur son jeu, James se met en colère. Incapable d'admettre la moindre remarque, il se dispute régulièrement avec ses condisciples, rechigne à exécuter les tâches ménagères qui incombent aux membres de sa fraternité, boycotte les fêtes de Noël, enfreint à plusieurs reprises le règlement intérieur et va jusqu'à faire le coup de poing pour venger son honneur qu'il estime bafoué à la moindre occasion. Il se tient généralement à l'écart des groupes, mais entreprend parfois des virées sur sa Vespa en compagnie d'un étudiant en réalisation du nom de Denis Sanders, de deux ans son aîné, qui possède un engin de la même marque…

James Dean rencontre le petit ami de Joanne Mock — l'étudiante qui interprétait le rôle de Lady McDuff dans *Macbeth* — : William Bast, que ses amis appellent Bill. Mais lorsque celui-ci lui est préféré pour jouer dans *The Land of Heart's Desire* de William Butler Yeats, il profite d'un matin où son camarade n'a pas réussi à se réveiller pour le remplacer. Finalement ni l'un ni l'autre n'apparaîtront dans la pièce et, malgré cet incident qui en dit long sur la détermination de James et la valeur toute relative qu'il accorde à l'amitié en tant que telle, leurs relations ne s'en trouvent pas fondamentalement altérées.

UNE FIGURATION INTELLIGENTE

Au cours de ce premier semestre, James Dean a également sympathisé avec un autre camarade de fac, James Bellah, qui deviendra romancier. Grâce aux relations de son père, l'auteur de westerns James Warner Bellah, qui a inspiré *Le Massacre de Fort Apache* à John Ford et *La Rivière rouge* à Howard Hawks, le jeune homme est entré en contact avec la directrice d'une agence de figuration de Los Angeles, Isabel Draesemer, qu'il a chargée de lui trouver de petits emplois susceptibles de l'aider à gagner de quoi arrondir ses fins de mois mais surtout de le faire connaître et de décrocher la carte professionnelle qui lui permettra de poursuivre dans ce métier. Or, le directeur de casting des studios Jerry Fairbanks, Ken Dyson, vient de demander à celle-ci de recruter les interprètes d'un spot publicitaire d'une minute pour la marque de soda Pepsi Cola destiné au petit écran. Selon Isabel Draesemer, la production « voulait des gamins qui aient l'air d'avoir entre seize et dix-huit ans mais soient en fait plus âgés afin d'éviter les contraintes draconiennes inhérentes à la législation du travail applicable aux mineurs[1] ».

L'après-midi du mercredi 13 décembre 1950, le bouche à oreille ayant bien fonctionné, les copains des copains sont quelque trente-cinq à se presser autour du manège de Griffith Park, là même où seront filmées les scènes du planétarium de *À l'est d'Eden,* trois ans plus tard. James Bellah verse à Isabel Draesemer sa commission d'un dollar cinquante et avance généreusement la sienne à James Dean qu'il a même eu l'insigne délicatesse d'aller réveiller chez lui au lendemain d'une nuit d'ivresse identique à tant d'autres. Sans être vraiment alcoolique, livré à lui-même, James profite volontiers de ses sorties incessantes pour boire et, s'il se soûle, comme tant de jeunes gens de son âge, c'est davantage par jeu que par goût.

Sélectionné parmi une dizaine de figurants, dont son camarade supposé interpréter le chef de bande, James ne tarde pas à se faire remarquer et a même

1. Val Holley, *op. cit.*

droit à un plan dans lequel on le voit tendre un anneau à une jeune fille. Le lendemain, à l'occasion d'un second spot tourné en studio auquel Bellah n'est pas convié, accoudé à un piano, il distribue des bouteilles de soda à une meute d'adolescents assoiffés qui se déhanchent autour d'un juke-box, et entraîne une jeune fille dans la danse. Une bonne affaire qui lui rapporte trente dollars le premier jour, car le tournage se déroule en extérieurs, et cinquante-cinq de plus le lendemain, en vertu du tarif syndical applicable en studio. Elle lui vaut également de rencontrer un autre aspirant à la gloire, Nick Adams, son cadet de cinq mois, avec qui il noue des relations amicales. De son véritable nom Nicholas Aloysius Adamschock, ce fils cadet d'un mineur d'origine ukrainienne né en Pennsylvanie connaîtra quelques années plus tard une célébrité éphémère dans une série télévisée dont le titre, *Rebel*, reflète assez bien le phénomène d'identification qui le lie à James Dean.

L'APPRENTISSAGE DE LA SOLITUDE

En février 1951, « Jack Kerouac insère dans sa machine à écrire un rouleau de Teletype de cent mètres de long[1] » et s'attelle à la rédaction de *Sur la route* qui débute par ces mots : « J'ai connu Dean

1. *Intellectuels et écrivains, du Village à Harlem*, Lazare Bitoun, *New York 1940-1950*, Autrement, 1995.

peu de temps après qu'on eut rompu, ma femme et moi... » Au même moment, après de nombreux avertissements demeurés sans effet et une attitude jugée franchement asociale par ses pairs dont il a mis la patience à rude épreuve, un autre Dean prénommé James se voit exclu officiellement de Sigma Nu pour avoir déclenché une bagarre au réfectoire. Il propose à Bast de quitter la chambre qu'il occupe au sein de la résidence universitaire et d'emménager avec lui dans un petit meublé de trois pièces niché dans une vaste bâtisse de style mauresque de Comstock Avenue, à moins de deux kilomètres de la fac. La cohabitation engendre une certaine émulation entre les deux camarades, même si Bill est plus intellectuel et James plus intuitif. Alors que le premier passe sa vie à lire, le second s'adonne au dessin, au travail de l'argile et à la fabrication de mobiles. Afin d'assurer leur survie dans ces circonstances précaires, ils procèdent à des emprunts qu'ils remboursent en en contractant d'autres auprès de leurs camarades plus fortunés.

De semaine en semaine, James Dean fréquente de moins en moins l'UCLA. Bien que sans un sou vaillant, il se fait remarquer au volant d'un vieux coupé Chevrolet noir de 1936 qu'il a acheté pour parader. Quand ils sont las de se nourrir de flocons d'avoine lyophilisés, mélangés dans le meilleur des cas à un peu de confiture, les deux colocataires invitent des étudiantes sous prétexte de répétitions et se débrouillent mine de rien pour qu'elles paient le dîner de leur poche. James pratique volontiers la dérision et expose crûment ses fantasmes auprès des jeunes filles, qu'il leur lise des extraits de *Tropique du Cancer* d'Henry Miller, livre censuré aux États-Unis jusqu'en 1961 dont il a toutefois réussi à se procurer une édition diffusée sous le manteau, ou qu'il leur montre ses croquis de toreros et autres matadors dont il a particulièrement mis en évidence la virilité, voire ce « bougeoir dont le support a la forme d'un sexe féminin » devenu source d'esclandre le soir où il « y introduit tranquillement une bougie, l'allume et observe avec délectation la cire chaude qui coule de façon très suggestive[1] ». Un comportement provocateur symptomatique du mal-être d'un adolescent hanté par des obsessions sexuelles typiques de la puberté masculine.

À l'issue du tournage du spot pour Pepsi, Isabel Draesemer propose à James Dean de devenir son agent, sans toutefois lui faire signer de contrat en bonne et due forme. Elle lui remet une liste de directeurs de casting à contacter, et le recommande au photographe Wilson Millar qui accepte de lui fournir gratuitement une série de portraits. Le jeune homme paraissant plus jeune que son âge, elle entrevoit pour lui des possibilités intéressantes, dans la mesure où, à vingt ans, il peut tenir des rôles d'adolescents, tout en étant majeur aux yeux de la loi. En outre, il possède désormais une carte professionnelle temporaire qui peut faciliter ses engagements éventuels. Les dés semblent bel et bien jetés et James disposé à mettre un terme définitif à ses études pour se consacrer enfin pleinement à son

1. *James Dean, sa vie, sa légende*, Donald Spoto, Presses de la Cité, 1996.

rêve. Il a encore en perspective un projet théâtral qui lui tient à cœur : le rôle du fantôme Witch Boy dans la pièce *Dark of the Moon* de Howard Richardson et William Berney qui doit être montée ce printemps-là dans le cadre de l'UCLA. Son audition lui vaut applaudissements et encouragements, aussi, lorsqu'il découvre que c'est un autre candidat qui a été choisi, il est cruellement atteint dans son amour-propre et a du mal à endurer un tel affront. Il consent toutefois à participer aux répétitions d'une pièce en un acte qu'un étudiant lettré du campus, Richard Eshleman, vient de consacrer à Martin Luther : *The Axe of God.* Il y tient le rôle d'un moine qui doute de sa vocation. James s'interrogeant lui-même sur son avenir professionnel, il quitte la troupe sans prévenir, avant la première représentation. Mais il a de bonnes raisons pour cela...

UN APÔTRE SÉDUISANT

Le 2 mars 1951, malgré un gros rhume, James Dean incarne en effet le rôle de l'apôtre Jean et prononce d'une voix enrouée quatre lignes de texte dans deux scènes de l'épisode *La Colline numéro un* de l'édifiante émission religieuse du Père Peyton sous-titrée pour l'occasion *The Story of Easter (L'Histoire de Pâques).* Le réalisateur en est Arthur Pierson, un ex-assistant de Cecil B. de Mille et

Ernst Lubitsch sous la direction duquel il a déjà tourné le spot de pub pour Pepsi, et le producteur Jerry Fairbanks. James Bellah est engagé lui aussi dans le rôle muet d'un soldat romain. Programmée simultanément sur toutes les chaînes américaines, cette dramatique pédagogique d'une heure placée sous la houlette morale de l'association familiale des Rose-Croix évoque la vie de Jésus entre sa crucifixion et sa résurrection, à travers un parallèle audacieux avec un bataillon de soldats américains victime d'une embuscade ennemie au cours de la guerre de Corée...

Pour l'heure, le problème est d'avoir accès à un récepteur de télévision, le nouveau gadget à la mode : dotée de cinq millions de postes en 1950, pour cent cinquante millions d'habitants, la population américaine sera équipée aux trois quarts six ans plus tard ! Le dimanche de Pâques, James Dean réussit à se faire inviter dans la famille de Joanne Mock pour regarder *La Colline numéro un*. Il en profite pour flirter avec la sœur cadette de son hôtesse, Kay. Sa prestation lui rapporte cent cinquante dollars, quelques lettres et surtout la reconnaissance de ses premières admiratrices : les élèves de dernière année de l'école paroissiale locale du Sacré-Cœur de Los Angeles décident de fonder en son honneur la Société d'Encouragement du Cœur Immaculé de James Dean, un véritable fan-club avant l'heure qui va même jusqu'à le convier à sa première réunion, où il se rend accompagné de Bill Bast. Quant au réalisateur Arthur Pierson, il croisera quelques mois plus tard la route d'une autre star en devenir, Marilyn Monroe, en lui confiant un petit rôle dans *Home Town Story*.

L'ATELIER DE JAMES WHITMORE

En avril, Bill Bast fait la connaissance du comédien James Whitmore, cité à l'Oscar du meilleur second rôle masculin l'année précédente pour sa prestation virile dans *Bastogne* de William Wellman. Conscient de manquer de pratique, en raison d'un enseignement universitaire trop théorique qui lasse assez rapidement bon nombre d'étudiants, Bill s'enhardit à le solliciter afin qu'il donne des cours d'art dramatique à un petit groupe composé de dissidents motivés de l'UCLA. Ce printemps-là, James Whitmore entreprend donc de prodiguer bénévolement son art à un groupe fluctuant de huit à vingt personnes, dont James Dean que lui a recommandé Bill Bast. « Je souhaitais réaffirmer des choses que j'avais apprises à l'Actors Studio de New York, explique l'acteur, en vérifiant si elles pouvaient se voir réappropriées par des jeunes gens et leur être transmises[1]. » Ils se réunissent dans un petit local à proximité de la zone commerciale de Brentwood County Mart, à mi-chemin entre Los Angeles et Santa Monica. L'enseignement de Whit-

1. *Continuity and Evolution in a Public Symbol : An Investigation into the Creation and the Communication of the James Dean Image in Mid-Century America*, Robert Wayne Tysl, East Lansing, Michigan State University, 1965.

more repose sur des échanges constants et des improvisations. Il encourage ses élèves à se livrer, voire à s'abandonner au cours de mises en condition qui s'inspirent de situations quotidiennes et requièrent de leur part un investissement personnel important sur le plan moral et physique.

Encore incertain quant à sa vocation, Dean éprouve constamment le besoin d'être rassuré sinon flatté. Il demande donc à Whitmore de visionner sa modeste prestation dans *La Colline numéro un*. Au terme d'une conversation à bâtons rompus de deux heures, son professeur lui suggère de se rendre à New York, seul lieu significatif à ses yeux lorsqu'on ambitionne de devenir acteur. Plus généralement, l'objectif de Whitmore consiste à convaincre ses élèves de la nécessité de s'identifier corps et âme aux personnages qu'ils sont amenés à incarner. Une implication qui correspond précisément au déclic qu'attendait un James Dean jusqu'alors trop timide pour sortir de sa réserve. Sa prise de conscience intervient à l'occasion d'une saynète qu'il interprète sans grande conviction avec Bill Bast, l'un incarnant un bijoutier, l'autre un voleur que le commerçant surprend en flagrant délit. Lorsqu'ils décident enfin de se laisser aller, comme le leur a demandé Whitmore, les deux copains en viennent carrément aux mains, et il faut que plusieurs de leurs camarades s'interposent pour les séparer. La fureur de leur interprétation traduit sans doute aussi l'état de déréliction où ont sombré leurs relations sur le plan personnel. En effet, les cauchemars morbides qui le hantent l'ayant rendu peu à peu insomniaque, James a décidé une fois pour toutes qu'il valait mieux passer des nuits blanches à errer sur la plage de Venice que tenter vainement de dormir dans son lit. Mais l'absence de sommeil se répercute sur son humeur et le rend de plus en plus irascible, ce qui ne risque pas d'améliorer ses relations avec les autres, déjà souvent houleuses.

UNE PASSE DÉLICATE

La beauté de l'art ne suffit pas à nourrir son homme et, en attendant la gloire, James Dean dîne régulièrement chez Isabel Draesemer, tout en multipliant à son insu les initiatives personnelles pour proposer ses services aux studios, contrairement aux usages professionnels qui veulent que les acteurs s'en remettent exclusivement à leur agent. Les efforts d'Isabel finissent par payer quand James est engagé au tarif de quarante-cinq dollars pour tenir un rôle minuscule dans *TKO*, un épisode de la série dramatique *Bigelow Theatre* dont le personnage principal est un adolescent, incarné par Martin Milner, qui décide de devenir boxeur afin de gagner de quoi aider son père. Bien qu'il ne dise rien, il sait que ce rôle récurrent, il pourrait le tenir de manière au moins aussi convaincante que cet acteur dont il est l'aîné de moins d'un an.

Aigri, James se replie sur lui-même et néglige

d'assumer ses responsabilités au quotidien vis-à-vis de Bill. Pis, non content de s'afficher régulièrement avec Jeanetta Lewis, il sort également en compagnie de Beverly Wills, seize ans... qui est déjà la petite amie de son colocataire. Ils passent désormais le plus clair de leur temps ensemble et la jeune fille ne se montre indifférente ni à son charme ni à son aura. Dans un élan de cruauté, il invite même l'innocente Joanne Mock à la cafétéria de l'UCLA où il lui révèle sans ménagement que Bill Bast la trompe... pour le seul plaisir de voir comment elle va réagir. Comme un élève de sciences naturelles observant la dissection d'une grenouille. Ces petites tromperies entre amis achèvent de pourrir les relations entre les deux garçons et l'arrogance de James n'améliore pas vraiment les choses. Bill Bast est las de l'entretenir. Il a dû emprunter de l'argent à plusieurs personnes afin de pouvoir faire face aux dépenses inconsidérées que lui impose James par son oisiveté puérile et irresponsable. Après une explication générale qui tourne à la rixe, Bill boucle donc ses valises et abandonne James à son triste sort dans leur appartement confortable orné de peintures mexicaines dont le loyer apparaît bien au-dessus de ses moyens. Il va emménager seul dans un modeste studio, à deux pas du siège de CBS où il a ses entrées, et se fait bientôt engager comme groom à temps partiel sur diverses émissions, tout en poursuivant sa dernière année d'études universitaires à l'UCLA.

Contre toute attente, et surtout grâce à l'argent qu'il emprunte sans scrupule à Beverly, James réussit à se sortir momentanément de sa situation précaire et se remet en quête d'un emploi. À défaut de rôle, il se voit contraint d'accepter un emploi d'ouvreur au studio radiophonique CBS... obtenu grâce à Bill Bast dans un moment de remords. Mais Dean n'éprouve pas le moindre respect pour ses supérieurs hiérarchiques et multiplie les insolences à leur égard. En outre, il ne tarit pas de sarcasmes sur son uniforme qu'il qualifie à voix haute et intelligible d'« accoutrement de singe ». Il se fait donc assez logiquement licencier en moins d'une semaine, ce qui n'est pas franchement pour lui déplaire.

ROMANCE CONTRARIÉE

James Dean accompagne régulièrement Beverly Wills aux répétitions de l'émission de radio hebdomadaire pour la jeunesse intitulée *Junior Miss,* qu'elle anime tous les samedis sur les ondes de CBS. Il lui demande même de le pistonner auprès du réalisateur, Hank Garson, afin d'obtenir un petit rôle. Mais au moment de passer un essai de voix, il l'insulte et quitte l'auditorium en affirmant qu'on ne l'y reprendra plus. Beverly a pour mère un dragon : la comédienne Joan Davis avec qui elle mène grand train dans une splendide demeure du quartier chic de Bel Air. Les jeunes gens organisent des pique-niques champêtres, jouent au golf, pratiquent le tir à l'arc et vont ensemble à la plage. James pilote le bateau à moteur familial et répond volontiers aux invitations à dîner de Beverly qui semble prête à tout pour lui faire plaisir, y compris à lui mitonner son plat préféré, le rôti cuit à l'étouffée. Pourtant sa mère ne voit pas d'un très bon œil son idylle avec ce garçon prétentieux et sans gêne qui ose critiquer sa façon de jouer au golf et se permet « de se prélasser dans son fauteuil, en balançant ses jambes par-dessus les accoudoirs et de rester ainsi quatre heures sans ouvrir la bouche [1] », tout en vidant une corbeille de fruits de son contenu.

Après avoir vainement tenté de reprendre contact avec Jeanetta Lewis, l'une de ses ex, qui lui a opposé une fin de non recevoir plutôt légitime, compte tenu de l'affront qu'il lui a fait subir, James entreprend de renouer avec Bill Bast, en jouant sur la corde sensible. Son numéro est si réussi que les deux amis décident de tirer un trait sur le passé, se réconcilient et s'installent ensemble dans un petit duplex, à Mar Vista, où la mère de Bill vient leur rendre visite au début de l'été et veille ponctuellement à subvenir à leurs besoins et à tenir leur modeste intérieur. Lorsqu'elle repart, James fond en larmes et la brave femme réalise que, sous ses dehors d'ours mal léché, le copain de son fils est un grand sentimental en quête perpétuelle de tendresse. Au lendemain de son départ, les rapports entre les deux colocataires redeviennent carrément

1. *Almost Married James Dean*, Beverly Wills, *Modern Screen*, mars 1957.

orageux et Bill prie James de chercher un autre logement. Ce dernier s'exécute et sollicite l'hospitalité de Ted Avery, un autre ouvreur rencontré à CBS, dont l'épouse est allée rendre visite à sa famille pour quelque temps. Il s'installe sur le canapé du salon de ce logement minable situé dans le quartier d'Hollywood où il se comporte en terrain conquis et prend ses aises avec son culot habituel.

UNE RENCONTRE PROVIDENTIELLE

Sur la recommandation de son hôte, James Dean réussit à se faire engager pour garer des voitures au Ted's Auto Park, une aire de stationnement à un dollar de l'heure dont le patron est un homme plutôt bienveillant qui recrute l'essentiel de ses employés parmi la faune en transit permanent des acteurs débutants et ferme les yeux quand ceux-ci doivent quitter leur poste pour aller passer une audition. Cerise sur le gâteau, la plupart de ses clients sont les cadres de la station de radio dont James a été renvoyé pour insubordination, ce qui lui permet de croiser bon nombre de producteurs et de réalisateurs auprès desquels il essaie de se faire remarquer. À ses moments de loisirs, Avery aide James à se perfectionner en équitation et lui enseigne à manier un lasso, dans la perspective de décrocher des rôles de cow-boys comme il en a lui-même déjà tenus.

À force de traîner dans les locaux de CBS en compagnie de Ted Avery, James Dean réussit à entrer en contact avec Ralph Levy, le réalisateur de télévision renommé des émissions d'Allan Young et d'Ed Wynn, qui fera désormais appel à lui pour des emplois de figurant dès qu'il en aura la possibilité. Il le prend en sympathie et lui prodigue des conseils avisés. À défaut d'argent, James Dean possède un culot incroyable et use de sa séduction avec une science consommée. C'est ainsi qu'il aborde Rogers Brackett, un homme de trente-cinq ans qui doit sa démarche de cow-boy à une pratique assidue du polo. Formé aux studios Walt Disney et aux côtés du producteur David O. Selznick, celui-ci a été engagé comme directeur financier de l'agence de publicité Foote, Cone & Belding. En ce matin du mardi 3 juillet 1951, veille de la fête nationale américaine, ce dandy élégant et raffiné vient comme chaque semaine superviser l'enregistrement de l'émission de radio estivale *Alias Jane Doe* que sponsorise l'un de ses clients. Alors même que le culot de James pourrait s'avérer de nature à braquer un homme aussi discret, Brackett, séduit, invite le jeune homme à prendre un café et, touché par une détermination qu'il pressent à toute épreuve, lui promet aussitôt de l'appuyer dans ses démarches professionnelles.

Lorsque l'épouse de Ted Avery revient à Hollywood, deux semaines plus tard, James Dean se voit contraint de déménager et Rogers Brackett lui propose tout naturellement de l'héberger dans l'appartement spacieux qu'il sous-loue au producteur William Goetz au Sunset Plaza Drive, une résidence de luxe de West Hollywood qui dispose même d'un jardin privatif. Son généreux protecteur lui assurant pour un temps le gîte et le couvert, le jeune homme dispose d'une chambre indépendante et met à profit ses moments libres pour écouter des soixante-dix-huit tours de jazz, et notamment ceux de la chanteuse noire Billie Holiday dont la voix déchirante le bouleverse. Familier des milieux homosexuels les plus fermés, Brackett y introduit son jeune protégé auprès duquel il tient rapidement le double rôle de père et d'amant. Il lui fait également découvrir Maupassant, Camus et Saint-Exupéry et l'encourage à fréquenter assidûment une salle de cinéma de Fairfax qui programme des films muets.

James ne tarde pas à récolter les premiers fruits de sa liaison discrète avec Rogers et se voit proposer de menus emplois dans divers programmes radiophoniques. C'est ainsi qu'il joue dans quatre épisodes d'*Alias Jane Doe*, une série populaire de John Michael Hayes, futur scénariste de quatre films d'Alfred Hitchcock. La vedette de la série, Lurene Tuttle, quarante-cinq ans, se prend de sympathie pour lui et l'aide à se faire engager dans d'autres émissions auxquelles elle participe dont *Stars Over Hollywood* et un épisode des *Aventures de Sam Spade,* héros de l'écrivain Dashiell Hammett qu'incarne Humphrey Bogart dans *Le Faucon maltais.* On entend aussi la voix de Dean dans les émissions *Hallmark Playhouse* et *The Theatre Guild of the Air*. Moyennant un cachet de soixante dollars, il prête enfin sa voix à un spot publicitaire de trente secondes dans lequel il vante les mérites des produits capillaires Toni qu'utilise son épouse... dont le rôle est tenu par une actrice quinquagénaire.

UN AMI INFLUENT

En ce temps-là, les aspirants comédiens défilaient en rangs serrés devant les directeurs de casting qui se contentaient dans un premier temps de repérer des visages dans la foule, sans présumer davantage des qualités dramatiques des heureux élus. James Dean a ainsi écumé pendant des mois ces files d'attente, n'hésitant pas à jouer de sa séduction, de ses qualités athlétiques, mais aussi de ses relations pour se faufiler devant ses rivaux. Le seul nom de Brackett ne suffit cependant pas à le rendre irrésistible aux yeux de tous. Recommandé par ses soins à la Metro Goldwyn Mayer, il se voit ainsi chassé manu militari du bureau du scénariste Leonard Spiegelgass, nommé en 1951 à l'Oscar pour le script du *Mystère de la plage perdue* de John Sturges. Celui-ci n'apprécie pas ses mauvaises manières et ne se prive pas de le lui faire savoir sans détour. À une autre occasion, alors qu'il est reçu dans la maison de l'écrivain George Bradshaw, à

Zuma Beach, James se fait remarquer en mettant le feu à un fauteuil. Et, une fois de plus, Brackett est prié de rembourser les frais de réparation qu'a occasionnés la « bêtise » de son protégé dont il paraît prêt à accepter tous les caprices, quitte à voir sa propre réputation de gentleman en pâtir. À travers cette liaison presque incestueuse, il éprouve le sentiment grisant de s'encanailler.

En pleine confusion sentimentale, James confie à l'époque à son agent Isabel Draesemer ses hésitations : doit-il épouser Beverly Wills ou s'afficher publiquement au bras de Rogers Brackett ? Moins pour des raisons sentimentales que dans un pur élan d'opportunisme, car il se demande tout simplement qui de la mère de sa dulcinée ou de son protecteur pourrait s'avérer le plus utile pour la suite de sa carrière. Dean se comporte en effet comme une sorte de vampire qui se nourrit de ceux qu'il aime et qui l'aiment.

Entretenu dans une certaine oisiveté, il rôde souvent aux abords de la piscine de la résidence du Sunset Plaza où il prend des photos et noue des connaissances qui pourraient se révéler profitables dans l'avenir. Il se plonge aussi avec délectation dans les romans d'Ernest Hemingway et caresse même le pur fantasme de devenir torero. Comme beaucoup de jeunes gens de son âge, il est fasciné par la mort et rêve de l'approcher au plus près pour se sentir plus fort, voire immortel. Son ange gardien l'emmène en week-end à Tijuana, au Mexique, où il assiste à une corrida en compagnie du comédien David Wayne et de son épouse. À une autre occasion, ils vont voir toréer le légendaire matador Carlos Arruza à Mexicali, la capitale de l'État mexicain de la Basse-Californie où beaucoup d'Américains vont s'encanailler en franchissant la frontière. James Dean y noue connaissance avec le réalisateur Budd Boetticher, un grand amateur de tauromachie qui fut naguère conseiller technique sur *Arènes sanglantes* et consacre à sa passion pour la corrida un film intitulé *La Dame et le toréador*. Le cinéaste lui offre un cadeau qui deviendra l'un de ses objets fétiches : une cape tachée du sang d'un taureau ayant appartenu à Sidney Franklin, l'un des très rares matadors originaires d'Amérique du Nord, aux côtés duquel Ernest Hemingway a combattu pendant la guerre d'Espagne et auquel il a consacré quelques pages mémorables de *Mort dans l'après-midi*.

La guerre de Corée s'intensifiant, le président Harry S. Truman décrète une conscription exceptionnelle et James reçoit sa feuille de mobilisation pour le front. Convoqué par la commission de révision militaire à une visite médicale, il fait valoir ses droits d'objecteur de conscience, en se prévalant de la philosophie quaker dont sa tante Ortense a pris soin de lui inculquer les principaux préceptes. Il déclare en outre être homosexuel. Un geste de provocation tel qu'il les affectionne, mais peut-être aussi le cri du cœur d'un jeune homme mal dans sa peau de bisexuel à une époque où il n'est pas de mise d'afficher des penchants considérés comme déviants. Ses arguments ayant été rejetés une première fois, Brackett doit finalement user de ses relations pour lui procurer un certificat médical de complaisance qu'accepte d'établir un psychiatre de ses amis à l'issue de plusieurs consultations. Il faut cependant que James attende l'automne suivant et un second examen médical où il est prié de produire témoignages et attestations, pour se voir réformer définitivement… probablement en raison de sa vue déplorable.

Alors que sur le plan personnel Brackett joue un rôle de mentor auprès de James Dean, il veille à sauvegarder les apparences sur la nature de leur relation et ne s'en ouvrira vraiment qu'à la fin de sa vie dans un entretien exclusif avec le journaliste Ronald Martinetti. Il contribuera ainsi à entériner des rumeurs devenues insistantes quant à l'ambivalence des mœurs du jeune séducteur, en se gardant toutefois de se livrer à des révélations salaces, mais en anticipant sur les découvertes ultérieures que pourraient être amenés à faire des biographes avides de sensations. Cette promiscuité engendre des conséquences bénéfiques pour le comédien, son Pygmalion tenant ses promesses et le présentant à bon nombre de ses amis influents à un titre ou à un autre. Le dimanche, il leur arrive fréquemment d'aller passer l'après-midi chez le chef costumier Miles White. Celui-ci possède un petit cottage en bordure de la plage de Malibu où il reçoit des amis pour la plupart homosexuels. James, que Brackett présente invariablement sous le sobriquet sibyllin de « Hamlet », sirote généralement une bière et se tient résolument à l'écart, pour marquer sa différence à l'égard de ce milieu qu'il prétend ne fréquenter que par convenance et dont la culture le complexe. C'est pourtant chez Brackett qu'il est domicilié pour ses employeurs. Il arrive aussi à James d'accompagner Rogers à Culver City, chez sa mère, avec qui celui-ci entretient des rapports passionnels, voire de rendre visite à son père et à sa belle-mère afin de leur présenter son ami. Loin de s'émouvoir outre mesure de voir son fils s'afficher au bras d'un dandy maniéré, Winton se garde bien de poser des questions dont les réponses ne pourraient que le plonger dans l'embarras et le confronter à ses propres responsabilités.

DEUX AMIES DE CŒUR

Au cours de l'été 1951, les relations de James et de Beverly Wills se distendent quand la jeune fille est envoyée en vacances chez son père qui réside dans le quartier chic de Paradise Cove, à Malibu. Malgré les sacrifices financiers qu'implique pour le jeune homme un simple plein d'essence, il va toutefois lui rendre visite en voiture. Début août, Beverly revient chez sa mère à Bel Air et l'invite à la fête qu'elle donne pour l'anniversaire de ses dix-sept ans, avec deux mois de retard dus à ses examens et aux vacances. Tandis que s'y pressent quelques futures vedettes comme Debbie Reynolds, James dépasse définitivement les bornes de la bienséance. En effet, désireux de se faire remarquer à tout prix, il entreprend de poser une pomme en équilibre sur sa tête et de lancer un défi digne de Guillaume Tell à un champion national de tir à l'arc engagé pour participer à l'animation. Sur ordre de Joan Davis, il est toutefois prié de s'abstenir d'un exploit qui risque de mal tourner. En outre, James ne supporte plus les amis d'enfance de la jeune fille qui lui font sentir ostensiblement le fossé social qui les sépare et il manque même de se battre avec un garçon qui s'est permis d'inviter Beverly à danser, laquelle a de plus en plus de mal à endurer les sautes d'humeur de son chevalier servant. « Quand il était heureux, nul n'était plus adorable que lui. Mais les jours de déprime, il voulait mourir » et « les moments de profond désespoir l'emportaient de très loin sur l'euphorie[1] ». Leur rupture s'avère inéluctable, au grand soulagement de Joan Davis qui est lasse de ce goujat mal embouché.

James Dean se console alors en compagnie d'une amie de Beverly, Karen Sharpe, qui vit elle aussi avec sa mère et chez laquelle il se laisse régulièrement inviter à dîner. Sans cesse en représentation, ils jouent les jeunes mariés dans les grands magasins et à la laverie automatique de Westwood. Il leur arrive aussi de se livrer à des simulacres de corrida. La jeune fille tient alors le rôle du taureau et son partenaire fait mine d'esquiver ses charges en agitant un bout de chiffon rouge comme il l'a vu faire. Parfois, dans l'intimité, il se met nu à son insu

1. Beverly Wills, *op. cit.*

avant de s'adonner à cette étonnante parade d'amour au terme de laquelle ils tombent dans les bras l'un de l'autre. Cette amitié amoureuse évolue au rythme des visites du garçon. Respectueuse de sa part d'ombre, Karen ne pose jamais de questions à James. Pas même lorsqu'il s'évanouit dans la nature pendant plusieurs semaines sans donner de nouvelles puis revient comme si de rien n'était, en s'abstenant de lui fournir la moindre explication et en exigeant d'elle une disponibilité totale.

PREMIÈRES ARMES SUR GRAND ÉCRAN

Grâce aux innombrables connaissances de Rogers Brackett, son jeune protégé accomplit également ses débuts au cinéma et tourne consécutivement quatre films qui lui rapportent moins de trois cents dollars mais ont le mérite de lui mettre le pied à l'étrier et de lui faire prendre conscience du chemin qu'il lui reste à accomplir pour être en pleine possession de son art. La première fois que James Dean apparaît dans le viseur d'une caméra de cinéma, c'est en prononçant deux phrases dans un film de Samuel Fuller consacré à la guerre de Corée, qui s'intitule *Old Soldiers Never Die (Les Vieux Soldats ne meurent jamais)* mais sera rebaptisé *Fixed Bayonets (Baïonnette au canon)* : « Je crois que je les entends qui arrivent... Il se pourrait bien que ce soit l'arrière-garde qui remonte ! »

Las, cette réplique mémorable enregistrée dans les studios de la Twentieth Century Fox le 11 août 1951 est coupée au montage lorsque le film sort aux États-Unis, trois mois et demi plus tard, alors même qu'elle figurait dans l'une de ses bandes-annonces initiales. Mais l'éternité en retient le visage d'un jeune acteur qui irradie l'écran le temps d'un plan fugitif en noir et blanc et prend la lumière avec une photogénie exceptionnelle.

Le samedi 29 septembre, James Dean est assis au bord d'un ring de boxe, une serviette autour du cou. Il incarne le premier matelot numéro 510, qui s'active auprès d'un adversaire de Jerry Lewis dans *La Polka des marins,* l'une des comédies les plus médiocres du tandem à succès que formait celui-ci avec Dean Martin. « Lewis, par pure gentillesse, fit engager James Dean alors inconnu, rapporte Robert Benayoun, pour un petit rôle de soigneur pendant le match de boxe : Dean utilise très bien son temps de prise et a droit à une réplique : "Ce type est un professionnel." [1] » Ce film Paramount produit initialement sous le titre *At Sea With the Navy (En mer avec la marine)* a été confié au tâcheron Hal Walker qui adapte sans zèle excessif une pièce de théâtre déjà portée à l'écran sous le titre *Lady Be Careful.* Bien que mentionné dans les colonnes du *Hollywood Reporter,* James Dean n'est pas crédité au générique, en dépit de trois jours de tournage : deux sur le ring, un dans les vestiaires. On l'aperçoit également de manière fugi-

1. *Bonjour, monsieur Lewis,* Robert Benayoun, Éditions Éric Losfeld, 1972.

tive, figurant aux côtés d'Humphrey Bogart, dans un montage de plans sur la fabrication d'un journal inséré dans *Bas les masques !* de Richard Brooks.

Tôt le matin du mardi 9 octobre, James arbore une tenue de collégien 1900, avec un ancien copain de l'UCLA dont s'occupe également Isabel Draesemer, sur le plateau de *Oh Money, Money*, une bluette familiale de Douglas Sirk qui deviendra plus tard *Qui donc a vu ma belle ?* Interrogé à son propos par le journaliste Jon Halliday, le cinéaste se contente de déclarer laconiquement que James Dean « était très bien dans le rôle [1] ». En l'occurrence, sa mission, qui lui rapporte cinquante-cinq dollars, consiste à entrer dans un drugstore et à commander une glace si compliquée au barman, incarné par Charles Coburn, que ce dernier lui demande de « revenir le lendemain pour un essayage ». Quant à Dean, au dire même de Sirk, « il a disparu. Je crois qu'ils n'ont pas renouvelé son contrat [2] ».

PRÉPARATIFS DE DÉPART

De moins en moins assidu aux cours de James Whitmore, James Dean lui fait part de sa fascination à l'égard des deux stars montantes que sont

1. *Conversations avec Douglas Sirk*, Jon Halliday, *Cahiers du Cinéma*, 1997.
2. Jon Halliday, *op. cit.*

Montgomery Clift et Marlon Brando. En ce début d'automne 1951, qui ne s'annonce pas particulièrement faste sur le plan professionnel, l'élève décide de suivre le conseil que lui a donné son maître quelques mois plus tôt et de partir tenter sa chance à New York « où tous les acteurs dignes de ce nom se devaient d'étudier un jour ou l'autre[1] ». Dean hésite d'autant moins à suivre ce conseil avisé que l'émission *Alias Joe Doe* s'est arrêtée et que Brackett vient d'être muté à Chicago, où il doit produire une émission pour enfants intitulée *Meadow Gold Ranch,* tout en assurant la supervision commerciale de la station de radio WMAQ. C'est donc ensemble qu'ils se rendent dans cette ville et s'installent à l'hôtel Ambassador East, un palace dans lequel le jeune homme fait sensation avec son jean et son inséparable cape de matador. Plus tard, il édulcorera lui-même pudiquement ses véritables relations avec Brackett en ces termes : « J'ai pris le train de Los Angeles avec Rogers. Il a réservé un compartiment privé pour nous deux[2]. »

Avant son départ, James Dean accomplit un détour de cinq jours via Fairmount afin d'embrasser sa famille et ses amis. Au cours de ce passage éclair, il fait profiter de son expérience une assemblée d'élèves médusés qu'il gratifie eux aussi de quelques passes de torero et va même jusqu'à participer brièvement à l'entraînement de l'équipe scolaire de basket avant de regagner les vestiaires, à

1. Donald Spoto, *op. cit.*
2. Liz Sheridan, *op. cit.*

bout de souffle. Adeline Nall lui ayant demandé de diriger à sa place l'atelier théâtral, il supervise ce soir-là les répétitions d'un spectacle intitulé *Men are Like Streetcars* et doit s'interrompre autour de minuit sous la pression des parents d'élèves inquiets de ne pas voir rentrer leur progéniture. Il repart finalement pour Chicago le samedi 20 octobre 1951, en compagnie de son premier mentor, James de Weerd, avec lequel il séjourne dans un hôtel modeste et qui lui remet deux cents dollars. Au même moment, sur la côte Ouest, Isabel Draesemer est à la recherche de James à qui Jerry Fairbanks entend proposer de reprendre son rôle de l'apôtre Jean dans une nouvelle production à vocation religieuse.

Dans l'attente d'une prochaine affectation imminente à New York et conscient du fait que James risque de perdre son temps et d'user sa patience, Rogers appelle son meilleur ami, le compositeur Alec Wilder, pour lui demander de veiller sur son protégé, lui glisse un mot de recommandation pour un directeur de télévision qu'il connaît et lui offre son billet à bord du prestigieux Twentieth Century Limited, inauguré en 1902 et immortalisé au cinéma en 1934 dans un film éponyme d'Howard Hawks intitulé en français *Train de luxe*. Par un jour ensoleillé, James peut alors mettre le cap en direction de la côte Est pour un périple de quinze cents kilomètres effectué en seize heures. En route vers la gloire.

New York, New York

Dès son arrivée à New York, un dimanche de bon matin, James Dean s'arrête dans une cabine téléphonique pour composer l'un des numéros que lui a remis Rogers Brackett et s'adresse à son interlocuteur en ces termes surprenants : « Bonjour, monsieur Wilder, c'est le Petit Prince[1]... » Le compositeur réside de façon permanente à l'hôtel Algonquin, 59 Quarante-quatrième Rue Ouest, un monument historique qui est depuis sa construction en 1902 le lieu de rendez-vous de nombreux intellectuels. Il l'invite à venir partager son petit déjeuner sous les lambris dorés et l'aide à prendre une chambre à l'Iroquois, un établissement beaucoup plus modeste mais situé dans la même rue. De ce jour, James Dean rend fréquemment visite à Alec Wilder, avec qui il a de longues conversations ponctuées çà et là d'imitations pleines d'esprit. Un soir, il aperçoit même William Faulkner en train d'errer dans le hall de l'hôtel comme une âme en peine, sans oser l'aborder.

1. *James Dean : A Biography*, William Bast, Ballantine Books, 1956.

En ce début des années cinquante, New York « est encore une ville blanche » où vivent environ deux millions et demi de Juifs de la deuxième et de la troisième génération qui « se sont intégrés à la société ambiante. Les Italiens composent un dixième voire un septième de la population[1] ». Quant aux Irlandais, ils « continuent de tenir un rôle important, mais leur influence décline » car « ils ont choisi d'aller vivre dans les banlieues et se sont fondus dans l'agglomération[2] ». Devenue depuis la fin de la guerre la véritable vitrine des États-Unis aux yeux du reste du monde, la métropole d'acier et de verre est un véritable pays de cocagne qui exerce une fascination immédiate sur James. Le jeune provincial ne se lasse pas de lever la tête pour contempler la façade du Motogram où quinze mille ampoules annoncent tous les soirs les titres du *New York Times*, ou les ronds de fumée qui sortent à intervalles réguliers de la bouche du marin dessiné sur un panneau publicitaire pour les cigarettes Camel. Tandis que l'immeuble Lever est en construction sur Park Avenue, au bord de l'East River s'édifie le complexe des Nations unies, qui sera inauguré en 1952, mais dont le personnel a déjà commencé à emménager.

La nuit, lumineuse comme en plein jour, Man-

1. *Et la politique continue*, André Kaspi, *New York 1940-1950*, Autrement, 1995.
2. *Ibid.*

hattan vit au rythme du jazz et du be-bop dont la scène a émigré vers la Cinquante-deuxième Rue et le quartier de Broadway surnommé Tin Pan Alley. En octobre 1951, toute la ville se presse au RKO Palace pour applaudir le retour sur scène de Judy Garland. Dans cette jungle urbaine qui a vu quelque quatre cent mille de ses habitants émigrer vers la périphérie en quarante ans, le meilleur moyen de se faire remarquer et de nouer des contacts intéressants consiste encore à sortir dans les endroits à la mode et à y laisser traîner ses oreilles et... sa carte de visite. Encore faut-il en avoir les moyens, ce qui est loin d'être le cas de James Dean. En outre, la précarité de sa situation a achevé de rendre le jeune provincial insomniaque et il tente de compenser son manque de sommeil à grands renforts de café et de cigarettes, ce qui ne contribue qu'à rendre son caractère plus lunatique et ses réactions plus imprévisibles.

Solitaire pour les uns, sauvage pour les autres, James Dean s'entiche aussi vite des gens qu'il les laisse tomber. Comme s'il avait besoin de se nourrir de leur expérience, mais était incapable de s'impliquer outre mesure sur le plan affectif. Il se prend ainsi d'amitié pour Harry Drake, un artiste en herbe originaire du Kansas qui semble au moins aussi égaré que lui. Ensemble, ils écument les librairies d'occasion de la Huitième Avenue en quête d'affiches de corridas. Photographe amateur, Drake prête son matériel à Dean qui mitraille la ville sous tous les angles. Comme pour mieux l'apprivoiser. Plus tard, lorsque Drake, dans le besoin, sollicitera de sa part le prêt momentané de quelques dollars, l'acteur pourtant en fonds les lui refusera en l'humiliant gratuitement. « Quand on a pressé le citron, on le jette », remarquait justement Voltaire. James sympathise également avec le coiffeur de l'hôtel Iroquois, Louis Fontana, aux services duquel il fait régulièrement appel lorsqu'il a un rendez-vous professionnel important, quitte à le payer ensuite à tempérament.

Le jeune comédien, condamné malgré lui à une oisiveté provisoire, arpente le pavé sans relâche et s'astreint à un rayon d'action fort limité tout en allant au cinéma jusqu'à trois fois par jour. Deux films le marquent plus particulièrement, à l'affiche desquels brillent des noms prestigieux qui deviendront bientôt indissociables de sa vie : *Un tramway nommé désir* d'Elia Kazan, avec Marlon Brando, et *Une place au soleil* de George Stevens, avec Montgomery Clift et Elizabeth Taylor. Il ne se lasse pas de les revoir. Un chauffeur de bus avec qui il a sympathisé se souvient même d'être resté avec lui dans une salle qui programmait l'adaptation du roman de Theodore Dreiser, *Une tragédie américaine*, « de huit heures du matin à deux heures du matin le lendemain [1] ». Reste que l'intuition de l'apprenti comédien est infaillible : ces deux films décrochent l'un et l'autre une citation à l'Oscar du meilleur acteur… que remporte finalement Humphrey Bogart pour *African Queen* de John Huston. « Rien qu'au cinéma, j'ai dépensé cent cinquante

1. Val Holley, *op. cit.*

dollars de mes maigres réserves [1] », confiera plus tard James Dean. Histoire de se mettre un peu de baume au cœur en cette période de disette, il réussit à assister au gala de lancement de son premier film, *Baïonnette au canon,* au Rivoli Theatre, un cinéma de Broadway.

Au cours de l'hiver, il découvre que la douceur californienne n'a pas que des défauts et endure des conditions climatiques comme il n'en a plus connues depuis son départ de l'Indiana. À cette nuance près qu'à l'époque il savait où s'abriter du froid et que sa vie quotidienne de campagnard était rythmée par les saisons. La jungle new-yorkaise est au contraire sans pitié pour ceux qui l'affrontent désarmés. Comme toutes les grandes métropoles, elle refoule sans pitié ses déshérités du centre-ville, hormis ceux qui ont trouvé refuge dans leur communauté religieuse ou ethnique. Il n'existe toutefois aucun refuge pour les jeunes artistes provinciaux sans famille, sinon leur force de caractère.

Bardé d'une détermination sans faille, James Dean réussit à se procurer les numéros de téléphone privés de Monty Clift et de Marlon Brando qu'il harcèle jour et nuit de ses appels. Mais quand il arrive à ses correspondants de répondre, leur admirateur reste sans voix et raccroche après avoir balbutié quelques mots inintelligibles. Sa vénération pour les deux stars de l'Actors Studio est telle qu'il lui arrive même à l'époque de signer des lettres « James Brando Clift Dean ». Par la suite, Brando

1. *James Dean, A Short Life*, Venable Herndon, Doubleday, 1974.

manifestera envers Dean un mépris hautain en conseillant à son entourage de l'inciter à consulter un psychologue. De son côté, Monty Clift se tiendra toujours à distance raisonnable de lui et quand il le verra jouer sur la scène de l'Actors Studio, il se gardera bien de révéler à quiconque ce que lui inspire sa prestation. Indisposé par l'adulation pesante de ce jeune acteur qui l'a choisi pour modèle, Clift ne pourra réprimer une anxiété tout aussi irrationnelle chaque fois que quelqu'un mentionnera devant lui le nom de cet admirateur de moins en moins inconnu. Il agira de la même façon plus tard vis-à-vis de Paul Newman quand certains critiques en panne d'inspiration s'empresseront de le surnommer à son tour « le nouveau Montgomery Clift » au lendemain de sa prestation aux côtés de son amie Elizabeth Taylor dans *La Chatte sur un toit brûlant* de Richard Brooks. Un autre grand rôle que Clift a d'ailleurs lui-même décliné, à l'instar de ceux que tient Brando dans *Désirée* et *Sur les quais* (qui lui vaut un Oscar en 1955).

Une fois son maigre pécule dépensé, James Dean décide prudemment de se replier dans une modeste chambre d'une auberge de jeunesse de la Soixante-troisième Rue Ouest, à deux pas de Central Park. C'est là que réussit à le joindre un soir Beverly Wills, de passage à New York où elle réside avec sa mère à l'hôtel Plaza. Heureux de revoir ce visage familier, James se laisse inviter à dîner sans que son amie ait besoin de trop insister. La jeune femme constate qu'il a beaucoup changé. Son ex-prince charmant a beau arborer un poignard de matador à la ceinture, sa tenue est négligée et surtout il a énormément maigri, se nourrissant presque exclusivement de milk-shakes depuis son arrivée à New York. Elle déclarera même dans un article publié après sa mort : « Il était non seulement déprimé mais aussi affamé[1]. »

Pendant ses nombreux moments de liberté, l'aspirant comédien arpente New York sans relâche et dévisage les passants afin de nourrir ses futures compositions dramatiques. Les conditions climatiques rigoureuses et le pavé rugueux soumettent à rude épreuve ce garçon de la campagne débordant de santé qui se mue petit à petit en un citadin efflanqué aux mâchoires saillantes et aux traits anguleux, peu enclin à une magnanimité qui ne semble pas de mise dans ce monde sans pitié pour ses exclus où le revenu minimum d'une famille de quatre personnes avoisine alors les quatre mille deux cents dollars par an. C'est dans cet état pitoyable que le retrouve Brackett lorsqu'il arrive enfin à New York peu de temps avant Noël 1951.

LES GRANDES ESPÉRANCES

Inquiet de l'état de délabrement physique et mental dans lequel a sombré son jeune protégé, Rogers le recueille une nouvelle fois chez lui. Il

1. Beverly Wills, *op. cit.*

occupe seul un appartement cossu dans un immeuble de la Trente-huitième Rue Ouest sur lequel est apposée une plaque commémorative qui rappelle que l'endroit abrita dans les années vingt et trente plusieurs célébrités littéraires. Dans la foulée, toujours aussi attentionné, Brackett entreprend de battre lui-même le rappel de ceux de ses proches susceptibles de donner un coup de pouce à un jeune acteur désireux de faire carrière. Grâce à son ami Ralph Levy, que James a déjà eu l'occasion de croiser au studio CBS de Los Angeles, il contacte James Sheldon, responsable de la production des spots publicitaires au sein de l'agence Young & Rubicam dont l'un des clients, le café Maxwell, parraine la série télévisée *Mama* diffusée tous les vendredis soir sur la chaîne CBS depuis 1949. Après avoir fait passer un essai concluant à Dean, l'aspirant réalisateur use de son influence pour le recommander à l'assistante de production Doris Quinlan. Il a entendu dire que le réalisateur Ralph Nelson est à la recherche d'un jeune talent susceptible de remplacer Dick van Patten, l'un des acteurs de ce feuilleton à succès, qui s'apprête à partir sous les drapeaux. Détail qui n'a pas échappé à James Dean, la série s'inspire d'une pièce intitulée *I Remember Mama* dans laquelle a été révélé à Broadway en 1944... Marlon Brando. George Stevens en a même tiré quatre ans plus tard une adaptation cinématographique intitulée *Tendresse*. Séduit par James Dean, Ralph Nelson décide de le tester dans plusieurs rôles secondaires, jusqu'au moment où, convaincu de son potentiel, il l'engage pour incarner ce fils d'une famille d'immigrants norvégiens du début du XXe siècle à Chicago. Mais au bout de deux semaines, le réalisateur se ravise car il trouve James décevant dans cet emploi. Du coup, quand Dick van Patten est déclaré inapte au combat pour raison médicale, il reprend naturellement son rôle et James Dean s'en repart comme il était venu, non sans avoir sympathisé avec l'acteur qu'il était supposé remplacer, mais aussi avec d'autres débutants tels que Paul Newman et Jack Lemmon.

Au terme de cette expérience qui ne lui a rapporté qu'une nouvelle désillusion, mais l'a endurci un peu plus face aux vicissitudes de ce métier si ingrat, James Dean ne possède plus un sou vaillant. Heureusement, grâce au soutien de Franklin Heller qui ne l'a pas oublié et le sait en grande difficulté, James est engagé au tarif de cinq dollars de l'heure en tant que doublure lumière et testeur de cascades sur le plateau de l'émission *Beat the Clock (Contre la montre),* une sorte d'ancêtre télévisuel de *La Tête et les jambes* et de *Jeux sans frontières.* Au cours des répétitions qui se déroulent en trois étapes, il prend un malin plaisir à exécuter les tours de force les plus saugrenus représentés dans le cadre de ce jeu en public, ce qui l'aide à retrouver une forme physique qu'il a quelque peu perdue au fil des mois. Il est finalement remercié sous prétexte que ses prouesses athlétiques dépassent largement les capacités de la plupart des candidats qui se trouvent ainsi pénalisés malgré eux ! Cette expérience lui permet de nouer une solide amitié avec l'acteur Martin Landau, lui aussi à ses débuts, qu'il a déjà croisé auparavant à l'occasion de plusieurs castings.

JIMMY ET DIZZY

Les soirs de grande solitude, désireux d'échapper à la promiscuité pesante de l'auberge de jeunesse pour garçons du West Side où il a élu domicile, et où il redoute plus que tout de tourner comme un lion en cage en broyant du noir entre ses quatre murs décrépits, James Dean cherche volontiers refuge chez les uns et chez les autres. Comme ce jour où il échoue dans les locaux du Rehearsal Club, une pension d'artistes pour jeunes filles qui accueille depuis 1913 des débutantes triées sur le volet, au 47 Cinquante-troisième Rue Ouest. Les visiteurs masculins n'y sont tolérés que jusqu'au couvre-feu de minuit dans le salon d'accueil. C'est Ann Roberts, une occupante des lieux croisée sur le plateau de *Beat the Clock,* qui lui a donné rendez-vous à son adresse en lui faisant miroiter la promesse d'un repas chaud et gratuit. Il connaît cet endroit pour y avoir erré parfois en quête de nouvelles rencontres. D'autres pensionnaires charitables ont déjà accordé à ce jeune homme plutôt bien fait de sa personne mais à la mise terriblement négligée l'aumône d'un sandwich, d'un soda et même… d'un vieux manteau en poil de chameau.

Un après-midi pluvieux de l'automne 1951, aux environs de dix-sept heures, trempé jusqu'aux os dans un imperméable élimé, James est vautré sur un canapé, les pieds sur une table basse, en attendant Ann, lorsqu'il fait la connaissance de la danseuse Elizabeth Ann Sheridan, vingt-deux ans, que tous ses proches appellent Dizzy. Au terme de cette brève rencontre, elle lui prête un parapluie qu'il promet de lui rapporter dès le lendemain. Ainsi commence la première histoire d'amour romantique de James...

L'un et l'autre se découvrent beaucoup de points communs. Cavalière émérite, Dizzy avoue à James qu'elle rêvait de devenir cow-girl ou matador. Elle lui fait l'apologie d'*Arènes sanglantes* avec Tyrone Power et quand elle mentionne *La Dame et le toréador* avec Robert Stack, il lui raconte avoir rencontré le réalisateur Budd Boetticher et promet de lui montrer la cape que lui a offerte ce dernier. « La corrida est une question de peur, affirme-t-il. Il s'agit de surmonter son appréhension. De regarder la mort en face et de l'éviter. De défier la mort et de dominer sa peur[1]. » Plus tard, une autre de ses proches affirmera quant à elle que le jeune homme n'a jamais assisté à une corrida de sa vie et qu'« il espérait, non seulement en voir une, mais encore y participer en tant que torero[2] ».

Au cours des semaines suivantes, on croise souvent Jimmy et Dizzy attablés à l'Automat de Broad-

1. Liz Sheridan, *op. cit.*
2. *Portraits, années 50*, photographies de Sanford Roth, texte de Beulah Roth, Éditions Albin Michel, 1989.

way, un ancêtre de la restauration rapide[1] qui fonctionnait en libre-service à toute heure du jour ou de la nuit et qui permettait aux plus démunis de s'installer des heures entières à une table, sans nécessairement consommer quoi que ce soit. Ils apprécient aussi l'hospitalité du Jerry's Bar and Restaurant, à l'angle de la Cinquante-sixième Rue et de la Sixième Avenue. Jerry Lucci, l'Italo-Américain affable qui dirige l'établissement, devient rapidement un familier de Dean et lui rend de multiples services annexes, qu'il s'agisse d'encaisser des chèques, de prendre ses messages téléphoniques, de le laisser se servir à discrétion dans le réfrigérateur et surtout de payer à tempérament lorsque James est affamé et sans le sou, ce qui lui arrive fréquemment à l'époque.

Au cours de l'un de leurs premiers tête-à-tête, Jimmy encourage Dizzy à commander une Champale, une bière gazeuse brassée à Norfolk, en Virginie, dans l'une des quelque cinq cents brasseries que comptent alors les États-Unis. Et quand leurs consommations arrivent, profitant d'un instant d'inattention de la jeune fille, son compagnon facétieux glisse subrepticement dans son verre... son appareil dentaire. À une autre occasion, lorsque le serveur s'étonne de les voir si élégants et s'inquiète du deuil soudain qui les frappe, James lui répond qu'ils s'apprêtent en fait... à auditionner pour un film porno ! Des plaisanteries comme il les affec-

1. Les premiers McDonald's, dont le succès initié en 1948 en Californie va provoquer la prolifération nationale puis planétaire, sont alors fréquentés davantage par les familles ouvrières que par les jeunes.

tionne, et dont le goût douteux ne semble aucunement rebuter sa nouvelle complice, laquelle est tombée instantanément sous le charme de ce fantasque timide au doux regard de myope.

Quelques jours après leur première rencontre, Jimmy rejoint Dizzy dans le minuscule studio de la Huitième Avenue où elle répète avec deux partenaires masculins un numéro chorégraphique qu'ils doivent interpréter dans une boîte de nuit de Harlem. Les deux amis qui ne sont pas encore amants vont aussi découvrir *La Polka des marins* au Mayfair Theatre, un cinéma de la Quarante-deuxième Rue. Ils font du lèche-vitrine sur la Cinquième Avenue en admirant une Jaguar qui fait fantasmer le jeune homme. James n'éprouve pas le moindre doute sur son avenir : un jour, il deviendra star et gagnera des courses automobiles au volant de ce bolide. Il s'invente des morceaux de bravoure insensés parmi lesquels une course de taureaux à Pampelune et même un séjour en prison. Il va jusqu'à raconter à Dizzy qu'il a rencontré son idole, Saint-Exupéry... alors que l'aviateur français réfugié à New York en 1941 a péri en vol trois ans plus tard. Or, James n'a découvert l'existence de l'auteur du *Petit Prince* que grâce à Rogers, c'est-à-dire bien après sa mort. De son côté, Dizzy lui présente un personnage pittoresque de la vie new-yorkaise à qui elle voue une affection particulière : le poète aveugle et végétarien surnommé Moondog (littéralement « Chien de la lune ») qui a élu domicile dans la rue. Reconnaissable à son casque de Viking, il s'habille de robes bouffantes et joue de la musique sur des os séchés transformés en instruments.

LA VIE DE BOHÈME

Les jeunes gens vont passer un week-end romantique à Larchmont, dans le Connecticut, à quarante-cinq minutes en train de la gare de Grand Central. C'est leur première nuit en amoureux dans une auberge campagnarde où ils se sont inscrits sous le nom de M. et Mme Dean. Dizzy avoue à Jimmy qu'elle a perdu sa virginité… en faisant du cheval et leur nuit de noces symbolique est comme souvent en pareilles circonstances un mélange charmant de maladresse et d'excitation.

Le lendemain, la jeune femme va présenter officiellement James à sa sœur enceinte, Fran, dont le mari est parti en mission à Okinawa pour le compte de l'armée de l'air et qui réside temporairement chez leur mère. Celle-ci est divorcée du pianiste de jazz Frank Sheridan, qui a côtoyé naguère à Paris le compositeur Darius Milhaud au sein du fameux groupe des Six. Dizzy entraînera ainsi à plusieurs reprises Jimmy en pèlerinage sur les lieux de son enfance où les soirées familiales se terminent immanquablement par des chansons entonnées en chœur autour du piano, comme dans une comédie musicale de la MGM.

Vivant essentiellement d'amour, d'eau fraîche et

de rêves mirifiques, les deux tourtereaux deviennent bientôt inséparables. « Nous passions tellement de temps à nous parler au téléphone, a confié la jeune femme, que nous avons décidé de nous installer ensemble[1]. » Invité à venir fêter Noël chez la mère de Dizzy, Jimmy décline l'invitation en prétextant une vague obligation professionnelle. En fait, Rogers Brackett l'a d'ores et déjà convié à passer la soirée en tête à tête dans une auberge de Garrison. Mais, à Dizzy, il explique que son inactivité prolongée lui pèse, que l'échec de ses dernières auditions a soumis son amour-propre à rude épreuve, qu'il n'a pas les moyens d'offrir des cadeaux et surtout que les fêtes de fin d'année lui rappellent trop cruellement l'absence de sa mère, ses mauvaises relations avec son père et son éloignement de Fairmount. En d'autres termes, James refuse de se donner en spectacle si ce n'est pas pour faire bonne figure. Un jour, il va même jusqu'à menacer Dizzy d'attenter à ses jours, avant de se raviser et de lui faire cette promesse solennelle (qu'il tiendra) :

> Je jure sur la tombe de ma mère de ne plus jamais parler de me suicider[2].

Fin janvier, grâce à un billet de cent dollars providentiel que le père de Dizzy lui a remis en guise de cadeau de Noël et à une formation rémunérée

1. Donald Spoto, *op. cit.*
2. Liz Sheridan, *op. cit.*

de retoucheuse que la jeune fille a dénichée dans un laboratoire de l'American Photograph Corporation, à raison de trois jours par semaine, le couple emménage au deuxième étage de l'hôtel Hargrave qui loue des appartements au mois. En l'occurrence, leur studio se compose d'une chambre éclairée de deux fenêtres et d'une salle de bains. C'est la vie de bohème. Ils font cuire leurs maigres repas sur une plaque chauffante et il l'initie au dessin, l'un de ses passe-temps favoris. Elle lui apprend à faire des arbres, il lui montre comment crayonner des taureaux, son sujet de prédilection, et lui enseigne les règles de base, en lui prodiguant ce conseil avisé : « Tout ce que tu as à faire est de bien regarder ce que tu dessines et de te le représenter dans ton esprit. C'est simple. Il suffit de se concentrer. Tout doit venir de l'intérieur[1]. »

Les jeunes gens partagent une nostalgie identique de leurs vertes années qui les incite à fréquenter assidûment le magasin de jouets new-yorkais F.A.O. Schwartz à la période des fêtes de fin d'année et à effectuer des entrechats dans les endroits les plus saugrenus, du pavé new-yorkais aux allées de Central Park. Il arrive même que des badauds, se méprenant sur leur compte, leur fassent l'aumône d'une pièce. À d'autres moments, ils exécutent des passes de toréador. Le rituel est immuable : Jimmy manie sa cape fétiche, qui leur tient également lieu de couverture la nuit, tandis que Dizzy fait mine de le charger en tenant devant sa tête les

1. Liz Sheridan, *op. cit.*

cornes de taureau qu'ils ont décrochées du mur de leur studio où elles se dressent fièrement.

L'ÂGE D'OR DE LA TÉLÉVISION

Le 27 janvier 1952, James Dean hérite d'un petit rôle dans le *CBS Television Workshop*, la déclinaison télévisuelle de l'émission radiophonique *Columbia Workshop* pour laquelle Orson Welles avait mis en scène naguère une adaptation mémorable de *La Guerre des mondes*. À en croire son producteur, Norris Houghton, cet épisode tiré d'*Into the Valley*, un récit autobiographique du correspondant de guerre John Hersey consacré à la bataille de Guadalcanal, est réalisé dans un style « semi-documentaire[1] ».

Quand il leur arrive d'avoir un peu d'argent, les amoureux le dépensent sans se soucier du lendemain. Leur passion a beau être fusionnelle, pour le vingt et unième anniversaire de James, Dizzy convie quelques-unes de ses amies du Rehearsal Club chez Jerry. De l'avis général des invitées, la soirée est une réussite totale.

Au milieu de cette succession ininterrompue de jours grisâtres où l'espoir de lendemains qui chantent se révèle de plus en plus ténu, surgit parfois une étincelle qui conforte James dans son idée de

1. *Entrances and Exits*, Norris Houghton, Limelight, 1991.

s'accrocher et de continuer à croire en sa bonne étoile. Son talent ne fait aucun doute à ses yeux et là réside sans doute sa plus grande force. Il ne s'étonne donc pas outre mesure qu'Eleanor Kilgallen, une directrice de casting de l'agence MCA, séduite elle aussi, adresse ce jeune homme qu'elle a déjà repéré à diverses reprises au producteur Franklin Heller en ces termes :

> Je ne vous recommanderai plus jamais personne de qualité si vous n'engagez pas ce garçon, car il deviendra une grande vedette[1] !

C'est dans ce contexte que James auditionne pour *The Web,* une dramatique policière d'une demi-heure confiée à Lela Swift, devenue l'année précédente la toute première réalisatrice de la télévision américaine. L'émission est diffusée en direct, comme c'est encore le plus souvent le cas à cette époque. Les quatre jours de répétition sont donc cruciaux. Dans l'épisode intitulé *Sleeping Dogs,* James incarne le rôle d'un jeune homme qui contribue à élucider le meurtre de son frère dans une station de sports d'hiver. À l'exception de la réalisatrice, qu'il accapare littéralement, l'équipe au grand complet prend en grippe ce comédien débraillé et ombrageux qui croit détenir la vérité, mais n'est même pas capable de respecter les marques disposées au sol indiquant aux comédiens leurs déplacements, et s'investit tellement dans son

1. *The Golden Age of Television,* Max Wilk, Delacorte, 1976.

rôle que, pris à son propre jeu, il finit une répétition en sang. Pourtant, le jour de la diffusion sur CBS, la performance de James subjugue tout le monde, y compris le producteur Franklin Heller qui a finalement tout mis en œuvre pour l'écarter, tant les caprices perpétuels du jeune acteur l'ont exaspéré, au point d'en appeler un jour de colère à la médiation d'Archer King, l'employé de l'agence artistique Louis Shurr qui gère provisoirement les intérêts du comédien.

Les retombées de cette prestation ne se font pas attendre. Affolés par la maigreur de leur neveu qu'ils ont regardé sur leur téléviseur acheté pour l'occasion, Ortense et Marcus Winslow lui expédient des vivres. Sur le plan professionnel, James Dean est engagé dès le lendemain de la diffusion pour jouer le rôle d'un étudiant dans *Black Pearls*, un épisode de la série policière *Martin Kane, Private Eye* dont la deuxième saison est diffusée un jeudi soir par mois sur la chaîne NBC. L'intrigue est la suivante : Martin Kane reçoit une lettre anonyme qui lui enjoint de se rendre sur le yacht du milliardaire Angus Redfield, en se faisant passer pour un journaliste. Mais le richissime collectionneur de perles est retrouvé assassiné… Une fois de plus, les répétitions sont houleuses et le comédien se met à dos l'ensemble de l'équipe, y compris l'interprète du détective privé qui donne son nom à cette série à succès, en l'occurrence, cette saison-là, Lloyd Nolan, mais aussi le réalisateur, Frank Burns.

La télévision impose un rythme intensif qui ne

semble décidément pas convenir à un acteur aussi tourmenté et perfectionniste que James Dean. Contrairement à la plupart des partenaires auxquels il se trouve confronté, il a besoin de temps pour prendre ses marques et s'approprier son personnage, ne fût-ce que celui d'un réceptionniste d'hôtel. Au bout de deux jours de répétition, James est donc renvoyé et un acteur plus docile le remplace au pied levé. Cela ne l'empêche pas de décrocher un nouveau contrat avec CBS et d'apparaître pendant une quarantaine de secondes déguisé en groom d'hôtel pour les besoins de *Ten Thousand Horses Singing*, un épisode de l'émission *Studio One* dans lequel il est censé tenir un rôle muet. La diffusion intervenant en direct, il prononce un « oui » laconique, puis annonce le numéro de l'étage dans un ascenseur, au grand dam de son partenaire John Forsythe qui ne s'attendait pas à un tel culot de la part d'un figurant, et ne peut dissimuler sa surprise, perceptible sur son visage.

Bien que modeste, la prestation de James Dean s'avère suffisamment voyante pour attirer l'attention du réalisateur Paul Nickell qui fera de nouveau appel à lui deux mois plus tard et lui confiera le rôle d'un soldat jugé pour s'être assoupi à son poste, dans *Abraham Lincoln*. Ironie du sort, à la même époque, le comédien prête également sa voix à un ami du futur président (qu'incarne John Lund) dans une émission de la série radiophonique *U.S. Steel Radio Hour* intitulée *Prologue to Glory*. Entre-temps, il assoit sa réputation en jouant dans

The Foggy, Foggy Dew, un épisode d'une demi-heure de la série *Lux Video Theatre*. Une fois n'est pas coutume, Dean, qui semble préposé à endosser toute la misère du monde, y est omniprésent dans le rôle plutôt gai d'un garçon de dix-neuf ans qui rencontre inopinément son père biologique au cours d'une partie de chasse.

Las de défiler dans des auditions qui n'aboutissent jamais et d'être traité sans le moindre ménagement, James Dean entreprend de dénicher un agent artistique avec le soutien actif de James Sheldon. Celui-ci porte comme un poids sur la conscience d'avoir entraîné ce jeune homme talentueux dans cette aventure télévisuelle sans lendemain que fut *Mama*. Non content de prêter occasionnellement de l'argent à l'acteur démuni, il le recommande personnellement auprès de Jane Deacy, celle qui deviendra son agent avant de défendre les intérêts exclusifs de George C. Scott. Cette femme de tête a débuté en tant que standardiste avant de prendre du galon dans l'agence théâtrale de Louis Shurr. James noue avec elle des relations très étroites, au point de l'appeler « Maman » et de se réfugier volontiers dans son giron dès que le doute l'assaille ou que le désœuvrement le mine. Les effets de leur complicité ne tardent pas à se concrétiser.

Au cours de ce premier hiver new-yorkais particulièrement rigoureux, James présente également Dizzy à Alec Wilder. Fin mars 1952, comme les deux tourtereaux ne parviennent plus à payer leur loyer, ils décident de se séparer temporairement. La jeune femme se fait héberger par son amie Sue Height qui réside à proximité de la Huitième Avenue, tandis que son compagnon emprunte de l'argent aux Winslow afin de prendre une petite chambre à l'Iroquois en attendant des jours meilleurs. En février, inquiet d'un silence qui se prolonge anormalement à son gré, Rogers Brackett retrouve la trace de James Dean par l'entremise de Jane Deacy, mais la situation est délicate car Dizzy occupe désormais une place importante dans la vie de son protégé. Ce dernier décide donc d'organiser une rencontre entre l'homme et la femme qui se disputent son intimité et davantage... L'entrevue se révèle conforme aux usages en cours dans la meilleure société : Rogers essaie d'impressionner Dizzy, à défaut de la séduire. Au terme de cette rencontre où chacun campe sur ses positions en respectant les règles du savoir-vivre, Brackett réalise qu'il partage de nombreuses connaissances avec le père de la jeune femme et que les liens qu'entretient cette dernière avec James sont moins superficiels qu'il ne l'escomptait. Nullement impressionnée par le cadre fastueux dans lequel vit son rival, Dizzy éprouve moins d'hostilité que de pitié à l'égard de cet homme tout de beige vêtu.

Grâce à un imprimeur de cartes de vœux qui figure parmi sa clientèle, Brackett recommande une fois de plus son protégé auprès des producteurs de l'émission de télévision qu'il parraine, en l'occurrence *The Hallmark of Fame* que présente à l'époque la propre fille de Winston Churchill, Sarah, en qui James trouve une complice inattendue. Son travail est véritablement à la portée du premier venu. Il consiste tout bonnement à inscrire en direct sur un tableau noir les noms apparaissant au générique final de l'émission qui est diffusée tous les dimanches soir. À l'écran, on ne voit que sa main cadrée en gros plan, mais au fil des semaines, il semble prendre un malin plaisir à se faire remarquer, soit en cassant la craie, soit en la faisant crisser de façon stridente, au moment d'écrire le nom du réalisateur, Albert McCleery. Comme s'il espérait secrètement que celui-ci procède brusquement à un travelling ou à un zoom arrière pour révéler l'identité du coupable aux téléspectateurs.

Le confort matériel étant momentanément revenu, James se partage désormais affectivement entre Dizzy et Rogers, mais à l'insu de l'un comme de l'autre. Perpétuellement gouverné par les indécisions de son cœur, il préfère mener une double vie inconfortable, plutôt que de sacrifier le confort matériel que lui procure Rogers ou la tendre complicité qui l'unit à Dizzy. En outre, dans l'ambiance puritaine et réactionnaire du début des années cinquante, où les ligues de décence exercent un réel pouvoir moral sur leurs ouailles et où Hollywood est chargé de faire la promotion de l'American Way of Life comme modèle social idyllique, afficher le moindre signe extérieur susceptible de trahir une relation homosexuelle aurait purement et simplement consisté à tirer un trait définitif sur son avenir professionnel. Il faudra que Rock Hudson fasse savoir au monde entier qu'il est atteint du sida, en 1985, et que la mort de Cary Grant déchire un coin du voile sur ses véritables relations avec Randolph Scott, l'année suivante, pour que soient révélés à la face du monde les penchants homosexuels de ces séducteurs légendaires.

CRUELLES DÉSILLUSIONS

C'est au moment même où les premiers signes annonciateurs du printemps se manifestent dans Central Park que Bill Bast, avec lequel James Dean a continué à entretenir une correspondance régulière depuis son départ de Los Angeles, débarque à son tour à New York. En ce mois de mai 1952, il a renoncé à devenir comédien, mais entend bien se faire reconnaître comme écrivain. En attendant son heure de gloire, Bill décroche rapidement un emploi au service de communication de CBS et prend une chambre à l'Iroquois, comme son ami avant lui. Quant à Dizzy, elle décide de quitter son emploi de retoucheuse pour se consacrer exclusivement à la danse, ce qui achève de placer le jeune couple dans une situation matérielle fort précaire. Un soir, alors que James est sorti sous prétexte d'acheter des cigarettes, dans un élan de romantisme inattendu, il va même jusqu'à lui téléphoner d'une cabine publique pour la demander en mariage. Une proposition qui reste lettre morte mais qui aurait pu faire basculer son destin…

Lorsque l'été arrive, la saison des vaches maigres est de retour avec son cortège inévitable de frictions et de déconvenues. Bon nombre d'émissions s'arrêtent, dont *The Hallmark Hall of Fame,* alors même que James a réussi in extremis à décrocher au mois de juin le rôle d'un jeune aristocrate dans *Forgotten Children,* un téléfilm en costume retraçant les jeunes années de Martha Berry, une aristocrate géorgienne du début du XXe siècle qui a consacré son existence à fonder des écoles destinées aux enfants défavorisés. En fait, le jeune homme a déjà été retenu pour *Horace Mann's Miracle,* mais il s'est fait renvoyer de l'épisode avant sa diffusion et remplacer par John Kerr, un jeune premier avec lequel il se retrouvera à nouveau en concurrence directe à plusieurs reprises, toujours au bénéfice de son rival, plus malléable.

Faute de rôles, James erre comme une âme en peine jusqu'à des heures indues, tel un zombie égaré, puis enchaîne les grasses matinées. Un week-end, il insiste pour traîner Dizzy et deux de ses amis au Mayfair Theatre, où est projeté *Qui donc a vu ma belle ?* Lorsque ses compagnons ont la surprise de découvrir James à l'écran, ils se lèvent d'un seul élan pour applaudir et ponctuer de sifflements frénétiques sa prestation pourtant modeste. Gêné, James s'éclipse discrètement avec Dizzy avant la fin de la projection.

LA SOLITUDE DE L'ACTEUR DE FOND

Fin juin, Dizzy quitte New York à destination d'Ocean City, dans le New Jersey, en tant qu'adjointe de son ami Brock, qui a été engagé comme chorégraphe résident dans la station balnéaire de Sommers Point pour la saison estivale. James demande l'hospitalité à Bill dans la chambre à deux lits qu'il lui a trouvée à l'Iroquois. Il en profite aussi pour renouer en cachette avec Rogers auquel il va régulièrement rendre visite dans l'immense loft perché au dernier étage du 132 Vingt-troisième Rue Ouest où il vient d'emménager. Son mentor continue en effet à lui présenter des gens influents et à l'emmener au théâtre et au restaurant où James éprouve le besoin de se faire voir pour exister aux yeux des autres. En revanche, avec Dizzy et Bill, c'est plutôt la vie de bohème, le plus argenté des trois entretenant les deux autres, en fonction de leurs engagements respectifs. Les lieux qu'ils fréquentent sont modestes, mais ce sont toujours ceux où il est recommandé de se montrer et surtout de se faire remarquer. James prend l'habitude de débarquer de temps à autre à la Louie's Tavern, sur Sheridan Square, et il se met à marteler frénétiquement ses bongos pour attirer l'attention des autres dîneurs. Jusqu'au jour où il déserte subitement cet établissement de Sheridan Square qui jouxte le Circle in the Square Theatre, en plein cœur de Greenwich Village, dont il est devenu l'un des plus fidèles clients, sous prétexte que l'endroit est le repaire de tous les jeunes artistes en mal de notoriété et que les lumières y sont trop tamisées.

Au hasard des castings où se pressent toujours les mêmes visages, James Dean croise d'autres aspirants comédiens tels que Steve McQueen, un élève du grand Sandford Meisner qui gagne alors sa vie en vendant des stylos à bille. Parmi les rôles qui lui échappent à l'époque figure celui d'une série télévisée intitulée *Life With Father*[1], dans laquelle joue Lurene Tuttle, l'actrice qui l'avait pris sous sa protection à la radio. James postule également pour l'opérette western d'Oscar Hammerstein II *Oklahoma!* que le producteur Mike Todd tente de porter à l'écran. Son but est de breveter le procédé Todd-AO qui ouvre de nouvelles perspectives sonores à une époque où l'Amérique commence à délaisser massivement le grand écran pour le petit. Lors de son audition pour cette comédie musicale, James interprète la chanson *I Could Write a Book*. Le film sera finalement produit par Arthur Hornblow et réalisé par Fred Zinnemann en 1955, Gor-

1. Une pièce de théâtre autobiographique de Clarence Day, qui s'est jouée pendant huit ans à Broadway et que Michael Curtiz a portée à l'écran en 1947 sous le titre *Mon père et nous*.

don MacRae tenant le rôle de Curly McRain pour lequel ont notamment été auditionnés James Dean et Paul Newman.

Le temps d'un week-end, James répond à une invitation de Dizzy et se rend à Ocean City sans la prévenir. Selon la jeune femme, « Jimmy a dormi, a lu, a assisté aux répétitions, m'a aidée à apprendre mon texte et a profité de cette pause pour se détendre autant que possible[1] ». Au moment de regagner New York où il doit passer une énième audition, il promet à Dizzy de revenir pour la dernière représentation de *Brigadoon*... leur comédie musicale favorite. Il est d'ores et déjà prévu que son amie Sue, devenue la compagne du chorégraphe, sera également du voyage.

LA CROISIÈRE S'AMUSE

En août 1952, Jane Deacy quitte l'agence artistique de Louis Shurr pour s'installer définitivement à son compte. Simultanément, à défaut de rôles, James Dean accepte un emploi saisonnier d'homme de pont à l'occasion d'une croisière de quinze jours sur le yacht loué par un milliardaire ami de Rogers Brackett, le décorateur de théâtre Lemuel Ayers, homosexuel bon teint qui n'est pas insensible au charme de sa nouvelle recrue, même s'il joue les

1. Liz Sheridan, *op. cit.*

pères de famille avec un naturel enjoué destiné à tromper la galerie sur ses mœurs véritables. Jadis collaborateur de Vincente Minnelli pour *Le Chant du Missouri* et *Ziegfeld Follies* (dont il a même signé le sketch *Love* avec la chanteuse Lena Horne), il a suivi le producteur Arthur Freed en 1944 de Broadway à Hollywood, puis s'en est retourné à New York. Minnelli, qui l'engagera encore une fois pour « superviser les détails visuels » de *Tous en scène,* écrit de lui dans ses Mémoires : « Avec Ayers sur le plateau, plus de craintes ! Le film allait en effet refléter une certaine ambiance théâtrale[1]. »

Le bateau remonte l'Hudson en longeant la côte de Long Island en direction de Cape Cod. Les conditions météorologiques s'avérant épouvantables, plusieurs des invités profitent d'une escale à New London pour abréger la croisière et regagner la terre ferme. Parmi eux : Alec Wilder. Conscient de l'homosexualité latente de son patron, James Dean fait fort bonne impression sur Lemuel Ayers et la famille de celui-ci, notamment en jouant avec ses enfants.

Après une première aventure de coproducteur sur le spectacle *Kiss Me Kate*, qui l'a galvanisé et lui a valu le Tony Award des meilleurs costumes en 1949, celui-ci a acquis au printemps précédent les droits d'une pièce de théâtre de Nathan Richard Nash (le futur scénariste du *Porgy and Bess* d'Otto Preminger) intitulée *See the Jaguar* qu'il s'apprête

1. *Tous en scène*, Vincente Minnelli, Éditions Jean-Claude Lattès, 1981.

à monter mais dont la distribution n'est pas encore établie. À force d'obstination, James obtient la promesse de se voir convoqué à l'audition, dès qu'Ayers aura réuni le financement nécessaire au spectacle auprès des investisseurs qu'il a sollicités.

Une fois Dizzy définitivement revenue à New York, la promiscuité avec Bill privant cruellement le jeune couple de toute intimité, James profite des retrouvailles de son copain avec Toni, une ex-petite amie de l'UCLA, pour convaincre la jeune fille de les héberger dans le luxueux appartement sur lequel ses propriétaires l'ont chargée de veiller en leur absence. Idéalement situé, au numéro 13 de la Quatre-vingt-neuvième Rue Ouest, à deux pas de Central Park, celui-ci fait face au mur d'enceinte des écuries de la police d'où leur parviennent des hennissements surgis du fond des âges. La cohabitation se révèle plutôt houleuse, chacun ayant une façon de vivre qui n'est pas nécessairement compatible avec celle de ses colocataires. L'arrangement est de courte durée, mais Dizzy a trouvé un emploi précaire d'ouvreuse à temps partiel au Paris Theatre, un cinéma de la Cinquante-huitième Rue. Quand James passe la voir, elle lui donne des friandises en cachette. En période de disette, tout est bon à prendre.

Malgré les injonctions de Rogers Brackett, qui essaie de refréner ses ardeurs, James Dean harcèle désormais quotidiennement le bureau d'Ayers qui doit affronter des difficultés imprévues. Non seulement il s'agit de sa première production dramatique, mais l'une des têtes d'affiche pressenties a assujetti sa réponse à la proposition qui lui a été faite de jouer dans *Les Sorcières de Salem* d'Arthur Miller. Désireux de prendre du champ et surtout de se requinquer à l'approche de l'automne, James décide donc de partir deux semaines dans l'Indiana en auto-stop et propose à Dizzy et à Bill de l'accompagner, Toni se chargeant de téléphoner chaque jour à CBS et au Paris pour excuser l'absence de ses amis. Le 9 octobre 1952, les trois compagnons quittent New York avec dix dollars en poche. À la tombée de la nuit, après avoir rallié le New Jersey en autocar, ils font de l'auto-stop et réussissent finalement à embarquer à bord de la Nash Rambler de Clyde McCullough, un joueur de base-ball de l'équipe des Pirates de Pittsburgh en route pour Des Moines, dans l'Iowa. Lorsque celui-ci découvre que ses passagers n'ont rien mangé de la journée, il décide spontanément de les inviter à dîner dans un routier, les traite comme des coqs en pâte tout le long du voyage et les dépose à Fairmount le surlendemain à l'aube.

Au cours de ce séjour à la ferme, les trois jeunes gens se refont une santé. Croyant faire une bonne surprise à James, les Winslow ont convié également Winton Dean qui profite de ses retrouvailles inopinées avec son fils pour procéder à des ajustements sur son appareil dentaire qu'une hygiène approximative et une alimentation aléatoire ont soumis à rude épreuve. Grisé par ce bol d'air, James ne tarde pas à renouer avec ses automatismes de garçon de la campagne, apprend à son petit cousin Markie à faire des ricochets sur la surface de la mare et enseigne à Dizzy l'art de tirer à la carabine sur des boîtes de conserve. À l'occasion, il sort sa vieille moto et se livre même à des cascades devant ses amis médusés. Profitant de quelques belles journées d'automne, James et Dizzy effectuent aussi des balades à cheval, mais doivent faire chambre à part pour ne pas choquer leurs hôtes… en se retrouvant clandestinement toutes les nuits.

Adeline Nall invite les trois amis à venir rencontrer les élèves du lycée de Fairmount. Jimmy est convié à prodiguer ses conseils à l'occasion d'un cours d'art dramatique où il décline son identité et sa fonction sur tous les registres, Dizzy exécute quelques pas de danse et Bill décortique l'écriture d'un sketch satirique. Les soirées s'écoulent quant à elles en conversations interminables. Jusqu'au jour où le téléphone sonne. C'est Jane Deacy qui appelle de la part du bureau de Lemuel Ayers pour annoncer à James que la production de *See the Jaguar* peut enfin démarrer et que le metteur en scène, Michael Gordon, aimerait l'auditionner dès que possible. Les trois visiteurs décident donc de repartir pour New York et, dès le lendemain matin, l'oncle Marcus les dépose sur la route principale où, chargés des abondantes provisions que leur a données Ortense, ils n'ont pas longtemps à attendre avant qu'un automobiliste compatissant les prenne à son bord. Ils effectuent leur périple de retour dans trois véhicules successifs, le dernier étant une Cadillac conduite par un industriel pétrolier texan atteint d'un ulcère dont les crises sont si violentes que James se voit contraint de prendre le volant pour la fin du voyage. Ils arrivent finalement à New York au moment où la cité s'habille de lumière et brille d'un éclat particulier aux yeux de James. Il sait que la gloire est désormais à sa portée et que cette ville hier encore hostile lui doit une revanche.

Le recours de la Méthode

L'Actors Studio, James Dean en rêve depuis longtemps. Non seulement plusieurs de ses idoles en sont issues, dont son modèle absolu, Marlon Brando, mais son professeur d'art dramatique de Los Angeles, James Whitmore, lui en a dressé un juste aperçu en fondant son enseignement sur la méthode sensorielle, une mise en condition intime qui consiste à rattacher les émotions ressenties par un personnage à une situation similaire vécue par son interprète. Chaque fois que l'occasion s'en présente, le jeune comédien harcèle de questions les anciens élèves qu'il lui est donné de rencontrer, par exemple Anne Jackson, l'interprète féminine principale de *The Web,* laquelle juge même utile d'attirer l'attention de Lee Strasberg sur la diffusion de cette dramatique télévisée. À la même époque, le 3 mars 1952, une autre élève de l'Actors Studio, Marilyn Monroe, défraie la chronique… en posant pour un calendrier. Une séance de photos demeurée célèbre qui la poursuivra toute sa vie, quand certains commerçants peu scrupuleux trouveront dans ces « nus artistiques » particulièrement osés pour l'époque un moyen facile de gagner de l'argent en exploitant la notoriété et la plastique d'une starlette devenue entre-temps une vedette, mais impuissante à effacer cette erreur de jeunesse.

DEUX COMÉDIENS EN QUÊTE DE GLOIRE

Un après-midi d'avril 1952, James Dean débarque chez Louis Shurr vêtu d'un costume, d'une chemise et d'une cravate, rasé de près et bien coiffé. À l'époque, il nourrit l'espoir d'obtenir un rendez-vous avec Jane Deacy, à laquelle il compte bien demander de devenir son agent. C'est là qu'il avise Christine White. Tranquillement installée devant une machine à écrire, cette jeune comédienne blonde et menue tape avec ardeur le texte d'une scène qu'elle vient d'imaginer. James déploie le grand jeu de la séduction à l'intention de celle qu'il prend pour une dactylo et dont il espère gagner les faveurs afin qu'elle intercède en sa faveur auprès de ses supérieurs. Originaire de Washington, la jeune fille est diplômée en littérature de l'université de Caroline du Nord et met à profit ses loisirs pour écrire une pièce de théâtre. Après avoir participé à un festival théâtral d'été à Cape Cod, elle est arrivée sept mois plus tôt à New York où elle a tourné quelques productions pour la télévision et vient d'accomplir ses débuts à Broadway en créant une pièce d'Harvey Haislip intitulée *The Long Watch* sur laquelle le rideau du Lyceum Theatre s'est baissé prématurément au terme d'une douzaine de représentations. Bien décidée elle aussi à se présenter à l'Actors Studio, Christine répète dans ce but une scène de *Solness le constructeur* du dramaturge norvégien Henrik Ibsen. Elle partage par ailleurs un appartement avec trois copines, au 51 Cinquante et unième Rue Est.

Quand James apprend que Christine, de cinq ans son aînée, a les mêmes projets que lui, il la persuade de préparer l'audition à deux et téléphone sans la prévenir à Lee Strasberg en personne. Séduit par le culot de son jeune interlocuteur, cet homme autoritaire accepte exceptionnellement que le couple présente un texte ensemble, là où le règlement en vigueur consiste pour les candidats à donner la réplique à un membre de cette institution d'élite. L'enseignement prodigué dans la plus prestigieuse école d'art dramatique du monde est totalement gratuit et son siège présente l'insigne avantage d'être installé à proximité de chez lui, dans les locaux de CBS Radio Playhouse, au 1697 Broadway, à la hauteur de la Cinquante-troisième Rue. James ayant beaucoup insisté, les jeunes gens décident d'interpréter le texte de sept pages que Christine a conçu comme le premier jet provisoire d'une pièce en devenir. Celui-ci décrit la rencontre de Clayton, une aristocrate sudiste qui a fugué de chez ses parents, avec Sam, un intellectuel plus âgé, sur une plage de Caroline du Nord, alors que la population locale a été mise à l'abri en prévision d'un ouragan.

Afin de se placer dans des conditions propices à la scène qu'ils remanient ensemble, James insiste pour que les répétitions se déroulent en extérieur. Ils optent finalement pour le toit de l'immeuble où habite Christine, sur lequel ils disposent quelques oreillers en guise d'accessoires et calent les feuilles du texte tant bien que mal avec des livres afin qu'elles ne soient pas emportées par le vent. Quand les conditions météorologiques le permettent, il leur arrive de se rendre ensemble à Central Park. Ils y sollicitent même un jour un passant pour les chronométrer, ni l'un ni l'autre ne possédant de montre. En effet, l'audition ne doit pas excéder cinq minutes et leur numéro en dure neuf de trop, ce qui les incite à le raccourcir. Ils demandent également à leurs amis respectifs de tenir lieu de public en leur communiquant critiques et suggestions. C'est ainsi qu'ils jouent devant Bill Bast dans la minuscule chambre qu'il partage avec James à l'Iroquois et se produisent à une autre occasion dans le bureau de Jane Deacy. Les répétitions se prolongent durant plusieurs mois, car Christine doit s'absenter de New York pendant six semaines afin de jouer le rôle principal féminin de *Man Crazy* qui se tourne à Hollywood sous la direction d'Irving Lerner. À son retour, la jeune femme découvre que deux de ses colocataires vont se marier et se voit dans l'obligation de déménager. James lui déniche une chambre à l'Iroquois, ce qui lui permet d'avoir désormais sa partenaire à portée de voix. Le 4 mai 1952, jour des vingt-six ans de Christine, à défaut de pouvoir lui offrir un cadeau d'anniversaire, il lui dédicace une douzaine de dessins de sa main illustrant les différents mois de l'année.

L'audition de la quarantaine de finalistes sélectionnés parmi près de seize cents dossiers présentés au cours de cette session se déroule à la fin du mois de mai. Le jour dit, James est si énervé qu'il avale d'un trait les canettes de bière qu'il avait apportées comme accessoires. Quand on l'appelle enfin à monter sur scène avec sa partenaire, son trac est tel qu'il essaie de gagner du temps en prétextant la nécessité d'aller acheter d'autres bouteilles. Incapable de voir sans ses lunettes, il n'a aucun repère, mais déclame néanmoins son texte avec une diction d'une clarté impeccable. Au point que la cloche qui interrompt fatidiquement les scènes reste miraculeusement muette et que les deux complices dépassent allégrement de plus de trois minutes le laps de temps imparti. Le soir même, une fois la pression retombée, histoire de célébrer leur audition dont ils ignorent encore le verdict et de prolonger l'ivresse qu'ils viennent de connaître, Christine invite James à dîner chez Jerry où le patron les convie à rejouer leur scène devant son personnel et ses clients.

DANS LA GUEULE DU LOUP

Début juillet, au terme d'une attente qui leur paraît interminable, une simple carte postale avertit James Dean et Christine White qu'ils figurent parmi les douze auditeurs libres admis dans le sanctuaire où ont mûri leurs idoles. En août, James est invité à participer à une lecture publique de *La Métamorphose* de Franz Kafka qui se tient sur la scène du Village Theatre. Dans la foulée, en raison d'autres obligations théâtrales, le jeune homme se fait remarquer par son absence à la réunion d'information organisée à la fin de l'été à l'intention des nouveaux élèves de l'Actors Studio. En septembre, il est prévu que l'école déménage dans des locaux plus spacieux, perchés au dernier étage de l'American National Theatre and Academy (ANTA) dont le siège est installé sur la Cinquante-deuxième Rue Ouest. Les sessions s'y déroulent deux fois par semaine, le mardi et le jeudi, de onze heures à quatorze heures trente. Lee Strasberg, qui a rallié l'Actors Studio en 1949 comme professeur d'art dramatique, en est devenu deux ans plus tard le directeur artistique, poste qu'il occupera jusqu'à sa mort, en 1982. Son credo immuable est le suivant : « Je sais faire la distinction entre un acteur qui croit que le jeu est une imitation de la vie et un acteur qui pense que jouer c'est vivre[1]. »

L'Actors Studio n'est pas un conservatoire d'art dramatique comme les autres et la qualité de l'enseignement qui y est prodigué compte davantage que sa densité. Lee Strasberg déclare d'ailleurs à ce propos :

1. *The Temple of The Method*, Seymour Peck, *New York Times Magazine*, 6 mai 1956.

Les gens s'imaginent que le studio est une école parce qu'ils ne se rendent pas compte que les résultats obtenus peuvent l'être par n'importe quel moyen sauf par un long processus d'études systématiques et monotones. Nous réalisons notre travail en peu de temps, et le fait que les résultats obtenus l'aient été sur le principe du travail à temps partiel nous pousse à vouloir placer nos travaux sur une base plus solide [1].

L'enseignement de Strasberg s'inspire de la psychanalyse et repose sur un rituel immuable : il choisit un texte et ceux qui vont l'interpréter. Ensuite, comme l'a rapporté Marlon Brando, « avant de présenter un monologue ou une scène, on nous laissait seuls dans une loge, une bonne demi-heure, avec défense de fumer [2] ». À l'issue de la représentation, les élèves sont priés d'expliquer leur démarche, puis le maître des lieux se lance dans une critique impitoyable du spectacle qui lui a été présenté. « En ce temps-là, il était terriblement important pour un acteur d'entrer au Studio, de recevoir l'assentiment de Lee Strasberg mais (...) il était rare que des acteurs jouent pour Strasberg. Ils ne voulaient pas s'exposer aux critiques brutales du Maître [3]. » C'est sans doute là où le bât blesse pour James Dean et où sa susceptibilité est régulièrement mise à rude épreuve, car son style n'appartient qu'à lui et témoigne d'une rage intérieure qui terrifie parfois ses partenaires lorsqu'il s'identifie exagérément à ses personnages. C'est ainsi qu'un jour, en interprétant

1. *Le Travail à l'Actors Studio*, Lee Strasberg, Éditions Gallimard, 1969.
2. *James Dean ou le mal de vivre*, Yves Salgues, Éditions Pierre Horay, 1957.
3. *Paul et Joanne*, Joe Morella et Edward Z. Epstein, Éditions Denoël, 1990.

une scène de *Caligula* d'Albert Camus, alors que la comédienne Libby Holman gît allongée sur le sol, totalement immergé dans son personnage, James Dean doit se retenir pour ne pas la rouer de coups.

Afin d'être admis définitivement dans le saint des saints, le 12 novembre, Christine White et James Dean présentent un duo intitulé *Ripping Off Layers to Find Roots* grâce auquel ils sont désignés comme les deux majors de leur promotion et autorisés en tant que tels à bénéficier à part entière de l'enseignement prodigué à l'Actors Studio. Pour la première scène qu'il prépare dans ce cadre, toujours aussi peu reconnaissant envers ceux qu'il sollicite sans vergogne, Dean recrute pour lui donner la réplique Grace Raynor, une actrice de télévision qui n'appartient pas à l'école. Lorsque celle-ci se défile, sous prétexte d'un engagement plus lucratif, il fait une fois de plus appel à Christine White qui ne lui garde pas rancune de sa muflerie et se soumet une fois de plus à son bon vouloir. L'argument de ce sketch dans lequel des jeunes mariés discutent de leur destination de vacances tient sur une page écrite de la main même du comédien. En outre, il prête à rire, ce qui n'est pas dans l'esprit de la digne institution qui se targue de préférer les tragédiens aux comédiens. Après avoir testé l'impact de leur saynète sur une assemblée d'une dizaine d'élèves, leur accueil s'avérant pour le moins mitigé, James préfère y renoncer plutôt que s'exposer à des critiques encore plus cinglantes de la part de Lee Strasberg.

À une autre occasion, James Dean interprète un torero vieillissant qui se prépare à son dernier combat dans un chapitre du roman *Matador* de Barnaby Conrad qu'il a lui-même adapté sous la forme d'une pantomime muette. Représentée devant le ban et l'arrière-ban du Studio (parmi lesquels de futures vedettes comme Eli Wallach et Marilyn Monroe, la protégée du maître des lieux), la scène entièrement intériorisée ne comprend aucun dialogue, mais repose sur quelques accessoires dont une statue de la Vierge et une chandelle. La sanction de Lee Strasberg, surnommé l'Archevêque, est sans appel : « C'est un exercice… Pas une scène… » Au fur et à mesure que le maître décortique sa prestation sans ménagement, l'élève sent le sol se dérober sous ses pieds mais conserve un masque impassible. L'injustice d'une critique dont il ne supporte pas la virulence l'humilie profondément. Dean se drape donc dans son amour-propre, qui a en l'occurrence la forme de sa cape de toréador fétiche, et sort de scène, meurtri de se sentir une nouvelle fois incompris, en jurant qu'on ne l'y reprendra plus.

Il n'avait pas le droit de me traiter ainsi, dit-il. C'est du viol mental. Il vous traite comme on traite un lapin dans un cabinet de vivisection. Quand je joue, je me sens tout nu, livré sans défense. On ne peut saisir un être humain ainsi, au plus vif, et le brutaliser sans l'émasculer complètement, sans lui tirer les tripes du ventre [1]...

« Strasberg l'a cassé complètement [2] », se souvient Jack Garfein qui a assisté à cet incident capital pour appréhender en connaissance de cause l'état d'esprit de James Dean vis-à-vis de l'autorité des metteurs en scène qui l'ont dirigé ensuite. Constamment sur la défensive, il s'est muré peu à peu en lui-même pour ne plus avoir à subir de telles humiliations. À l'époque, la plupart des élèves de l'Actors Studio redoutent par-dessus tout le jugement de Lee Strasberg et préfèrent se produire devant Elia Kazan qui sait se montrer plus psychologue et prend soin de ménager des élèves susceptibles de devenir un jour ou l'autre ses interprètes. C'est notamment le cas de Paul Newman et de sa future épouse Joanne Woodward qui connaissent tous deux leurs limites et n'ont aucune envie de subir un tel traitement de choc. Il faut dire que la vie quotidienne est déjà assez difficile pour les acteurs qui s'usent à auditionner inlassablement pour des rôles qu'on leur refuse et qui se retrouvent immanquablement en concurrence avec des rivaux qui sont en outre le plus souvent des camarades. Il est donc capital de s'économiser et de garder confiance pour faire bonne figure quand un casting intéressant vient à se présenter. « Nous

1. Marceau Devillers, *op. cit.*
2. Joe Morella et Edward Z. Epstein, *op. cit.*

détestions quiconque avait du boulot[1] », a résumé Joanne Woodward.

UN ÉLÈVE TRÈS DISCRET

Blessé dans son orgueil dont il avait réussi jusque-là à se confectionner une véritable carapace, James Dean continue toutefois à fréquenter sporadiquement l'Actors Studio en tant que spectateur passif et silencieux, mais il se passera plusieurs mois avant qu'il ne daigne remonter sur scène pour y affronter le jugement impitoyable de ses maîtres. À trop vouloir démontrer à ses pairs qu'il est sans conteste le plus doué d'entre eux et n'a de leçons à recevoir de personne, James est devenu le propre fossoyeur de ses illusions et s'est aigri. Il n'est plus désormais disposé à transiger avec ses ambitions. Jack Garfein vérifiera plus tard à Hollywood l'opportunisme de l'acteur, en décrivant son état d'esprit en ces termes peu flatteurs : « Si je me trouvais dans un restaurant avec lui et qu'Hedda Hopper faisait son entrée dans l'établissement, il se levait et se dirigeait vers elle pour lui dire bonjour… Quitte à bavarder avec elle pendant trois quarts d'heure pendant que je l'attendais à la table. C'est quelque chose que Paul [*Newman*] n'aurait jamais fait[2]. »

1. Joe Morella et Edward Z. Epstein, *op. cit.*
2. *Ibid.*

En mai 1953, James Dean tient le rôle muet d'un scribe dans une adaptation théâtrale du roman *End As a Man* de Calder Willingham. Ce spectacle est mis en scène par Jack Garfein qui le portera à l'écran en 1957 sous le titre *Demain ce seront des hommes.* Il y confie son premier rôle à Ben Gazzara, l'un de ses élèves, qu'il a également dirigé dans cette pièce représentée à trois reprises. James expérimente pour l'occasion l'un des grands préceptes de la Méthode professée à l'Actors Studio, telle que l'a énoncée Lee Strasberg : « Séparer l'action des mots est un problème caractéristique des gens qui essaient de travailler selon nos conseils ; étant donné qu'on exige de la concentration pour créer une vie intérieure, la conscience même que l'acteur a de ce processus provoque chez lui la peur de jeter les mots dans le chaudron où sa concentration est en train de se créer [1]. »

ORGUEIL ET PRÉJUGÉS

Au cours de son apprentissage théâtral pour le moins chaotique, James a toujours manifesté vis-à-vis de l'Actors Studio et de son directeur artistique des sentiments mitigés où l'agacement se mêle à la fascination. Il fraie également peu avec ses camarades. Carroll Baker rapporte qu'à l'époque les

1. Lee Strasberg, *op. cit.*

jeunes de l'Actors Studio avaient coutume de se retrouver une soirée par semaine pour écouter de la musique et que James arrivait généralement assez tard et demeurait à l'écart. En juin 1953, quand le metteur en scène de *L'Épouvantail,* Frank Corsaro, le persuade de retourner y étudier, il s'exécute docilement, conscient de l'enjeu et de ses lacunes, malgré son arrogance de façade. Au cours de ce nouveau passage, il a l'occasion d'affiner son jeu en incarnant le cadet Pierrot Starkson dans la pièce antimilitariste en un acte et en vers d'Edna St. Vincent Millay, *Aria Da Capo,* représentée pour la première fois en 1920. Mais ce spectacle ne peut toutefois pas être donné en public, la sœur de l'auteur exerçant son droit moral d'exécutrice testamentaire et jugeant la mise en scène de Fred Stewart trop avant-gardiste. James interprète également le personnage de Konstantin Treplev, fils unique de l'actrice Irina Arkadina en quête d'amour maternel, dans une lecture d'un extrait de *La Mouette* de Tchekhov où il se contente de donner la réplique au metteur en scène Joseph Anthony. Bien que modeste, sa prestation a l'immense avantage de lui attirer les compliments pourtant parcimonieux de Lee Strasberg. Il faut dire que pour s'immerger dans son rôle, James a eu l'idée lumineuse d'imaginer que sa mère n'est autre que Stella Adler, l'une des figures tutélaires de l'Actors Studio, dont il a même reproduit discrètement certains tics familiers.

Enfin, début 1955, James profite d'un séjour à New York avant la sortie de *À l'est d'Eden* pour assister en auditeur libre à quelques séances données à l'Actors Studio. Il fait désormais figure de modèle pour les autres élèves et n'hésite pas à remonter son col de chemise comme son idole, Marlon Brando. Une photo de Dennis Stock, l'une des rares prises dans ce sanctuaire, montre le jeune homme assis au premier rang et visiblement fort concentré derrière ses lunettes de myope. Interrogé en 1962 sur l'Actors Studio qu'il quitte officiellement, Elia Kazan déclare d'ailleurs à propos de Dean et de Brando, deux de ses plus célèbres élèves :

> Dean a été présent deux ou trois fois. Il s'est assis au premier rang, avachi, boudeur, arrogant... vous voyez, tout le numéro narcissique. Il n'a jamais été vraiment présent. Ces deux types parlaient à peine distinctement... se grattaient un peu[1].

Évoquant son expérience en dents de scie à l'Actors Studio, James Dean s'est exprimé en ces termes auprès d'un journaliste : « La chose la plus importante que j'aie découverte lors de mon apprentissage new-yorkais, c'est à quel point un acteur doit prendre soin de lui-même et comment il lui faut se protéger d'Hollywood, du théâtre et de la télévision. Il y a des remèdes adaptés à n'importe quelle situation et il existe des subterfuges que les acteurs peuvent utiliser pour surmonter les mauvais scénarios, les mauvaises histoires et les mauvais metteurs en scène[2]. »

1. *Show Business Illustrated*, février 1962.
2. *N.Y. Drama Schools Protect Hopefuls Against Hollywood*, Erskine Johnson, *Los Angeles Mirror News*, 28 novembre 1955.

Les planches du salut

James Dean ne s'est sans doute jamais préparé avec autant de ferveur à une audition qu'à celle de *See the Jaguar* qui se déroule ce soir d'automne 1952, empruntant pour l'occasion une chemise propre et un pantalon repassé de frais à l'indispensable Bill Bast. Il postule au rôle de Wally Wilkins, un jeune homme de dix-sept ans coupé du monde par une mère abusive. Livré à la vindicte d'une communauté de montagnards arriérés, il se fait enfermer dans la cage d'un jaguar que ses tortionnaires lui reprochent d'avoir abattu…

Sur plus d'une centaine de candidats qui ont déjà postulé, dont certains à Hollywood et à Chicago, près d'une quarantaine ont été sélectionnés. La personnalité de James Dean impressionne le metteur en scène, Michael Gordon. Pourtant le comédien s'est présenté à l'audition avec un verre de lunettes fêlé qui paraît gêner sa vision. Là où d'autres auraient probablement écarté d'office ce jeune homme, Gordon met sa négligence sur le compte du dénuement d'un acteur débutant et lui tend un billet de dix dollars pour le faire réparer, en lui demandant de revenir auditionner deux jours plus tard en pleine possession de ses moyens. En fait, lorsqu'il se présente à nouveau devant lui, James a bel et bien dépensé l'argent… mais pour s'acheter le couteau de chasse dont a besoin son personnage. Au passage, il a profité de ce laps de temps supplémentaire pour apprendre par cœur l'intégralité du rôle. Alors que les autres candidats ont déployé des trésors d'invention dans le but d'attirer la sympathie de Gordon, Dean se montre assez renfermé, comme s'il restait sur la défensive. Or, c'est précisément l'état d'esprit que requiert le rôle, et il est sans doute le seul des postulants à l'avoir compris. Gordon désigne à Dean une ou deux scènes sur lesquelles il aimerait le tester. James s'isole pendant une heure afin de se concentrer, puis commence à interpréter la première scène. Cette prestation vibrante ne ressemble à rien de ce qu'ont pu voir jusqu'alors le metteur en scène et l'auteur de la pièce : il ne leur faut guère plus de quelques minutes pour comprendre qu'ils ont enfin déniché l'oiseau rare.

LE JEUNE HOMME QUI A VU LE JAGUAR

Les répétitions de *See the Jaguar* débutent le 20 octobre 1952, un mois et demi à peine avant la première, au moment même où la campagne électorale qui verra Dwight D. Eisenhower devenir le trente-quatrième président des États-Unis mobilise l'Amérique. Cela laisse très peu de temps à l'équipe pour prendre ses marques et roder le spectacle. Histoire de se sentir dans un environnement familier, James tapisse sa loge d'affiches de corridas et des photos de ses toreros favoris. Fanfaron, il affirme à certains de ses camarades qu'il est lui-même descendu dans l'arène au Mexique, poussant la coquetterie jusqu'à esquisser des passes au milieu de la rue à l'aide de sa cape fétiche pour épater ses partenaires les plus sceptiques. L'ambiance de la troupe est chaleureuse, le jeune comédien y est chaperonné par sa partenaire, l'actrice de télévision Constance Ford, qui a dû se teindre en brune pour l'occasion, à la demande de l'auteur de la pièce, N. Richard Nash. James subit également l'influence du vétéran Arthur Kennedy et reproduit sans vergogne certaines expressions de cet illustre comédien, comme pour compenser un manque de maturité qui demeure son pire handicap et le cantonne éternellement dans des emplois dépourvus de relief.

Pour la première fois de sa carrière, James Dean a l'occasion de mettre en pratique ce qu'il a appris lors de son bref passage à l'Actors Studio. Il utilise aussi ce qu'il a entendu dire, par les autres comédiens en quête de gloire qu'il a croisés dans les castings, de la fameuse Méthode telle que ses idoles l'ont appliquée à l'écran. Désireux de s'immerger pleinement dans son rôle, il décide de passer une nuit entière dans un placard à balais afin de se familiariser avec la réclusion de son personnage. Une attitude qui paraît à l'époque pour le moins extrême, mais n'étonne plus vraiment aujourd'hui, quand on connaît le processus de mise en condition que s'imposent Dustin Hoffman, Al Pacino ou Robert de Niro pour se préparer à certains rôles.

Il s'avère rapidement que Lemuel Ayers et son associée Helen Jacobson ont largement sous-estimé le coût du spectacle, en raison de leur inexpérience commune dans le domaine de la production. Engagé pour écrire la musique de scène, Alec Wilder doit surtout composer... avec un budget dérisoire qui le contraint à faire enregistrer un chœur en studio au lieu de diriger en personne l'orchestre qui devait interpréter sa partition à chaque représentation. Certains comédiens s'inquiètent aussi de la violence de leurs personnages et du risque que la pièce de N. Richard Nash puisse être considérée comme une allusion appuyée aux dangers du fascisme rampant. En effet, à cette époque, la psychose maccarthyste atteint son paroxysme, à Broadway comme à Hollywood, et le manichéisme ambiant réduit le terrain politique à un combat entre le bien (la démocratie) et le mal (le communisme). Six mois plus tôt, en avril 1952, Elia Kazan a accepté de comparaître devant la commission sur les activités anti-américaines (HUAC), ce qui lui a valu de s'aliéner durablement certains de ses amis qui le considèrent comme un traître, sous prétexte qu'il a cité les noms de « sept autres personnes qui avaient été communistes [1] » et que, contrairement à

1. *Les Délateurs*, Victor S. Navasky, Éditions Balland, 1982.

quelques-uns de ses collègues, il a refusé de se réfugier derrière le Cinquième Amendement. Or, celui-ci stipule notamment que « nul ne sera tenu de répondre d'un crime capital ou infamant, si ce n'est sur la dénonciation ou la poursuite émanant d'un Grand Jury » ni ne pourra « être privé de sa vie, de sa liberté ou de ses biens, sans une procédure légale ».

See the Jaguar est d'abord testé à l'occasion d'une série de trois représentations données au Parson's Theatre de Hartford, dans le Connecticut. La troupe s'installe ensuite pendant deux semaines au Forrest Theatre de Philadelphie. Un soir, James Dean s'est tellement identifié à son personnage qu'il menace réellement l'un de ses partenaires de son couteau de chasse. Arthur Kennedy intervient pour en briser la lame et le sermonne comme un gamin pris en faute, sans que James réagisse autrement qu'en boudant à la manière d'un adolescent qui s'est fait moucher dans son orgueil. Enfin, lorsqu'il débute au Cort Theatre de Broadway, le mercredi 3 décembre 1952, le spectacle semble prêt. Pourtant cette première est un désastre : l'équipement stéréophonique tombe en panne dès le premier acte et, au deuxième, c'est le régisseur qui oublie un accessoire déterminant...

James Dean est le seul à se tirer à son avantage de ce four mémorable. Au terme de la représentation, des spectateurs prennent littéralement d'assaut la loge du jeune prodige pour le féliciter et recueillir son autographe. Les spectateurs ont visiblement pris le parti de son personnage seul contre tous et son physique de jeune premier a une nouvelle fois rallié le public féminin à sa cause. Toute la troupe se rassemble ensuite chez Sardi où personne ne se fait plus guère d'illusions sur l'accueil de la presse et les réactions des quotidiens, le lendemain matin. James est toutefois sur un nuage lorsqu'il s'isole à une table à l'écart avec ses invités, Dizzy et Bill. Mais ceux-ci ne sont pas dupes. Ils savent que leur complicité ne sera plus jamais la même et que James vient d'accomplir un pas de géant dans sa carrière. Dans une amitié à trois, la réussite de l'un exerce souvent des effets dévastateurs sur ses relations avec les autres car celles-ci cessent d'être exclusives.

L'éreintement est général et la pièce doit baisser le rideau définitivement au terme de cinq représentations new-yorkaises, le samedi 6 décembre 1952, bien que les critiques aient épargné les acteurs. Tandis que Richard Watts Jr. écrit dans les colonnes du *New York Post* que « James Dean réalise l'exploit de rendre crédible ce fugitif infantile, sans nous mettre mal à l'aise », Walter Kerr juge quant à lui dans le *New York Herald Tribune* qu'il « donne une interprétation extraordinaire d'un rôle presque impossible à jouer ». Le fait est que le rôle de Wally Wilkins, jeune homme instinctif et immature, colle idéalement à la personnalité tourmentée de son interprète. Et si James Dean n'avait pas choisi d'exorciser ses démons en devenant comédien, il est probable que c'est sur le divan d'un psychanalyste ou dans la rubrique « faits divers » d'un journal qu'il aurait exprimé ce fameux mal de vivre dont l'un de ses premiers exégètes, Yves Salgues, fit le sous-titre d'une hagiographie lyrique qu'il lui consacra dès 1957[1].

LES COUDÉES FRANCHES

Fin 1952, Bill Bast est rappelé à Los Angeles comme scénariste d'une nouvelle émission télévisée. Dizzy Sheridan rejoint quant à elle une troupe de ballet résidant aux Antilles, sur l'île de Saint Thomas, où il est convenu qu'elle aille s'installer pendant plusieurs mois. Dans un premier temps, James décide de garder pour lui tout seul la chambre qu'il partageait avec ses amis à l'Iroquois, considérant un nouveau déménagement comme une régression infamante, au moment où la fortune semble enfin lui sourire sur le plan professionnel. Sensible à l'air du temps, il offre à Bill une édition des œuvres d'André Maurois, alors très en vogue dans les milieux intellectuels, et s'achète une flûte à bec avec la ferme intention d'apprendre à en jouer. Mais malgré l'invitation des Winslow à venir fêter Noël en famille dans l'Indiana, il préfère rester à New York et flâner sur Broadway illuminé. Il passe ses soirées à Greenwich Village, centre de tous les excès, où il sort rarement sans ses bongos sur lesquels il aime à cogner tel un sourd jusqu'au

1. Yves Salgues, *op. cit.*

bout de la nuit, comme pour expurger la rage muette qui l'étreint. À l'occasion du nouvel an, James s'offre un petit plaisir qui en dit long sur son désir d'être aimé et sa soif de reconnaissance : il ouvre une à une les premières lettres d'admirateurs que lui a transmises son agent au lendemain de sa prestation théâtrale. Il n'en faut pas davantage pour lui permettre d'aborder l'année 1953 avec une sérénité toute relative mais une foi ravivée en son étoile.

Les retombées professionnelles de la prestation de James Dean dans *See the Jaguar* ne se font guère attendre. Même si cette aventure ne lui rapporte que la modique somme de soixante-quinze dollars, il devient du jour au lendemain le client le plus célèbre de Jane Deacy et décroche grâce à elle une série d'engagements à la télévision. Il faut dire qu'aux États-Unis l'essor des étranges lucarnes chères au général de Gaulle est devenu un véritable phénomène de société que le cinéma commence à considérer avec une inquiétude mêlée de respect. On dénombre alors déjà dix-neuf millions de récepteurs, les revendeurs ouvrent au rythme soutenu d'un millier de magasins par mois sur tout le territoire et dès 1954 la télévision devient le moyen de communication favori des annonceurs publicitaires. C'est dans ce contexte plutôt faste qui coïncide avec l'âge d'or du direct que James Dean apparaît dans un sketch dramatique du *Kate Smith Variety Show*, puis dans *The Case of the Watchful Dog*, un épisode du feuilleton policier à succès *Treasury Men in Action* diffusé sur la chaîne NBC.

Le jour de son vingt-deuxième anniversaire, CBS, chaîne qui a le vent en poupe et dégage les premiers bénéfices de son histoire grâce à la série à succès *I Love Lucy* interprétée par Lucille Ball et son époux Desi Arnaz, programme *The Killing of Jesse James,* un épisode de la série historique *You are There !* réalisé par Sidney Lumet dans lequel il incarne Bob Ford, l'homme qui a commis l'affront de tirer dans le dos du tueur légendaire. James rêvait depuis longtemps de jouer dans un western et s'amuse comme un fou à manipuler un revolver et à porter une tenue de cow-boy.

Les cachets se multipliant, le jeune acteur a désormais davantage de moyens et peut s'offrir non seulement l'essentiel mais aussi le superflu. Il en profite notamment pour investir dans un appareil photo Leica d'occasion. Le règlement intérieur de l'hôtel Iroquois s'opposant à ce que les célibataires reçoivent dans leur chambre, a fortiori des jeunes femmes, après avoir usé de multiples stratagèmes pour faire monter ses conquêtes à l'insu du réceptionniste, James décide d'émigrer dans un appartement de la Cinquante-sixième Rue Ouest qu'il sous-loue à un pilote de ligne, et dans lequel il commence par accrocher au mur sa paire de cornes de taureau et sa cape de torero fétiches. C'est dans ce nid modeste et perpétuellement en désordre qu'il accueille Barbara Glenn, une jeune femme entreprenante rencontrée le jour de la première de *See the Jaguar.* Après l'avoir fréquentée de façon irrégulière pendant un an, il fera d'elle sa confidente privilégiée et lui écrira des missives lyriques au style ampoulé où il relatera ses peines de cœur aussi bien que ses engouements, sans toutefois lui révéler sa part d'ombre. Leurs relations sont houleuses car à ses silences pesants elle oppose une franchise de tous les instants qui aboutit régulièrement à des scènes de ménage, des ruptures puis de brèves réconciliations. L'annonce de son mariage, en mars 1955, résonnera pour lui comme un véritable déchirement, bien qu'ils n'entretiennent plus alors que des contacts essentiellement épistolaires et téléphoniques.

VIVRE VITE

De nouveau livré à lui-même, James profite de ses longs moments de liberté pour se perfectionner. Il s'achète un magnétophone et apprend à jouer de la flûte à bec sur des partitions d'étude que lui a procurées Alec Wilder, lequel va même de temps à autre jusqu'à composer de courts morceaux à son intention. Il s'initie également à la musique classique, étudie l'histoire romaine, s'intéresse à l'hypnose, assiste à des conférences chez les scientistes chrétiens et s'essaie même au parachutisme sur la plage de Coney Island. Sa soif de connaissances semble insatiable. Comme l'a noté un jour Dizzy, « il voulait tout savoir et il poursuivait cet objectif sans relâche. Il avait presque toujours un livre sur lui. Son credo était qu'un acteur se doit d'en savoir le plus possible sur la nature humaine[1] ». Sur son île déserte new-yorkaise, le livre pour enfants *La Toile de Charlotte* d'E.B. White voisine avec *Mort à Venise* de Thomas Mann, des anthologies théâtrales et ces recueils de poèmes anglais qu'affectionnait tant sa mère.

On voit aussi James déambuler dans la ville, de nuit comme de jour, son appareil photo en bandoulière. À l'occasion, il interpelle des passants, bavarde avec des cireurs de chaussures, des marchands de journaux, des chauffeurs de taxi, des tenanciers d'échoppes, des policiers. Il manifeste une prédilection marquée pour la faune interlope qui hante les rues de New York, ville réputée à l'époque pour sa saleté, surtout ceux qui y vivent et qui en vivent, qu'il s'agisse des clochards, des livreurs à domicile ou des artistes. Non seulement ces gens en lesquels il n'a aucun mal à se reconnaître le touchent sincèrement, mais James entend se familiariser à leur contact avec des personnages qu'il sera peut-être amené à croiser où à incarner un jour. On entrevoit là l'une des bases de la Méthode professée à l'Actors Studio pour s'imprégner des rôles. Cette soif de savoir ne le quittera jamais et s'exercera dans les circonstances les plus diverses, qu'il observe les dîneurs à travers la vitrine d'un restaurant, reste en arrêt devant un perroquet en cage ou harcèle de questions techniques un plombier venu remplacer des canalisations défectueuses dans ses toilettes. « Je pense que

1. Liz Sheridan, *op. cit.*

l'une de nos raisons d'être fondamentales et de notre présence sur cette terre se justifie par ce qu'on peut y découvrir [1] », déclare-t-il d'ailleurs dans un entretien publié après sa mort.

Au printemps 1953, la Metro Goldwyn Mayer propose à James Dean de venir à Los Angeles passer des bouts d'essai pour une de ses productions, *Le Calice d'argent*. Mais, après avoir lu le scénario de ce péplum, et malgré les encouragements du directeur de casting qui lui affirme que si le rôle lui plaît, il est à lui, il décline l'offre sur les conseils avisés de Jane Deacy : celle-ci pense raisonnablement que son client n'est pas encore prêt à assumer un tel risque. En professionnelle aguerrie, elle pressent le piège tendu à un débutant dont la carrière peut se jouer sur un rôle, encore s'agit-il de choisir celui-ci avec discernement et sans hâte inconsidérée. C'est d'ailleurs l'un de ses rivaux attitrés, Paul Newman, qui le remplace et tient ainsi son premier rôle en vedette, celui de l'artisan chargé de fabriquer la tasse dans laquelle le Christ trempera ses lèvres pendant la Cène. Quelques années plus tard, lorsque le film sera programmé à la télévision américaine, honteux de devoir endosser la responsabilité de ce navet en toge, Newman s'offrira un encart publicitaire dans la presse pour s'excuser de sa piètre prestation, donnant ainsi involontairement un coup d'éclairage supplémentaire à cette erreur de jeunesse.

À peu près à la même période, James Dean refuse

1. Entretien avec Mike Connolly, *Modern Screen*, décembre 1955.

pour les mêmes raisons la proposition qui lui est faite de jouer dans *L'Égyptien* de Michael Curtiz, un autre péplum. Au cours de l'automne 1952, il a d'ailleurs tourné sous la direction de ce transfuge hongrois son premier film pour la Warner : *Un homme pas comme les autres,* « l'histoire d'un collège catholique en proie à des difficultés financières (...) que n'épargne ni l'hypocrisie d'un certain enseignement religieux ni la corruption du monde sportif[1] ». Mais il ne s'agissait à l'époque que d'un tout petit rôle de figuration. Cette fois, celui qu'on lui propose présente l'atout flatteur d'avoir été décliné par... Marlon Brando, lequel a déclaré forfait après quelques répétitions. C'est finalement le modeste Edmund Purdom qui leur succédera.

À l'époque, un rôle rapporte entre deux cents et trois cents dollars à James Dean et le réquisitionne généralement de quatre à cinq jours, répétitions comprises. Mais, incapable de gérer son argent, James s'en remet entièrement à son agent, Jane Deacy, à laquelle il confie la tâche ingrate de lui verser un salaire mensuel et de l'aider si nécessaire à subvenir aux dépenses exceptionnelles, comme lorsqu'il décide de réaliser l'un de ses rêves les plus chers : acquérir une moto Indian 550 semblable à celle qu'il lui était arrivé de louer, afin de pouvoir sillonner les rues de New York et se rendre à ses rendez-vous en toute liberté.

En avril 1953, James décroche coup sur coup

1. *Tous les chemins mènent à Hollywood : Michael Curtiz,* René Noizet, L'Harmattan, 1997.

deux premiers rôles à la télévision. Le 14, celui d'un perceur de coffre dans un épisode de la série policière *Danger.* Deux jours plus tard, il est à l'antenne de NBC dans une nouvelle aventure des *Treasury Men in Action,* intitulée *The Case of the Sawed-Off Shotgun,* dans laquelle joue un autre élève de l'Actors Studio : Ben Gazzara. Comme l'émission est diffusée entre un épisode de la série à succès *Amos & Andy* et un match de base-ball opposant les Yankees aux Senators, l'audience est particulièrement fournie ce jeudi-là. L'émission *Kraft Television Theatre* contacte alors James pour figurer dans deux autres épisodes : *Keep Our Honor Bright* et *A Long Time Till Dawn.* Enfin il est engagé pour incarner l'assistant d'un savant interprété par Rod Steiger qui a inventé un sérum de vérité, dans *The Evil Within,* trente-septième épisode de la deuxième saison de la série de science-fiction *Tales of Tomorrow.* Son réalisateur, Don Medford, le dirigera à quatre autres reprises au cours des dix-huit mois suivants dans le cadre du *Campbell Soundstage* et du *General Electric Theatre.*

PETITS PLAISIRS ENTRE AMIS

Les contrats se multipliant, James Dean accepte de se produire bénévolement dans le cadre du Dramatist Workshop, un atelier d'art dramatique qu'anime le transfuge allemand Erwin Piscator. Le

23 juin 1953, il interprète *The Fell Swoop* sous la direction du metteur en scène Sherwood Arthur, dans une salle de bal du Palm Garden. Il sympathise à cette occasion avec l'auteur de la pièce, Jonathan Bates, chez qui il élit domicile le temps d'un été, en attendant de dénicher un nouveau logement. Quand il a enfin les moyens de déménager, il jette son dévolu sur un vieil immeuble en brique, au 19 Soixante-huitième Rue Ouest. Ses deux fenêtres en forme de hublots font ressembler ce studio perché au cinquième étage à une cabine de bateau où les disques et les livres sont alignés soigneusement, comme pour montrer aux visiteurs que leur hôte est un élève studieux. James y accueille régulièrement d'autres comédiens pour des soirées animées, mais veille à ce que ses amitiés demeurent cloisonnées entre elles. On y croise notamment Martin Landau, Dane Knell, Bobby Heller et Billy Gunn, un ami noir qui lui a appris à jouer du bongo et avec qui il a entretenu une liaison. Dans le même temps, James butine d'une conquête à l'autre et s'affiche au gré de ses rencontres en compagnie de comédiennes comme Betsy Palmer, mais aussi d'étudiantes, de lycéennes et même de filles mineures. C'est notamment le cas d'Arlene Sax, qui a tout juste dix-sept ans à l'époque et qui deviendra célèbre plus tard sous le nom de Martel auprès des fans de la série *Star Trek*, en incarnant la fiancée vulcanienne du docteur Spock.

Tranquillisé sur le plan pécuniaire, James Dean commence à jouir d'une relative insouciance. Il peut lire et sortir à sa guise, sans crainte du lendemain. Il en profite pour se plonger dans ses auteurs de prédilection : Franz Kafka, T. H. Lawrence et Ernest Hemingway, et fréquente les salles d'art et essai de Greenwich Village où il va admirer des acteurs français tels que Harry Baur ou Gérard Philipe. Il n'a plus besoin désormais de se priver d'un repas pour s'offrir une place de cinéma.

Un matin de mai 1953, en prenant son petit déjeuner dans un drugstore, James fait la connaissance de Jonathan Gilmore. Ce jeune comédien provincial de dix-huit ans devenu ensuite écrivain vient de débarquer à New York sur les conseils de l'actrice-réalisatrice Ida Lupino. Les deux hommes nouent aussitôt une relation qui déborde rapidement du strict cadre de l'amitié, mais, comme le raconte le biographe Donald Spoto, « leur intimité sexuelle s'avère bien vite maladroite et insatisfaisante [1] ». Un soir, James débarque à une soirée organisée dans le quartier de Greenwich Village au bras de l'élégant Jonathan qui a accepté de se déguiser en femme pour l'occasion. Une fois sur place, les deux amis simulent une scène de ménage, histoire de se faire remarquer encore un peu plus des autres invités. Tous les prétextes semblent opportuns à James Dean pour attirer l'attention, y compris les plus puérils, et sa soif de reconnaissance atteint sans doute alors son zénith. Plutôt misanthrope, Gilmore qualifiera plus tard leurs

1. Donald Spoto, *op. cit.*

rapports de « sporadiques » et déclarera à propos de son ami : « Il me considérait comme une sorte de Rimbaud adolescent qui n'aimait personne et ça lui plaisait[1]. »

L'APPEL DU THÉÂTRE

Soucieux de diversifier ses activités et de découvrir de nouveaux horizons, James Dean accorde un intérêt soutenu aux projets théâtraux qui se montent. Pourtant, en dépit des efforts de séduction qu'il déploie au cours de sa rencontre avec la dramaturge Jane Bowles (installée à Tanger depuis 1948 avec son mari Paul, l'auteur d'*Un thé au Sahara),* le producteur Oliver Smith refuse qu'il tienne le rôle principal de son unique pièce intitulée *In the Summer House* dont il monte la création. Grâce à l'insistance du metteur en scène d'opéra Frank Corsaro, qu'il a connu à l'époque où ce dernier faisait office de modérateur lors des sessions de l'Actors Studio avant d'en devenir plus tard le directeur artistique, James parvient toutefois à décrocher un petit rôle muet dans une adaptation théâtrale de la nouvelle *L'Épouvantail* de Nathaniel Hawthorne (l'auteur de *La Lettre écarlate)* montée off-Broadway. Dean y fait une performance peu banale, puisqu'il incarne le reflet de cet épouvantail joué par Douglas

1. Val Holley, *op. cit.*

Watson dont un miroir magique a la capacité de révéler la véritable nature.

La première des deux semaines de représentations prévues se déroule au Theatre de Lys le 16 juin 1953, avec Elli Wallach et Patricia Neal dans les rôles principaux. Cette dernière se réjouit de revoir plusieurs anciens de l'Actors Studio et note dans ses Mémoires :

> Il y avait aussi un jeune homme agréable et séduisant qui excellait dans un petit rôle dansé. J'étais persuadée que James Dean avait devant lui un brillant avenir[1].

Pourtant celui-ci ne prend pas part à la reprise de la pièce prévue pendant deux semaines à partir du 7 juillet.

Afin de récupérer d'une nuit blanche baignée de vapeurs d'alcool et de fumée, il lui arrive fréquemment de s'endormir en pleine journée… y compris au beau milieu d'un rendez-vous professionnel important avec la directrice de casting Marion Daugherty ! Désireux de faire taire les angoisses qui le tenaillent en permanence et l'ont rendu insomniaque, il se résout à consulter un psychanalyste. En dépit des injonctions de Frank Corsaro qui s'inquiète lui aussi de son désordre mental et de ses sautes d'humeur imprévisibles, il interrompt l'analyse au bout de quelques séances.

Malgré son expérience et sa renommée grandissantes, James Dean refuse de s'assagir et continue

1. *As I Am, An Autobiography*, Patricia Neal, Simon and Schuster, 1988.

à imposer son sans-gêne et son penchant pour la provocation partout où il passe. Comme le soir où il débarque avec ses bongos dans le restaurant de son ami Jerry Lucci et se met à en jouer frénétiquement devant les convives jusqu'à la fin du service, ou cette autre fois où il déambule sur un trottoir nu comme un ver. Il passe volontiers plusieurs jours sans se raser, n'a cure de son apparence négligée, porte régulièrement sur lui un revolver chargé d'une balle et « erre dans les couloirs des hôtels avec une bougie sur la tête en se prenant pour Van Gogh[1] ». Consciemment ou non, il se forge une réputation comme les affectionnent les artistes maudits. Il n'honore pas toujours ses rendez-vous, nargue les convenances sociales qu'impose le savoir-vivre et se conduit souvent avec une légèreté coupable, quitte à susciter l'exaspération voire l'antipathie de ses confrères. Mais, malgré tout, il continue à travailler, car sa soif de réussite demeure la plus forte. James Dean se fait assurément une haute idée de son métier, n'a de respect que pour les professionnels aguerris et ne supporte pas la moindre approximation. Son exigence est telle qu'il imagine volontiers des jeux de scène pour mieux s'approprier les personnages qu'il incarne, les rendant souvent nettement plus intéressants qu'ils ne l'étaient quand on lui a proposé de les interpréter. C'est la marque des grands acteurs.

Le 25 août 1953, le producteur Franklin Heller

1. *James Dean, sa vie... ses films...*, Michel Bulteau, Éditions Garancière, 1985.

choisit James Dean pour être l'un des interprètes principaux du drame *Death is My Neighbor* que réalise John Peyser pour la série *Danger*. Dans le rôle d'un concierge atteint de troubles psychiques, il y donne la réplique à une sommité : l'acteur shakespearien Walter Hampden, âgé alors de soixante-quatorze ans, qui règne par ailleurs sur le Players Club, une association corporative de comédiens très influente dans le métier. Une fois encore, James se fait remarquer en raison de ses retards systématiques, de sa tenue négligée et de son mépris affiché pour un scénario qu'il va jusqu'à piétiner à terre un jour d'énervement. Après l'avoir mis en garde à trois reprises, Franklin Heller s'apprête à le renvoyer lorsque Hampden en personne vient à sa rescousse en louant le talent de ce jeune partenaire dont il a appris à découvrir et à apprécier le jeu au fil de répétitions parfois houleuses. Lors de sa diffusion, en octobre suivant, l'épisode vaut à James une phrase élogieuse dans le quotidien corporatif *Variety*, lequel, après avoir mentionné son « interprétation magnétique qui donne vie à ce mélodrame de série », le compare à Marlon Brando, précise qu'« il a donné à son rôle la personnalité et les nuances dont il avait besoin » et conclut : « Ce garçon a de l'avenir[1]. »

1. *Variety*, 2 septembre 1953.

Au cours de l'automne 1953, Hugh Hefner lance le magazine *Playboy* en publiant les célèbres photos de Marilyn nue sur un fond de velours rouge, au risque de ruiner la carrière prometteuse de la jeune comédienne à la Twentieth Century Fox. Au même moment, la productrice de *L'Épouvantail,* Therese Hayden, recommande James Dean au metteur en scène Herman Shumlin qui le connaît déjà pour l'avoir apprécié dans *See the Jaguar. Les Petits Renards* de Lillian Helman, qu'il vient de diriger à Broadway, ayant obtenu un accueil flatteur, celui-ci s'apprête à monter *L'Immoraliste,* d'après le roman autobiographique écrit par André Gide à l'âge de trente-trois ans. Le comédien arrive sur sa moto à son premier rendez-vous avec Shumlin. À l'époque, plusieurs magazines ont déjà publié des photos de Marlon Brando dans *L'Équipée sauvage,* film-culte qui devait contribuer à lancer la mode « des blousons noirs motorisés à l'écran et du jazz comme musique d'accompagnement [1] ». James s'en inspire visiblement quand il se présente dans cette tenue devant le metteur en scène qui lui donne la réplique dans un rôle féminin.

Je n'avais jamais vu personne habillé de cette manière. Il portait sur des blue-jeans troués des bottes trop grandes et un manteau démodé, des fanfreluches et une toque de fourrure à

1. *50 ans de cinéma américain,* Jean-Pierre Coursodon et Bertrand Tavernier, Éditions Nathan, 1995.

la russe. Il demande à jouer la scène où Bachir est censé accomplir son travail de domestique, c'est-à-dire nettoyer la terrasse de l'hôtel où il se trouve [1].

Indifférent à sa tenue négligée, Herman Shumlin considère l'audition comme prometteuse et rallie à sa cause les auteurs de l'adaptation, Ruth et Augustus Goetz, ainsi que le producteur du spectacle, Billy Rose. Cet anticonformiste notoire a déjà monté avec succès en 1943 le spectacle très controversé *Carmen Jones* où l'héroïne de Bizet a la peau noire et chante sur des rythmes de jazz. Moyennant un cachet hebdomadaire de trois cents dollars, plutôt inespéré en regard de sa mince expérience et de la brièveté de son intervention, James Dean décroche le rôle de Bachir, un jeune domestique arabe qui fait chanter son patron archéologue, en menaçant de révéler son homosexualité, ce qui ruinerait à la fois sa réputation et sa vie conjugale. Afin de se mettre dans la peau de son personnage, le comédien décide de fréquenter les milieux moyen-orientaux pour soigner son accent et demande à son ami Billy Gunn de l'initier à la musique arabe.

Entre deux rôles, James Dean continue d'écumer les castings. C'est ainsi qu'en décembre 1953, sur les conseils de son agent, il auditionne pour *Le Cri de la victoire* de Raoul Walsh, un film de guerre tiré du best-seller de Leon Uris. La prestation de ce jeune homme qui s'est présenté une fois de plus en

1. *James Dean Story*, René Château, Éditions René Château, 1975.

uniforme de motard subjugue le représentant new-yorkais de la Warner, William T. Orr, qui fut lui-même un second rôle renommé avant d'épouser la belle-fille de Jack Warner. Au point qu'il le convoque à nouveau dès le lendemain sous prétexte de le tester pour un autre rôle (celui du marine Ski Wallace que tiendra finalement William Campbell). James Dean n'est pas retenu, mais Orr s'empresse de signaler sa découverte à l'état-major de la Warner. Dans une lettre adressée le 16 décembre à son supérieur hiérarchique, Steve Trilling, il note qu'« il y a dans son travail quelque chose de l'école Marlon Brando » et que « ce n'est pas un acteur conventionnel[1] ».

Les répétitions de *L'Immoraliste* débutent le 18 décembre 1953 dans les bureaux qu'occupe alors Billy Rose sur la Sixième Avenue dans l'immeuble Ziegfeld. La distribution ne comprend que huit personnes. Le transfuge français Louis Jourdan accomplit ses débuts au théâtre dans le rôle de l'archéologue et Geraldine Page incarne son épouse. Tandis qu'une relation quasi filiale se noue entre Harry Shumlin et James Dean, le manque de ponctualité de ce dernier et ses caprices incessants perturbent régulièrement les répétitions. Quant aux libertés qu'il s'autorise, elles irritent ses camarades, pour la plupart plus chevronnés, surtout le jour où il a le culot de garer sa moto dans les coulisses. Paul Huber, qui incarne le rôle d'un médecin, goûte peu ses improvisations qu'il considère comme autant

1. Donald Spoto, *op. cit.*

de trahisons de l'esprit de la pièce, Adelaide Klein se plaint de ce qu'il est impossible de répéter avec lui et Salem Ludwig refuse une fois pour toutes de lui adresser la parole. Quant à Louis Jourdan, il déclarera plus tard : « Sur scène, Dean tirait la couverture à lui et s'y enroulait. » Seule Geraldine Page témoigne d'une certaine magnanimité à l'égard de James Dean et accepte même de répéter seule avec lui.

Alors que l'ambiance se dégrade de jour en jour, les auteurs pressent Billy Rose de renvoyer Herman Shumlin et de recruter à sa place Daniel Mann dont la critique et le public viennent de saluer le travail remarquable sur *La Rose tatouée*. Le nouveau metteur en scène prend le commandement de la troupe en janvier 1954, six jours seulement avant son départ pour Philadelphie où la pièce doit être rodée. C'est dans ces circonstances quelque peu acrobatiques qu'il entreprend de rectifier le tir. Des modifications sont apportées au texte, sa fin est entièrement réécrite et dix-neuf mille dollars sont investis dans de nouveaux décors, plus en accord avec l'esprit de la pièce. Du coup, le rôle de Bachir est sérieusement élagué. Cependant James Dean ne semble plus du tout concerné : il est visiblement déjà ailleurs. Billy Rose hésite à le renvoyer pour insubordination, mais il est conscient que son contrat l'oblige à lui verser son salaire hebdomadaire jusqu'au terme des représentations. À la suite d'une première entrevue orageuse avec Daniel Mann, James décide de quitter le spectacle et de laisser sa doublure le remplacer, comme il est d'usage en pareilles circonstances. Un médiateur extérieur agréé par les deux parties négocie un arrangement de dernière minute et il revient sur sa décision qui l'exposait finalement à un licenciement sans indemnités pour faute professionnelle et risquait de lui porter préjudice dans l'avenir. En coulisses, Ruth Goetz demande prudemment à l'assistant du metteur en scène, Vivian Matalon, d'apprendre le rôle de Bachir, afin d'être prêt à remplacer Dean au pied levé s'il s'avisait de claquer la porte sans préavis.

La première représentation donnée à Philadelphie est plutôt prometteuse, bien que les déplacements des comédiens laissent à désirer et que la tension entre James Dean et les autres acteurs soit perceptible, mais la suivante est pire. Qu'importe… C'est la veille que sont venus les critiques qui ne tarissent pas d'éloges sur le spectacle et ses interprètes. Les trois semaines qui suivent doivent permettre à la troupe de prendre ses marques et de revenir fin prête à New York où est prévue une semaine d'avant-premières payantes. Au cours de cette période, alors que l'ambiance sur scène est toujours aussi tendue, les liens se resserrent entre James Dean et l'assistant Vivian Matalon qu'il invite même à plusieurs reprises à rester dormir dans son minuscule appartement. Le soir où celui-ci accepte finalement de partager la promiscuité de son lit en tout bien tout honneur, le comédien tente de le séduire et se fait rembarrer. Après un léger froid entre eux, à l'occasion de la grande première prévue au Royale Theatre de Broadway le 8 février 1954, jour du vingt-troisième anniversaire de James, Vivian Matalon lui offre *Los Toros,* un livre en espagnol de Josie Cossio consacré à l'art de la corrida. Ortense et Marcus Winslow sont venus eux aussi à New York à l'invitation de leur neveu pour le voir jouer sur scène et souffler ses bougies. James les intronise auprès de son cercle d'amis et entreprend de leur faire visiter cette ville qu'il connaît maintenant comme sa poche, pour l'avoir arpentée sans relâche, du nord au sud et d'est en ouest, à pied comme à moto.

UN AMATEUR DE PHOTOGRAPHIE

Au cours des répétitions de *L'Immoraliste,* la comédienne Arlene Sax entraîne James Dean dans l'atelier d'un de ses amis photographe, Roy Schatt, qui est installé dans le quartier de Murray Hill, à Manhattan. En effet, il s'intéresse de plus en plus à cet art et a confié à son amie qu'il aimerait améliorer sa technique dans ce domaine en recueillant les conseils d'un professionnel. Quelques jours plus tard, le comédien les invite l'un et l'autre à venir le voir jouer sur la scène du Royale. À l'issue de la représentation, Schatt les convie chez lui pour prendre un verre. Ce soir-là, malgré leur différence d'âge (à quarante-quatre ans, Roy pourrait être... son père), une amitié sincère s'ébauche entre les deux hommes. Désormais, ils passeront beaucoup de temps ensemble à échanger des idées et à écouter de la musique.

Le photographe a l'habitude d'organiser des soirées dans son studio de la Trente-troisième Rue, à la hauteur de la Troisième Avenue, où Dean se fait systématiquement remarquer. Comme ce jour où il impose le silence à l'assistance afin de pouvoir savourer le morceau de Bunny Berrigan *I Can't Get Started* qui le touche particulièrement. Lorsque les conversations reprennent peu à peu et que Peggy Lee entonne les premières mesures de *You Gotta Do Right,* James rétablit le calme, puis se jette sur ses bongos et commence à les marteler frénétiquement sans se soucier du rythme de la chanson, avant de quitter brusquement les lieux. La fois suivante, il arrive avec un disque qu'il offre à son hôte pour se faire pardonner son attitude impulsive. À une autre occasion, en présence de ses amis Martin Landau et Billy Gunn, Jimmy sort s'installer sur une chaise en plein milieu de la rue et fait mine de régler la circulation, jusqu'au moment où les autres invités le font rentrer de force et lui évitent de se faire corriger par l'un des automobilistes victimes de cet embouteillage incongru.

Les relations qu'entretiennent James Dean et Roy Schatt se nourrissent aussi d'une sorte d'émulation réciproque, l'un et l'autre discutant technique au studio, allant se promener ensemble, se photographiant ou passant des heures dans la chambre noire à développer les films et à réaliser des tirages, tâche fastidieuse et méticuleuse qui déplaît souverainement au comédien. Peu à peu, ils se mettent à sortir armés de leurs appareils, Schatt attirant l'attention de Dean sur certains sujets photographiques potentiels et l'aidant à se familiariser avec le travail de personnalités telles qu'Henri Cartier-Bresson, Matthew Brady, Ansel Adams ou Edward Weston.

Lorsqu'il était intéressé et coopératif, a souligné Schatt, son énergie était démultipliée. Il possédait cette suprême qualité intellectuelle qui consiste à se montrer curieux de tout en permanence[1].

Ils abordent de nombreux thèmes culturels et ont des discussions passionnées sur Picasso et Hemingway, dcux artistes qu'ils admirent. Toujours assoiffé d'apprendre, Dean manifeste une curiosité insatiable et cerne aisément ses limites. Schatt affirme à ce propos que « ce qui le rendait si complexe en tant qu'homme et étudiant, c'était que sa compréhension se manifestait par éclairs. Il lui fallait traduire les idées en expérience pragmatique pour parvenir à les comprendre[2] ».

DE BROADWAY À HOLLYWOOD

Au sein des spectateurs qui remarquent James Dean sous son visage basané à grands renforts de

1. *James Dean, A Portrait*, Roy Schatt, Sidgwick & Jackson, 1982.
2. *Ibid.*

maquillage, le soir de la première de *L'Immoraliste* à Broadway, figure Paul Osborn, un dramaturge ami du couple Goetz qui travaille alors sur l'adaptation cinématographique du roman de John Steinbeck *À l'est d'Eden*, dont il a déjà écrit six versions successives. Dès le lendemain, il téléphone à Elia Kazan, pressenti pour réaliser le film. Associé de près aux destinées de l'Actors Studio, qu'il a contribué à fonder en octobre 1947 avec deux autres transfuges du Group Theatre dissout six ans plus tôt, le metteur en scène bénéficie alors d'un contrat en or avec la Warner prévoyant qu'il doit tourner un film par an en disposant d'une entière liberté dans le choix de ses sujets. Lui-même comédien avant de devenir le réalisateur renommé de *Un tramway nommé désir* et de *Sur les quais*, il a notamment contribué à révéler Marlon Brando et s'est rapidement affirmé comme un prodigieux directeur d'acteurs que s'arrachent désormais toutes les stars montantes. Il a déjà gagné deux Oscars en tant que réalisateur. Lorsque Osborn mentionne auprès de lui le nom de James Dean, Kazan connaît justement le jeune homme qu'il a eu l'occasion de repérer sur la scène puis dans le public de l'Actors Studio avant de le faire répéter dans des ateliers qu'il animait. Il a en outre remarqué à plusieurs reprises à la télévision celui qu'il surnommait affectueusement « le Cocker » et l'a même auditionné naguère à sa demande pour un rôle d'étudiant que ses camarades accusent à tort d'homosexualité, dans une mise en scène de *Thé et sympathie* qui devait rester à l'affiche de l'Ethel

Barrymore Theatre de septembre 1953 à février 1955.

Elia Kazan n'a pas besoin de venir voir *L'Immoraliste* pour partager l'enthousiasme d'Osborn : James Deán serait l'interprète idéal du personnage de Cal. Pour le vérifier, le cinéaste le convoque à son bureau et, faute d'être parvenu à engager véritablement la conversation avec lui, accepte que le jeune homme le raccompagne sur sa moto dont il semble si fier. Il a décrit ce premier rendez-vous à Michel Ciment en employant une image saisissante :

> Imaginez que vous devez faire une pièce avec un loup et qu'il n'y ait pas de loup à New York. Un jour, vous entrez dans un bureau à la Warner et là un loup est assis sur la banquette [1].

Il reconnaît en Jimmy cette même haine viscérale que le protagoniste voue à son père. En outre, non seulement Dean lui semble tout à fait capable d'incarner ce rôle, mais il est à de nombreux égards le personnage. Bien davantage que Marlon Brando, pourtant pressenti, et même que Monty Clift à qui l'on a également proposé le rôle du frère, Adam, mais qui convoitait celui de Cal. Cet emploi échoit finalement à Richard Davalos, un autre novice que le réalisateur a découvert alors qu'il travaillait comme ouvreur dans une salle de cinéma.

Pour se convaincre définitivement que son choix est le bon, Elia Kazan envoie James Dean rendre visite à John Steinbeck dont l'avis lui semble pri-

1. *Kazan par Kazan*, Michel Ciment, Éditions Stock, 1973.

mordial. Les deux hommes se connaissent en effet d'autant mieux qu'ils ont eu l'occasion de collaborer étroitement ensemble sur le scénario de *Viva Zapata !* trois ans plus tôt et qu'ils ne gardent l'un et l'autre que de bons souvenirs de cette expérience. Même s'il émet quelques réserves négligeables sur le caractère et les manières de ce gamin arrogant, Steinbeck ne fait que conforter la première impression du cinéaste et lui apporte son soutien.

Contre toute attente, l'accueil critique de *L'Immoraliste* se révèle plutôt favorable et James Dean décroche à titre personnel les plus belles louanges de sa jeune carrière. Pourtant il a décidé de se venger de l'affront que lui a infligé Billy Rose et lui remet, le soir de la première, un préavis de départ. Deux semaines plus tard, le 20 février, comme annoncé mais sans la moindre explication, et à la stupeur de ses partenaires qui l'assaillent de questions, il quitte le spectacle dont il est devenu l'une des attractions principales. James peut désormais profiter de sa liberté retrouvée avec une insouciance inédite. Douze jours plus tard, la Warner publie un communiqué annonçant la distribution de *À l'est d'Eden.* Ironie du sort, en lieu et place de l'assistant Vivian Matalon qui faisait office de doublure, c'est Phillip Pine, un acteur avec lequel James Dean a sympathisé à l'époque de *See the Jaguar* (dans lequel il incarnait l'un de ses tourmenteurs !), qui est finalement choisi pour le remplacer sur scène dans le rôle de Bachir, jusqu'à ce que le rideau se baisse définitivement, le 1er mai suivant. James Dean décroche pour ce rôle le

Theatre World Award attribué à l'initiative du critique Daniel Blum, ainsi que le trophée Donaldson décerné par les abonnés du magazine *Billboard*. Mais, contrairement à ce qu'il prétendra plus tard en embellissant ses états de service auprès de certains journalistes, il se voit préférer pour le Tony Award du meilleur second rôle masculin le fils de deux acteurs de Broadway, John Kerr dans *Thé et sympathie*... mis en scène par Elia Kazan.

James Dean n'en a pas tout à fait terminé avec le théâtre. À l'instar d'Adelaide Klein, avec qui il vient de jouer dans *L'Immoraliste,* il répond positivement à une nouvelle sollicitation de l'atelier de la New School for Social Research qui monte *Les Trachiniennes*. Il s'agit en l'occurrence de la pièce de Sophocle dans une traduction inédite d'Ezra Pound concoctée lorsque l'écrivain se trouvait interné pour trahison à l'hôpital psychiatrique St. Elizabeth. Les répétitions se déroulent au siège de l'Association des Jeunes Juifs et une représentation publique inaugure le 14 février 1954, jour de la Saint-Valentin et de relâche à Broadway, un cycle de lectures dominicales sur la scène du Cherry Lane Theatre de Greenwich Village, avec Eli Wallach et Anne Jackson dans les rôles principaux. James Dean y interprète bénévolement deux personnages : ceux de Hyllus et de Lichas, les valets d'Hercule. C'est à l'occasion de la soirée organisée après le spectacle qu'il rencontre le compositeur Leonard Rosenman, vingt-neuf ans, qui a écrit la musique de scène de cette production par amitié envers son metteur en scène, Howard Sackler. Les deux hommes ne tardent pas à se trouver des affinités électives, notamment dans leurs relations difficiles avec leur père.

Deux semaines plus tard, alors que la presse ne parle que de l'essai de la bombe H qui s'est déroulé le 1er mars 1954 dans l'atoll de Bikini, James Dean débarque sans prévenir chez Leonard Rosenman et son épouse, Adele, sous prétexte de suivre des cours de piano. En échange, il emmène son mentor à ses divers rendez-vous sur sa moto. À défaut de se consacrer sérieusement à la musique, dont les contraintes le rebutent, le comédien s'identifie à son aîné et accepte que celui-ci le guide, au point de calquer ostensiblement ses lectures sur les siennes, quitte à ne jamais terminer certains ouvrages... Entre eux s'établit une relation qu'on peut qualifier de filiale malgré leur légère différence d'âge. Leonard étant en instance de divorce, James lui propose de stocker quelques affaires personnelles dans son appartement et va jusqu'à le recommander à Kazan qui n'a pas encore choisi le compositeur de la bande originale de *À l'est d'Eden*. Ce renvoi d'ascenseur scelle une solide amitié entre eux et met le pied à l'étrier à ce musicien qui obtiendra une vingtaine d'années plus tard deux Oscars consécutifs à Hollywood, pour *Barry Lyndon* de Stanley Kubrick et *En route pour la gloire* de Hal Ashby, en 1976 et 1977.

L'Eden et après

Le 16 février 1954, tandis que Jane Deacy négocie une à une les clauses du contrat de James Dean pour *À l'est d'Eden,* celui-ci tourne un bout d'essai avec Paul Newman qui est en concurrence avec lui pour un rôle dans le film. Au cours de cette improvisation réalisée dans le but de dissiper les ultimes doutes de la Warner, Dean décide d'insister sur les allusions homosexuelles latentes du scénario et… propose à son copain et rival de l'embrasser. Celui-ci entre dans son jeu en lui répondant « pas ici » et il n'en faut pas davantage pour convaincre définitivement Kazan que son choix est le bon. Pourtant, au moment même où son contrat avec la Warner est sur le point d'être finalisé, les responsables du studio remettent une nouvelle fois en question le nom de James Dean, sous prétexte qu'ils redoutent de voir un acteur inconnu au cinéma porter sur ses épaules la responsabilité d'un projet aussi ambitieux que *À l'est d'Eden.*

Cette nouvelle valse-hésitation décide Elia Kazan à louer le studio d'un photographe du magazine *Life,* Gjon Mili, sur la Quatorzième Rue, où il tourne à la fois un bout d'essai muet mais en couleurs pour tester le couple formé de James Dean et Julie Harris, une révélation de l'Actors Studio, et un autre sonore en noir et blanc mettant en scène les deux frères rivaux que doivent incarner James et Richard Davalos. Cette séquence qui se déroule dans la chambre à coucher de Cal Trask exhale là encore de tels sous-entendus homosexuels qu'elle sera finalement escamotée au montage, au même titre que plusieurs autres tout aussi ambiguës, de crainte que la censure ne réagisse. En revanche, la projection de ces tests devant l'état-major de la Warner réuni au grand complet en mars 1954 balaie tous les doutes : le studio a trouvé sa prochaine étoile. Au point que la Major de Burbank engage Dean en exclusivité pour neuf longs métrages sur une période de six ans et sur la base d'un cachet hebdomadaire de douze cents dollars assorti d'un minimum garanti de dix semaines par film. Son salaire sera indexé et réévalué en fonction des circonstances et du succès de ceux-ci. En outre, le contrat comprend une clause qui autorise expressément le comédien à prêter son concours à des productions radiophoniques et télévisées, ainsi qu'à une production théâtrale à Broadway au bout de trois films. Le studio peut résilier cet accord à tout moment, alors que l'acteur ne possède pas le moindre droit de regard sur les scénarios qui lui sont soumis.

Malgré cette bonne fortune, lorsque James Dean retourne à Hollywood en compagnie d'Elia Kazan, le 8 avril 1954, c'est totalement incognito qu'il effectue son baptême de l'air, le regard vissé au hublot pendant presque tout le vol. Il a préféré conserver son pied-à-terre new-yorkais et n'a emporté en conséquence que deux sacs bourrés à la hâte de quelques effets personnels et grossièrement ficelés. Désireux d'éviter la moindre pression inutile, le cinéaste a insisté auprès de la Warner pour que toute publicité autour de son nom soit évitée. Son heure viendra, il ne faut pas la gâcher prématurément. Ils accomplissent un détour par le domicile de Winton Dean, une maison minable en préfabriqué située au bord d'une route défoncée dans laquelle le mécanicien-dentiste et son épouse arrondissent leurs fins de mois en se livrant à… l'élevage des chinchillas ! Cette visite inopinée permet au réalisateur de constater que les relations pour le moins tendues de James avec son père sont fort comparables à l'état d'esprit du personnage qu'il doit incarner dans *À l'est d'Eden.* En attendant de toucher son premier cachet, James se voit en effet contraint de loger provisoirement chez son père, lequel est prié de mettre à sa disposition une chambre de son appartement, 1667 South Bundy Drive, dans le quartier ouest de Los Angeles. Loin de s'émouvoir de cet arrangement qui ne peut que tourner à l'aigre, Kazan s'en réjouit secrètement car il sait qu'il va mettre ainsi son interprète en condition pour le rôle de Cal Trask avec plus d'efficacité qu'en lui faisant endurer des répétitions fastidieuses qui risquent d'altérer sa spontanéité et d'user sa patience. L'immersion totale et le processus d'appropriation enseignés à l'Actors Studio sont plus que jamais de rigueur. Le film n'adapte en fait qu'un sixième du roman (que le comédien se refuse néanmoins à lire), situé à la fin, en recentrant l'intrigue autour des rapports qu'entretiennent les personnages de James Dean et de Richard Davalos. « Ce qu'on ne voit pas dans le film, mais qui constitue la majeure partie du livre, est le mariage d'Adam Trask avec une beauté capricieuse qui entretient également une liaison avec son frère, Charles. Elle rend visite à Charles pendant sa nuit de noces après avoir administré à son mari une poudre soporifique et donne par la suite naissance à des jumeaux, la conséquence étant qu'ils ont pu être conçus séparément l'un de l'autre, chacun par l'un des deux frères. Le film débute au moment où Aron et Cal sont jeunes gens[1]. »

UNE NOUVELLE VIE

Dans l'incapacité de demeurer éloignée de New York pendant toute la durée du tournage, Jane Deacy délègue à l'agence Famous Artists le soin de veiller sur les intérêts de son client. Celle-ci charge

1. *Five for Hollywood*, John Parker, Lyle Stuart Book, 1989.

Dick Clayton de s'en occuper : il s'entend à merveille avec James. La cohabitation avec son père et sa belle-mère s'avérant bientôt encore plus pénible que prévu, Dean exhorte Clayton à négocier une avance sur salaire avec le studio. Pourtant, une fois qu'il a obtenu gain de cause, au lieu d'en profiter pour prendre un logement indépendant, le comédien, ravi de cette aubaine, s'offre un alezan qu'il baptise Cisco the Kid et laisse paître dans l'enceinte même du studio en compagnie des montures préposées au tournage des westerns. Mais James se rend pour un oui pour un non au corral qui est assez éloigné du plateau de tournage sous prétexte de soigner son cheval voire de le monter. Du coup, le jour où Kazan considère que son interprète consacre trop de temps à l'équitation et pas assez à leur projet commun, l'animal est exilé dans un ranch que possède la Warner au cœur de la vallée de San Fernando, à quelques kilomètres des premiers faubourgs de Los Angeles.

Le comédien investit le reste de son pécule dans l'acquisition d'une petite moto Triumph T-110 et verse également un acompte sur l'achat de sa première voiture de sport, une MG rouge vif de 1953 qu'il obtient d'occasion. D'abord flatté que sa nouvelle star arbore un signe extérieur de richesse susceptible d'attirer sur lui l'intérêt des journaux à potins, le studio se ravise lorsqu'il découvre à quelle vitesse est piloté le bolide ! Cette inconscience reflète l'immaturité déroutante de Dean et un certain fétichisme vis-à-vis des engins à moteur (autre point commun avec le motard Brando chevauchant sa Triumph personnelle dans *L'Équipée sauvage*) qu'il s'aventure même à assimiler à des partenaires sexuels dans certaines lettres adressées à sa confidente Barbara Glenn.

Une semaine après son arrivée à Los Angeles, James Dean est sollicité pour effectuer les premiers essais du film en costume avec les autres acteurs. Le tournage étant prévu en couleurs et en cinémascope, ce qui constitue une première pour Elia Kazan, le chef opérateur Ted McCord, choisi en raison de la qualité de son travail (en noir et blanc) sur *Le Trésor de la Sierra Madre* de John Huston, doit procéder à des tests chromatiques assez poussés, tout en se familiarisant avec le cadre et les impératifs qu'il suppose.

MISE EN CONDITION

En attendant le tournage, James mène une vie des plus débridées, s'encanaillant dans les lieux de perdition les plus mal famés d'Hollywood Boulevard et tâtant volontiers de diverses substances illicites dont l'influence devient prégnante : « Gros fumeur de marijuana, il absorbe des excitants et n'est plus très loin de consommer des drogues dures », écrit John Parker[1]. Selon Kenneth Anger, « il a ses habitudes au Club, un bar cuir d'East Hollywood » où « il a pris goût aux coups, aux bottes,

1. *Op. cit.*

aux ceinturons et aux mises en scène de bondage[1] ». James Dean met aussi à profit l'attrait qu'exercent sa moto et sa voiture pour séduire de jeunes comédiennes, alimentant ainsi les premiers ragots d'une presse à sensation toujours friande de frasques et d'excentricités pour remplir ses colonnes. Un soir, invité à dîner en compagnie d'Elia Kazan, Anthony Perkins et Karl Malden, il stupéfie l'assistance en jetant son bifteck à travers la fenêtre. Quant aux invitations qui mentionnent une tenue de rigueur, il s'y rend systématiquement dans une mise débraillée, pour démontrer qu'il n'entend se soumettre à aucun protocole.

La mine défaite de son protégé, conséquence de ses nuits blanches et de sa mauvaise hygiène de vie, incite Kazan à l'envoyer se faire bronzer quelques heures au soleil de Borrego Springs, en plein désert californien. Constatant assez vite les ravages qu'exerce la cohabitation forcée de James avec son père, le réalisateur décide finalement de mettre un terme à ce calvaire inutile et repère deux chambres à louer au-dessus d'un drugstore installé à proximité immédiate des studios de la Warner. Le loyer mensuel en est de cinquante dollars, une somme modeste si on la compare au cachet qu'il doit toucher pour le film. Son voisin immédiat n'est autre que Richard Davalos. Malheureusement, les relations d'abord amicales entre les deux jeunes acteurs se détériorent de jour en jour, jusqu'au moment où ils en viennent à se détester cordialement, ce qui,

1. *Hollywood Babylon II*, Kenneth Anger, E.P. Hutton, 1984.

tout en risquant d'affecter durablement les rapports de ces frères ennemis sur le plateau, va également dans le sens de leurs rôles.

À L'EST D'EDEN

« Film totalement biblique[1] » dont les protagonistes se réfèrent aux personnages d'Abel et Caïn, *À l'est d'Eden* commence juste à la veille de la Première Guerre mondiale dans la Californie rurale. James y incarne un jeune homme élevé par un père illuminé qui lui préfère son frère, leur mère ayant quitté le foyer conjugal pour ouvrir une maison de tolérance. « C'est l'histoire d'une leçon de psychanalyse sommaire donnée à un monsieur de 60 ans, terrassé par une hémorragie cérébrale, et d'un garçon qui veut coûte que coûte être "compris" par son père », résumera laconiquement le mensuel *Positif*.

Comme prévu, le 26 mai 1954, l'équipe part en avion pour Mendocino, au nord de San Francisco, qui figure à l'écran Monterey. Elle s'installe ensuite dans les environs de Spreckels, une ville nichée en plein cœur de la vallée de Salinas, avant de revenir à Los Angeles en autocar, trois semaines plus tard. Lorsque James Dean manifeste auprès d'Elia Kazan

1. *Amis américains, entretiens avec les grands auteurs d'Hollywood,* Bertrand Tavernier, Institut Lumière-Actes Sud, 1993.

son intention de rallier le lieu du tournage sur sa nouvelle moto, le réalisateur s'y oppose formellement, redoutant que cette tête brûlée ne soit victime d'un accident… Sur la route de Salinas.

De retour à Burbank, le 11 juin, l'équipe s'installe en studio pendant les deux mois suivants. Dès son retour à Los Angeles, James Dean quitte son logement et élit domicile dans sa loge, une caravane spacieuse qui est garée à l'intérieur du studio, à proximité immédiate de celle qu'occupe Elia Kazan, ce qui n'est pas du tout du goût de Jack Warner, car l'assurance du studio ne couvre pas ce genre d'arrangement et un incendie a récemment détruit des locaux dans lesquels s'était tenue une fête. Qu'importe ! Ainsi, le réalisateur est plus que jamais en mesure de surveiller de près son acteur principal pour lequel il n'éprouve pas la moindre tendresse, bien qu'il ne tarisse pas d'éloges sur sa photogénie :

> Il avait un visage très poétique, un visage beau et douloureux. Dans les gros plans, on percevait toute cette douleur. On a tellement de peine pour lui quand on le voit en gros plan [1].

Autant Kazan respecte le talent et l'instinct de Dean, dont il a également mesuré les limites sur le plan psychique, autant l'agacent la mégalomanie et l'inconscience de ce jeune homme en colère qu'il juge mal dégrossi, faute d'avoir reçu une éducation digne de ce nom. Dans son esprit, James Dean ne

1. Michel Ciment, *op. cit.*

ressemble en rien à son acteur fétiche, Marlon Brando. Passant outre ses sautes d'humeur afin d'obtenir le résultat souhaité, Kazan n'hésite pas à le déstabiliser afin de le mettre en danger et de le pousser dans ses ultimes retranchements :

Ce qu'il faisait était nouveau pour lui et il ne savait pas s'il le faisait bien, expliquera-t-il a posteriori. Il était dépassé par toute cette technique qui l'entourait, qui entoure les acteurs de cinéma. Parce qu'il était anxieux, sa conduite était parfois fantasque et désordonnée, mais toujours en accord profond avec son talent. C'était un talent sombre et il acceptait l'inattendu, bon ou mauvais, avec le même cœur[1].

Son partenaire, Richard Davalos, qui n'était guère rancunier, a quant à lui pris sa défense en déclarant :

Jimmy ne savait pas comment assumer les critiques sévères. Il ne faisait pas partie de ces comédiens qui acceptent les reproches et en font leur profit sans que cela les affecte outre mesure. La moindre remarque le désorientait. Il devait alors commencer par se retrouver lui-même avant de pouvoir mettre le doigt sur ce qui clochait dans son jeu[2].

C'est sans doute cet état permanent d'instabilité sinon d'angoisse qui explique à la fois son comportement sur le plateau et la spontanéité de son jeu qui contraste avec celui de certains interprètes pourtant beaucoup plus chevronnés. Entre les prises, James n'adresse la parole à personne et met à profit les pauses plus longues pour aller s'isoler

1. *Cinéma 61*, n° 59, août-septembre 1961.
2. *James Dean, sa vie en images*, David Dalton et Ron Cayen, Éditions Sylvie Messinger, 1984.

dans sa loge et récupérer sa concentration, un comportement professionnel que la plupart des membres de l'équipe perçoivent comme une manifestation de mépris à leur égard.

UNE AMBIANCE ÉLECTRIQUE

La Warner ne recule devant aucune dépense pour que la reconstitution soit irréprochable. Elle fait ainsi reconstruire en studio une bonne partie de la ville de Salinas et peaufine le moindre détail. Elia Kazan se concentre quant à lui sur ses interprètes, et notamment sur le premier d'entre eux, James Dean, dont il a réussi lentement à gagner la confiance, sans pour autant parvenir à le dompter complètement. Il le met en condition à l'aide de stratagèmes de son invention, mais certains de ses partenaires goûtent peu les fantaisies de ce jeune acteur imprévisible. C'est le cas de l'acteur d'origine canadienne Raymond Massey, cinquante-huit ans, qui incarne son père dans le film et supporte difficilement que celui qu'il qualifie de « rebelle » se permette de lui couper la parole à tout bout de champ. Ce vétéran est sans le savoir le premier à employer ce qualificatif qui suivra James Dean bien après sa mort.

Au fil du tournage, Kazan remet perpétuellement en cause son scénario afin de s'adapter aux réactions instinctives de son interprète dont il connaît mieux que personne le mode de fonctionnement pour l'avoir lui-même encouragé à l'Actors Studio et déjà pratiqué avec Marlon Brando. C'est ainsi que dans l'une des scènes clés du film, « Cal laisse échapper l'argent. Dans le script original, il était supposé ramasser les billets, hurler et s'enfuir dans l'obscurité. Dans la scène telle qu'elle apparaît à l'écran, Dean laisse tomber l'argent aux pieds de son père, puis se jette brutalement sur lui, le frappe, l'étreint et l'implore de l'aimer dans un accès de désespoir désarticulé, avant de s'enfuir de la maison en pleurnichant [1] ». L'impact de cette confrontation est toujours le même. Il a même décidé de la vocation de Nicolas Cage, lequel a déclaré un jour à son propos : « Cette scène m'a brisé le cœur. Et c'est toujours le cas. Elle m'a bouleversé à un tel point que j'ai décidé que c'était ce que je voulais réussir à faire un jour [2]. »

À l'occasion d'une séquence au cours de laquelle Dean doit lire quelques versets de la Bible et se trompe dans le texte sacré, comme le lui a demandé le réalisateur, il glisse des insanités en plein milieu des répliques prévues dans le script et provoque la fureur de Massey le temps d'un gros plan resté fameux, celui-ci étant persuadé qu'il a lui-même pris l'initiative de ce sabotage organisé. Après le tournage, le texte initial sera réenregistré et postsynchronisé comme d'ailleurs l'essentiel du texte de Dean dont la diction parfois inintelligible

1. *They Didn't Win the Oscars*, Bill Libby, Arlington House Publishers, 1980.
2. *First Films, Illustrious, Obscure and Embarrassing Movie Debuts*, Jami Bernard, Citadel Press, 1993.

ne donne pas satisfaction à Kazan. Quand il sent que son interprète principal lui échappe, le cinéaste utilise des artifices pour obtenir de lui ce qu'il veut, même si c'est quelquefois à son insu. Ainsi, lorsqu'il refuse de tourner une scène sur un toit en pente, le réalisateur l'enivre et obtient de lui une performance aussi remarquable qu'inattendue. Dans une interview, Kazan ira plus tard jusqu'à comparer Dean à la chienne Lassie en assimilant sa direction d'acteurs à une forme de dressage.

Non seulement James improvise sans se préoccuper de ses partenaires, mais il nourrit sa prestation, consciemment ou non, de son vif ressentiment personnel vis-à-vis de Winton Dean, qu'a encore attisé leur récente cohabitation forcée. Or, Raymond Massey ignore cet élément de sa biographie et ne voit en lui qu'un jeune loup ambitieux et arrogant incapable d'articuler correctement son texte. C'est James Dean qui prend l'initiative de crier dans la nuit « dix ans… dix ans… dix ans » au lieu de se contenter de claquer la porte derrière lui. En bon pyromane, Kazan attise le feu sacré entre ces deux natures opposées et joue avec maestria de cet antagonisme qui dépasse ses plus folles espérances. Plus tard, ce directeur d'acteurs émérite confessera même : « Jimmy ajoutait systématiquement à chacune de ses scènes quelque chose qui ne figurait pas dans le scénario. Parfois on supprimait ce détail ; à d'autres occasions, on le gardait. Rétrospectivement, on en a trop enlevé. (…) Il savait mieux que quiconque ce qui était juste, mais nous ne l'avons pas cru[1]. »

UN ACTEUR INSAISISSABLE

Entre les prises, comme prisonnier de l'image fascinante qu'il renvoie, James Dean a coutume de se photographier lui-même en posant devant un miroir, quitte à faire attendre toute l'équipe qui est prête à tourner. Plus que jamais, les autres l'indiffèrent et il ne s'en cache même plus. Au point qu'après un déjeuner un peu trop arrosé à la cantine de la Warner, en traversant le hall d'accueil, il passe en revue les portraits de stars accrochés au mur et crache sur ceux d'Humphrey Bogart, Paul Muni et James Cagney (dont Elia Kazan affirmait pourtant qu'il avait fortement influencé son jeu, consciemment ou non) dans un acte de défi infantile. À quelques tables de là est assise une redoutable cancanière d'Hollywood, Hedda Hopper, qui n'a pas perdu une miette de cette scène stupéfiante qu'elle prendra évidemment un malin plaisir à relater. Elle quittera d'ailleurs le studio ce jour-là sans avoir pu être présentée à ce Dean dont on fait des gorges chaudes et qu'elle a découvert ainsi sous un jour bien peu favorable. Plus tard, James décrochera son propre portrait de ce même mur dans

1. Bill Libby, *op. cit.*

un ultime geste de défi. Comme pour signifier à ses employeurs que son image ne leur appartient pas.

Au sein de cet environnement que son ego l'incite à considérer comme hostile, James Dean possède un complice de choix en la personne de Leonard Rosenman dit Lennie, lequel s'est fait désirer pour composer sa première bande originale de film et n'a accepté qu'à la condition de pouvoir assister au tournage des scènes qu'il aura à illustrer musicalement, afin d'être mieux à même d'en traduire la tension. Le comédien bénéficie également du soutien sans faille de Julie Harris qui le materne résolument, alors qu'elle n'a guère que cinq ans de plus que lui. James ne contribue pas vraiment à lui rendre la tâche aisée, mais elle n'en a cure. Elle a compris comment l'aborder et le laisse volontiers s'exprimer, car elle a saisi à quel point il peut se montrer spontané. Un soir, elle se laisse même inviter pour une promenade en voiture à la belle étoile au cours de laquelle il tente une fois de plus de l'impressionner en roulant à grande vitesse sur Mulholland Drive. Le dernier jour du tournage, elle le surprend en larmes dans sa caravane, sous prétexte que cette aventure intense qui s'achève le renvoie à sa solitude endémique. Pour se consoler (pour combler le vide affectif dans lequel il se débat en l'absence de Dizzy, Barbara, Rogers et les autres ?), il s'offre une Alfa Romeo d'occasion.

Un jour, soucieux de faire une surprise à James Dean qui commence à lui échapper et se montre chaque jour un peu plus imprévisible, Elia Kazan convie sur le plateau Marlon Brando, lequel est alors en train de répéter les chansons qu'il doit interpréter dans *Blanches Colombes et vilains messieurs* de Joseph L. Mankiewicz, non sans lui avoir vanté l'admiration démesurée que lui voue le jeune homme. Cette rencontre que Dean appelait de ses vœux plus que toute autre le rend d'autant plus mal à l'aise qu'il n'a pas pu s'y préparer comme il l'aurait souhaité. Selon Kazan, « Marlon fut charmant avec Jimmy, si éperdu d'admiration qu'il avait l'air tout ratatiné, éperdu de douleur [1] ». Et le réalisateur de préciser que « chaque fois qu'il parlait de Marlon, il se mettait à chuchoter comme s'il venait de pénétrer dans une cathédrale [2] ». Dean s'enhardit tout de même à mentionner auprès de Brando leur passion commune pour les percussions et la moto… mais ce n'est que pour mieux souligner malicieusement qu'il est le premier des deux à avoir piloté un deux-roues motorisé.

Je retrouvais en lui quelque chose du type que j'avais été à son âge, raconte Brando : cette gaucherie d'un garçon de ferme du Midwest qu'on transplante soudain dans la métropole,

1. Elia Kazan, *op. cit.*
2. *Ibid.*

mais aussi certaines angoisses qui surgissent quand on atteint la célébrité si jeune [1].

Au lendemain de cette première prise de contact, Dean n'a de cesse de croiser Brando dès que l'occasion s'en présente, dans les cocktails mondains et autres raouts hollywoodiens. Dans un entretien avec le futur écrivain Truman Capote, en vue d'un portrait satirique qui demeure une référence du journalisme moderne, son aîné révèle qu'il l'a « rencontré au cours d'une réception où il se comportait comme un fou pour se faire remarquer [2] ». Plus flatté qu'amusé par ce clone dont il a longtemps écouté les messages téléphoniques en s'abstenant systématiquement d'y donner suite, Brando perçoit en Dean une souffrance aiguë et lui conseille même de suivre une thérapie. Loin d'écouter ces avis, le jeune homme savoure désormais chaque instant de sa gloire naissante que rapportent les échotiers, comme si la meilleure des psychanalyses consistait à interpréter ce rôle de Cal qui lui colle tant à la peau. Dès qu'il en a l'occasion, il fréquente les endroits à la mode et entreprend de se faire voir le plus possible au bras de starlettes susceptibles de susciter un impact médiatique, mais aussi en compagnie de personnalités déjà installées.

1. *Les Chansons que m'apprenait ma mère,* Marlon Brando et Robert Lindsey, Belfond, 1994.
2. *The Duke in his Domain,* Truman Capote, *The New Yorker,* 1957.

Sur le plateau voisin de celui de *À l'est d'Eden* se tourne sous la direction de Victor Saville *Le Calice d'argent,* ce péplum dont James Dean a prudemment décliné le rôle principal. Un après-midi, une fois sa journée de travail terminée, James va donc rendre visite à son copain Paul Newman et sympathise avec Joseph Wiseman, un comédien qu'il a remarqué aux côtés de Marlon Brando dans *Viva Zapata !* Les deux hommes lui présentent alors une jeune actrice italienne de vingt et un ans nommée Anna-Maria Pierangeli, mais connue sous le pseudonyme de Pier Angeli et que ses amis n'appellent qu'Anarella. James, qu'elle a eu l'occasion d'observer à son insu sur le tournage de *À l'est d'Eden,* un jour où elle s'était trompée de plateau en se rendant à un rendez-vous, est loin de la laisser indifférente…

Après des débuts remarqués aux côtés de Vittorio de Sica dans *Demain il sera trop tard* de Léonide Moguy, pour lequel l'Association italienne des journalistes de cinéma lui a décerné son Ruban d'argent en 1951, la MGM a engagé cette fille d'origine sarde aux cheveux châtain clair et aux yeux verts sur la recommandation du scénariste Stewart Stern, avant de la prêter ponctuellement à la Warner pour les besoins du *Calice d'argent.* L'écrivain la connaît d'autant mieux qu'il est l'auteur du script de *Teresa,* le film de Fred Zinnemann qui l'a lancée aux États-Unis et lui a valu d'entrée de jeu le Golden Globe du meilleur espoir féminin décerné par la presse étrangère en 1952. La rumeur hollywoodienne a déjà prêté à cette beauté faussement farouche des liaisons avec des hommes à femmes aussi renommés que Kirk Douglas, John Barrymore et Eddie Fisher. Autant dire qu'elle n'éprouve aucun mal à séduire James Dean avec qui elle partage une passion immodérée pour les animaux de tout poil et en qui elle perçoit un reflet troublant de sa propre immaturité. L'un et l'autre en proie au fameux syndrome de Peter Pan (mais la jeune fille a une excuse car elle a été violée par un G.I. quand elle avait quinze ans), les deux tourtereaux profitent de la moindre interruption de tournage pour se rendre visite et déjeunent le plus souvent possible ensemble, leurs obligations professionnelles les retenant alors au studio six jours sur sept, à raison de dix heures par jour. Avec un salaire hebdomadaire de mille dollars, Pier Angeli bénéficie toutefois à l'époque de leur rencontre d'une position mieux établie que James Dean à Hollywood.

En juin 1954, leur liaison est révélée dans les journaux à potins, ce qui n'est pour déplaire ni à la Warner ni à la MGM, les deux Majors tirant voluptueusement les ficelles de ce coup de projecteur médiatique inespéré, quitte à exagérer l'importance de cette aventure afin de faire jaser Hollywood à propos de leurs poulains respectifs. La sœur jumelle de Pier, Maria Luisa, a adopté quant à elle le nom de scène de Marisa Pavan sous lequel elle commence à faire elle aussi carrière à

Hollywood. Elles vivent toutes deux avec leur mère, une comédienne frustrée de confession catholique qu'elles entretiennent (veuve, elle leur tient lieu d'agent) et qui aimerait les voir contracter de beaux mariages, même si elle n'a pas vraiment voix au chapitre. Les manières de James Dean choquent toutefois d'emblée cette duègne traditionaliste et possessive, créant entre eux des tensions irrémédiables qui n'iront qu'en s'accentuant au fil des mois.

James n'a cure des rumeurs. Il invite Anarella à venir faire des promenades matinales à cheval en sa compagnie sur la plage de Malibu et se montre avec elle à une fête organisée chez Elia Kazan. Un soir où il la raccompagne chez elle plus tard que de raison, il a une discussion orageuse avec Mme Angeli mère. Dès lors, celle-ci remue ciel et terre pour briser cette relation, mais rien n'y fait. Le jour où elle voit enfin clair dans ses manœuvres, Pier la menace de claquer la porte et elle doit se résoudre à laisser se poursuivre cette idylle qu'elle réprouve.

Le 19 juin 1954, jour de son vingt-deuxième anniversaire, James convie Anarella à venir avec lui soigner son alezan qu'il lui arrive de monter à Griffith Park. Leurs conversations sont passionnées et interminables. Selon Elia Kazan, « à leurs ébats se mêlaient souvent des débats. Houleux[1] ». La jeune fille réussit parfois à refréner les ardeurs de son compagnon. Elle l'encourage à rouler moins vite et

1. Elia Kazan, *op. cit.*

à prendre davantage soin de sa mise vestimentaire. De son côté, James va jusqu'à présenter Pier à son père et à sa belle-mère. Sa mue, spectaculaire, impressionne ses proches.

Fin août, une fois le tournage de *À l'est d'Eden* achevé, James met le cap sur New York où il doit tourner un épisode de la série *Philco Playhouse* intitulé *Run Like a Thief* qui est diffusé sur NBC le 5 septembre 1954. Pier l'obsède et il a du mal à se concentrer sur les répétitions. Il s'ouvre de son problème à Jane Deacy qui lui conseille de temporiser avant de prendre une décision qui l'engagerait. Quelques mois plus tôt, elle a déjà réussi à le dissuader de modifier son nom et de se faire appeler Marcus Dean, en hommage à son oncle et à son cousin germain. Soucieux de se changer les idées en attendant des jours meilleurs côté cœur, le comédien met à profit son bref séjour new-yorkais pour renouer avec ses amis et assister à l'anniversaire de Leonard Rosenman qui célèbre ses trente ans chez la comédienne Jo van Fleet. Invité également, Roy Schatt immortalise en photo les membres de l'équipe de *À l'est d'Eden* réunis à cette occasion, avec le concours de James Dean et de Barbara Baxley (une actrice de télévision débutante qui tient le rôle d'une infirmière dans le film de Kazan).

Lorsque James revient à Los Angeles, après deux semaines d'absence, il perçoit un bouleversement dans l'attitude de Pier à son égard. Le 22 septembre, il consent à s'afficher au bras d'une autre starlette, Terry Moore, à la demande de leur agent commun, Dick Clayton, toujours avide de publicité, pour se rendre à la première de *Sabrina*, la nouvelle comédie de Billy Wilder. De son côté, Anarella continue à le fréquenter tout en se montrant au bras d'autres hommes, ce qui n'échappe pas à Louella Parsons, la principale rivale d'Hedda Hopper pour le titre peu reluisant de commère la plus influente d'Hollywood. Pourtant, malgré les rumeurs, le 29 septembre, le jeune couple, à nouveau réuni, brille par son élégance lors de l'avant-première de gala d'*Une étoile est née* qui se déroule au Pantages Theatre en présence d'un parterre de stars.

La presse commence à évoquer des rumeurs matrimoniales. James envisage même de se convertir à la religion catholique afin de pouvoir épouser celle qu'il qualifie volontiers du sobriquet peu gratifiant de « mademoiselle Pizza » et sur laquelle il lui est déjà arrivé de lever la main dans un accès de colère. Anarella campe quant à elle sur une position assez radicale : elle considère simplement que, s'il l'aime, il n'a qu'à la demander en mariage.

Des disputes éclatent sous les prétextes les plus

fallacieux. Le point de non-retour est franchi le 1er octobre, lorsque James retourne à New York sans prévenir quiconque, soi-disant pour y rendre visite à quelques amis. La rupture est définitivement consommée trois jours plus tard, quand Pier Angeli annonce officiellement ses fiançailles avec Vic Damone, un chanteur de charme lui aussi d'origine italienne et de confession catholique qu'elle a rencontré au cours d'une tournée promotionnelle en Allemagne trois ans plus tôt, alors qu'il effectuait son service militaire au sein des forces américaines cantonnées à Berlin. En ce mois d'octobre 1954 où tout devrait enfin lui sourire, James Dean est sous le choc. Il ne s'en remettra jamais et gardera toujours sur lui la médaille de saint Christophe (le patron des conducteurs) que Pier lui a offerte. Mais le malheur des uns fait parfois le bonheur des autres et Elia Kazan ne cache pas sa joie lorsque la rupture est consommée : « Je fus ravi quand elle eut mis le grappin sur Vic Damone. À partir de ce moment-là, j'eus enfin le Jimmy que je voulais : seul et malheureux[1]. »

Le 24 novembre 1954, jour où est célébré le mariage religieux de Pier Angeli et de Vic Damone à l'église St. Timothy de Westwood, James Dean ne figure pas parmi les six cents invités de cette cérémonie que le magazine *Modern Screen* qualifie de « noces de l'année ». En revanche, une légende urbaine tenace affirme qu'il guette la sortie des jeunes mariés sur sa moto et démarre en trombe dès

1. Elia Kazan, *op. cit.*

qu'il les voit sur le parvis de l'église, perturbant ainsi à sa façon ce mariage trop médiatique pour être honnête.

CHAGRIN D'AMOUR

Cette union n'empêche pas Pier Angeli de broyer du noir et de chercher à revoir James Dean à l'insu de son mari qui se trouve en tournée. Comme ce jour tragique où Joe Hyams, le correspondant à Hollywood du *New York Herald Tribune*, la croise en larmes sortant de chez le comédien à qui le journaliste est venu rendre visite. Celui-ci trouve James lui aussi en état de choc et apprend que la jeune femme est venue en cachette lui annoncer qu'elle allait bientôt avoir un enfant.

> Je savais qu'il l'avait vue de temps à autre depuis le mariage, raconte Hyams. Je pensais savoir ce qui tracassait Jimmy : peut-être ce bébé était-il le sien, alors même qu'elle était mariée avec un autre. Je me sentais impuissant et ne savais pas quoi dire. C'est alors que Jimmy a éclaté en sanglots [1]...

Ce petit garçon prénommé Perry sera d'ailleurs une sorte de miraculé : sa mère enceinte a enduré un vol mouvementé pendant sa lune de miel qui l'a contrainte à demeurer alitée pendant plusieurs semaines et à mettre sa jeune carrière entre paren-

1. *Mislaid in Hollywood*, Joe Hyams, P.H. Wyden, 1973.

thèses, ce qui n'est d'ailleurs pas pour déplaire au macho autoritaire Vic Damone dont elle divorcera finalement le 18 décembre 1958 dans les larmes et les grincements de dents. Après avoir bien profité de l'argent gagné par son épouse, il se remariera à quatre reprises.

Un an avant sa mort, Pier avoue à un journaliste que James a été l'amour de sa vie, allant jusqu'à accuser « le spectre de l'idole des adolescents d'avoir ruiné ses mariages et de l'avoir empêchée de retrouver sa propre sérénité personnelle [1] ». Au terme d'une carrière et d'une existence minées par une profonde dépression qui l'a rendue progressivement neurasthénique, elle succombe à une absorption massive de barbituriques à l'âge de trente-neuf ans, dans la nuit du 9 au 10 septembre 1971, dans sa villa de Beverly Hills, après un second mariage tout aussi calamiteux avec le compositeur italien Armando Trovaioli, de 1962 à 1969. Ses obsèques sont célébrées dans cette même église où son bonheur fugace est supposé avoir brisé le cœur de James Dean.

Certains biographes de James Dean ont émis l'hypothèse invérifiable selon laquelle ce sont les publicistes de la Warner et de la MGM qui auraient en fait manigancé de concert sa liaison avec Pier Angeli. Ils auraient agi ainsi pour faire vibrer la presse au rythme de la romance idyllique de deux jeunes acteurs en devenir, en occultant leurs dérives respectives (bisexualité pour lui, infantilisme pour

1. *Hollywood, l'envers du décor*, Penny Stallings, Ramsay Cinéma, 1994.

elle), dans la perspective alors hypothétique du film qui finirait par les réunir : *Marqué par la haine* produit bien après leur rupture, en 1956, en dépit des réticences de Vic Damone, avec Paul Newman dans le rôle prévu pour James Dean.

UN JEUNE HOMME TRÈS PRÉSENTABLE

Tandis que le montage de *À l'est d'Eden* se poursuit, soucieuse de faire patienter James Dean qu'elle sent prêt à toutes les excentricités pour voir briller son nom en haut de l'affiche, la Warner convie la presse à rencontrer son nouveau prodige. Celui-ci confesse volontiers ses états d'âme à ses interlocuteurs, se répand sur ses partenaires, manifeste quelque ingratitude à l'égard d'Elia Kazan et témoigne à la fois de ses ambitions et de son anticonformisme. À l'occasion, il insiste sur sa profonde aversion à l'égard du communisme, alors que la phobie maccarthyste atteint son comble à Hollywood et a déjà poussé au désespoir l'une de ses idoles, John Garfield, retrouvé mort à trente-neuf ans le 21 mai 1952. Il s'agit là de l'une des rares prises de position politique de ce jeune homme qui ne s'est jamais fait remarquer pour un quelconque engagement et se montre en cela parfaitement en phase avec sa génération. Désireux de se perfectionner dans tous les domaines qui lui tiennent à cœur, James profite toutefois de son temps libre pour suivre les cours d'art dramatique de Jeff Corey, un acteur de théâtre alors banni lui aussi des studios pour ses sympathies communistes. En outre, il ne se fait jamais prier pour prodiguer ses conseils aux comédiens débutants qui le sollicitent et gravitent désormais autour de lui comme les courtisans du Roi-Soleil.

Bien décidé à oublier Pier Angeli, James Dean multiplie les aventures éphémères et s'affiche au bras de jeunes comédiennes comme Lori Nelson, Susan Strasberg (la fille de Lee), Terry Moore et d'innombrables inconnues. Ces liaisons ne durent parfois que l'espace d'une journée ou d'une soirée. Un après-midi, Mamie van Doren, starlette blond platine qu'Universal a délibérément lancée comme une réplique de Marilyn Monroe, prend un verre avec son amie Susan Cabot chez Eddie Key, un bistrot qui fait face au studio Universal, quand trois garçons en blouson de cuir, jean et tee-shirt blanc font une entrée remarquée dans l'établissement. L'un d'eux n'est autre que James Dean qui aborde un peu plus tard Mamie van Doren sur le parking et lui propose une balade à moto. Après avoir mollement décliné l'invitation, elle se laisse convaincre, malgré une tenue légère qui ne semble pas de circonstance. James l'emmène à toute vitesse au sommet de Coldwater Canyon, avise un sentier de terre et s'y gare afin de fumer une cigarette et de laisser récupérer sa cavalière avant de lui faire des avances dépourvues de toute ambiguïté. Telle que la relate la comédienne, la suite est édifiante : « Il me donna un baiser gentil, maladroit, un baiser d'adolescent, au goût de tabac et de bière, avant de prendre mes seins à pleines mains et de m'embrasser, cette fois, avec ardeur [1]. » Mamie van Doren explique alors à James Dean (dont elle est l'aînée de deux jours !) qu'elle est fiancée au musicien Ray Anthony, un transfuge de l'orchestre de Glenn Miller. Sans insister davantage, il la ramène chez Eddie Key où ils se quittent bons amis. La jeune femme consent même à lui laisser son numéro de téléphone, mais il ne la rappellera jamais. Fin d'un coup de foudre sans lendemain, semblable à beaucoup d'autres, à une époque où cet « acteur au physique de gamin [2] » cherche à s'affirmer auprès des femmes avec une maladresse de garçon timide.

LE ROI ET SES COURTISANS

Le jour où, à la fin du tournage de *À l'est d'Eden*, Jack Warner en personne exige que James Dean débarrasse ses affaires de la loge dont il a fait son repaire, car celle-ci doit être mise à la disposition d'une autre production, il refuse purement et simplement de s'exécuter. Une nuit, en rentrant au studio, il se heurte à une porte close et doit finalement

1. *Hollywood flash-back*, Mamie van Doren et Art Aveilhe, Aqui Éditions, 1989.
2. *Ibid.*

se soumettre, non sans avoir pris soin d'emporter « les trois mille dollars qu'il gardait roulés dans un vase[1] ». En guise de représailles, dès le lendemain matin, James s'attaque aux plaques nominatives numérotées qui figurent sur les portes et les déplace. C'est la panique à l'intérieur du studio où plus personne ne s'y retrouve.

James élit alors domicile dans un bungalow en bois, 1541 Sunset Plaza Drive, où règne un désordre indescriptible. Il prend l'essentiel de ses repas à l'extérieur et on le croise régulièrement vêtu d'un jean et d'une veste de cuir au Hamburger Hamlet, sur Sunset Boulevard, ou chez Googie, un restaurant populaire où se regroupent essentiellement de jeunes acteurs dont il devient bientôt le centre d'intérêt et qui l'incitent à jouer les provocateurs, qu'il s'introduise dans des fêtes auxquelles il n'est pas invité ou affiche un comportement choquant. Il y traîne des nuits entières en buvant des bières, en sirotant des cafés et en fumant ces cigarettes Chesterfield dont il contribuera à lancer la mode auprès des jeunes. C'est dans cet endroit qu'il fait la connaissance de Maila Nurmi, une actrice brune d'origine finlandaise fort ambitieuse qui a immigré dans l'Oregon avec ses parents à l'âge de deux ans. Venue à Los Angeles pour y faire carrière dans le théâtre, elle a débuté comme danseuse exotique avant que le célèbre photographe de charme Bernard of Hollywood ne l'immortalise en pin-up. Plus tard, elle a décroché un contrat pour

1. Michel Bulteau, *op. cit.*

jouer le rôle d'un vampire dansant dans l'opérette de Mike Todd, *Spooky Scandals,* qui lui a valu de se faire remarquer du réalisateur Howard Hawks frappé de sa ressemblance avec une autre de ses découvertes, Lauren Bacall. De retour à Hollywood sur les conseils du cinéaste, Maila y a attendu vainement son heure avant d'y épouser le producteur Dean Reisner. En 1954, elle s'est finalement rendue à un bal costumé dans un déguisement qui lui a valu d'attirer l'attention du producteur de télévision Howard Koch Jr. Celui-ci l'engage pour présenter tous les samedis soir des films d'horreur sur la chaîne numéro dix-sept. Elle y officie sous le pseudonyme évocateur de Vampira, une femme démoniaque vêtue de noir qu'on croirait sortie de l'univers de *La Famille Addams.*

En 1954, lorsqu'elle rencontre James Dean, Vampira atteint le firmament de sa modeste gloire, alors qu'il est encore en quête de notoriété et cherche à s'afficher en compagnie des créatures les plus tapageuses. Il fréquente de façon irrégulière une serveuse du nom de Connie Yaznovak, tandis que Maila Nurmi s'est liée à un jeune comédien du nom de Jack Simmons avec qui elle a coutume de passer des heures chez Googie. C'est là qu'elle repère un jour James Dean et décide de l'aborder. Ces trois-là deviennent rapidement inséparables et se rejoignent régulièrement autour de minuit pour refaire le monde.

Si la destinée cinématographique de James Dean est liée à la Warner, sa carrière à la télévision ne dépend que de lui. Après avoir effectué un saut à New York, le 9 novembre, pour y interpréter un épisode de la série *Danger* intitulé *Padlocks*, il est de retour cinq jours plus tard à Los Angeles. Il se rend dans un ancien entrepôt aménagé en studio afin d'y tourner une dramatique intitulée *I'm a Fool* qui est tirée d'un texte de Sherwood Anderson, dans le cadre de la série *General Electric Theatre* dont le présentateur n'est autre que Ronald Reagan. James y incarne un jeune garçon de ferme que l'amour rend mythomane. On imagine à quel point sa situation personnelle l'aide à comprendre l'ardeur qui anime son personnage.

Dès le premier jour, James se fait remarquer et une partie de l'équipe le prend en grippe. Il arrive avec une heure de retard à la répétition, pénètre dans le hangar à travers une fenêtre, se saisit d'un scénario et commence à lire son texte comme si de rien n'était. Il est vêtu d'une paire de tennis crasseuse et d'une tenue de sport en lambeaux dont une simple épingle de nourrice retient la chemise et le pantalon troué au genou. Ses principaux partenaires sont Eddie Albert et Natalie Wood, une jeune actrice de seize ans qu'il aurait déjà pu croiser sur le plateau du *Calice d'argent*, même si ses lentilles de couleur et sa teinture blonde ne la flattaient pas vraiment. Il entreprend de nouer des liens amicaux avec elle au terme d'une semaine de répétitions, en la conviant à déjeuner. La première impression de la comédienne est plutôt mitigée : « Je n'arrivais pas à le quitter des yeux, mais bizarrement il m'effrayait, tout particulièrement quand on a commencé à répéter. Il avait recours à toutes sortes de subterfuges ; son élocution était lente et laborieuse et parfois on avait même du mal à comprendre ce qu'il disait[1]. »

UNE NOUVELLE ÉTOILE EST NÉE

I'm a Fool est diffusé le 24 novembre et, le mois suivant, la Warner convie six cents journalistes à une projection test de *À l'est d'Eden* dans une salle de Huntington Park. James Dean y invite quant à lui Constance Ford (sa partenaire de *See the Jaguar)* et son époux, Bill Bast et Lew Bracker, un jeune agent d'assurances de deux ans son aîné qu'il a rencontré au cours du tournage et dont il partage la passion pour la course automobile. La rumeur aidant, la salle est pleine à craquer, l'accueil enthousiaste. Le grand John Steinbeck en personne admet avoir eu tort d'émettre des réserves sur le choix de Dean qu'il considérait jusqu'alors comme « un petit morveux ». Quant à Kazan, il est aux anges :

1. John Parker, *op. cit.*

> Le balcon était bourré de jeunes qui n'avaient jamais vu Jimmy auparavant. Dès l'instant où il est apparu sur l'écran, ils ont commencé à pousser des cris, à brailler et à siffler. Ça descendait comme une vraie cascade... À chacun de ses mouvements, il déclenchait un tremblement de terre[1]...

Dès le lendemain, l'acteur devient la nouvelle coqueluche de la presse qui assiège littéralement le studio et son agent pour pouvoir l'interviewer. Mais c'est sans compter sur ses mauvaises manières car, lorsqu'il accorde un entretien, non seulement il arrive très en retard, mais parfois il ne répond qu'en proférant des borborygmes incompréhensibles, voire en gardant un silence qui achève de mettre son interlocuteur mal à l'aise. Comme pour prouver que sa notoriété soudaine le laisse indifférent, le jeune prodige se paie même le luxe insensé de faire attendre deux heures la commère Louella Parsons et d'arborer une tenue passablement négligée. Elle ne lui en tient pas rigueur et intitule son article : « James Dean : Nouveau visage avec avenir », le terminant par cette phrase devenue célèbre : « Brando, Clift, Holden, Lancaster… un nommé James Dean vous enterrera tous ! »

Habile manipulateur, l'acteur harcèle lui aussi le service de presse de la Warner pour qu'il le mette en avant et apprend à s'adresser aux journalistes en leur donnant très précisément les réponses qu'ils sont venus chercher. C'est ainsi qu'il réussit à gagner à sa cause une alliée imprévue en la per-

1. René Château, *op. cit.*

sonne d'Hedda Hopper, cette vipère venimeuse qui a le pouvoir de lancer ou de saborder une carrière en quelques lignes. À l'avant-première de *À l'est d'Eden*, la prestation de James l'a littéralement subjuguée et elle n'a pas franchement à se forcer pour lui tresser des couronnes. Elle écrit ainsi dans le magazine *Motion Pictures News* :

> Jamais je n'avais vu quelqu'un possédant le pouvoir, les expressions de visage et la pureté de création de cet acteur [1].

Se sachant en terrain conquis, le comédien se présente chez elle dans l'uniforme du gendre idéal et la séduit instantanément... grâce à ses bonnes manières. C'est un comble ! Au cours de cet entretien, Dean lui avoue son intention d'incarner Hamlet et se permet de critiquer sans ménagement l'interprétation pourtant mémorable qu'en a donnée l'intouchable Laurence Olivier qu'il juge trop âgé pour le rôle. Dès lors, Hedda Hopper devient l'une des plus ardentes admiratrices de l'acteur dont elle prend soin de répercuter les moindres paroles. À ses yeux, ses désirs sont des ordres. Elle lui demeurera à jamais fidèle et contribuera pour une bonne part à alimenter sa légende naissante, quitte à attaquer pour cela ceux de ses confrères qui se hasarderaient à colporter des rumeurs désobligeantes sur son protégé. Quant au prince du Danemark, James Dean ne l'incarnera jamais, mais lui consacrera du temps pendant les moments de répit dont est ponctué le

1. *Motion Pictures News*, Hedda Hopper, 27 mars 1955.

tournage chaotique de son ultime film, *Géant*, au cours de l'été 1955, en vue d'une production dont il espérait être la vedette l'année suivante à Broadway.

CAPRICES ET PROJETS

Le 12 décembre 1954, James Dean tourne encore pour le petit écran *The Dark, Dark Hour*, un nouveau téléfilm policier de la série que sponsorise la société General Electric dans lequel il incarne cette fois un maître chanteur qui menace un médecin et son épouse. Il retrouve son amie Constance Ford, mariée pour l'occasion avec une autre vieille connaissance, Ronald Reagan. Le futur président des États-Unis éprouve quelque mal à jouer face à un partenaire dont il écrira en 1973 dans une lettre à l'un des biographes de Dean qu'il « expérimentait son rôle. Pendant les répétitions, il modifiait son interprétation, mais quand le moment de tourner était arrivé, il avait trouvé ce qu'il cherchait [1] ».

En attendant que *À l'est d'Eden* soit sur les écrans, le nom de James Dean circule avec de plus en plus d'insistance au sein du microcosme cinématographique hollywoodien. Alors qu'il s'apprête à porter à l'écran *Oklahoma !*, une comédie musicale de Richard Rodgers et Oscar Hammerstein II qui s'est jouée plus de deux mille deux cents fois à

1. Ronald Martinetti, *op. cit.*

Broadway, fort d'un budget pharaonique de près de sept millions de dollars, le metteur en scène Fred Zinnemann espère secrètement convaincre James Dean d'accepter le rôle du cow-boy romantique Curly McLain. Il est toutefois conscient que si l'acteur accepte sa proposition, il devra être doublé pour les parties chantées, comme Paul Newman dont il est également question, voire Elli Wallach et Marlon Brando également pressentis pour l'autre rôle masculin. Le réalisateur fait même passer un bout d'essai à Dean, mais ce sont les auteurs qui ont le dernier mot et imposent pour le personnage Gordon MacRae, lauréat de l'Emmy du meilleur chanteur en 1955 et 1956.

À TOUTE VITESSE

Avec la notoriété arrive une nouvelle aisance matérielle grisante qui permet à James de réaliser l'un de ses rêves les plus chers. Il s'offre en effet pour quatre mille dollars une Porsche 356 Super Speedster décapotable couleur ivoire avec laquelle il se met en tête de disputer des courses automobiles. Commercialisé de 1954 à 1958, ce cabriolet ne sera construit qu'à cinq mille exemplaires destinés pour l'essentiel à l'exportation. C'est toutefois à moto qu'il manque pour la première fois de frôler la mort un matin en brûlant un feu rouge à l'intersection de Laurel Canyon et de Sunset Boulevard, alors que le photographe Phil Stern arrive au même carrefour en voiture. L'affaire se termine autour d'un petit déjeuner chez Schwab à la suite duquel Stern invite Dean à l'accompagner sur le plateau de la comédie musicale *Blanches Colombes et vilains messieurs* où il doit prendre en photo les deux interprètes principaux : Frank Sinatra et… Marlon Brando. Mais, une fois de plus, le jeune comédien demeure en retrait afin de mieux pouvoir surveiller son idole dont la présence semble toujours autant le tétaniser.

Sa fascination pour son aîné est telle qu'il se rend un jour chez Kenneth Kendall, un sculpteur dont il a apprécié un buste de Brando, et lui demande de poser pour lui. L'artiste ne travaille que pour le gotha, et Dean n'en fait pas encore partie à ses yeux. Désireux d'éloigner cet importun, il prétexte d'abord un surcroît de travail puis lui indique son tarif qui est assez élevé. Quand Kendall décide de revenir sur sa décision après avoir découvert l'acteur dans *À l'est d'Eden,* James Dean est devenu injoignable. À défaut de disposer de son modèle en chair et en os, l'artiste entreprend alors de réunir un maximum de photos de lui. En observant ces clichés de près, il comprend pourquoi Dean juge son visage asymétrique et remarque que « sur beaucoup de ses photos, il se tient la joue de la main gauche, comme s'il cherchait à rétablir l'équilibre de ses traits, à empêcher un côté de son visage de s'affaisser [1] »…

1. David Dalton et Ron Cayen, *op. cit.*

La bande originale de *À l'est d'Eden* l'ayant séduit, le producteur John Houseman engage Leonard Rosenman pour écrire la musique de *La Toile d'araignée*, un drame psychologique que prépare le réalisateur Vincente Minnelli. Apprenant à cette occasion qu'il est également à la recherche de l'interprète de Steven Holte, un jeune artiste perturbé qui est interné dans une maison de repos, le compositeur lui recommande chaleureusement son ami James Dean. L'affaire est sur le point de se conclure entre le producteur de *Jules César* et l'acteur quand les studios s'en mêlent. Désireux d'extirper James des griffes de la Warner et de le faire entrer dans l'écurie prestigieuse de la MGM, les producteurs Louis B. Mayer et Dore Schary utilisent cette période de grande incertitude pour le présenter à quelques-unes de leurs stars, en espérant l'impressionner et le rallier ainsi à leur cause. Las, ses rencontres successives avec Clark Gable et Spencer Tracy le laissent de marbre. Quant à Stewart Granger, le bretteur en chef de la firme au lion, auquel ils vont rendre visite sur le plateau des *Contrebandiers de Moonfleet* de Fritz Lang, ce premier contact le laisse quelque peu amer.

Il était de toute évidence peu impressionné par notre rencontre et sa conversation laissait pour le moins à désirer, puis-

1

1 James Dean enfant, en 1929.

2 En 1946, dans l'équipe de base-ball de son école.

2

3

4

5

6

3 Marlon Brando rend visite aux acteurs sur le tournage de *À l'est d'Eden*, en 1954.

4 En 1954, avec son ami Leonard Rosenman, également sur le tournage de *À l'est d'Eden*.

5 New York, 1955, James Dean joue du bongo entouré d'amis.

6 Dans la pièce de théâtre *L'Immoraliste*, d'après l'œuvre d'André Gide, jouée à Broadway en 1954.

7

8

« Je me suis dit que si je pouvais pisser devant ces deux mille personnes sans être gêné, si j'arrivais à faire ça, je pouvais aussi me planter devant la caméra et faire n'importe quoi, tout ce qu'on me demandait.»

9

James Dean en compagnie de Pier Angeli en 1954.

En 1955, sur le tournage de *La Fureur de vivre*.

Nicholas Ray dirige Natalie Wood et James Dean dans *La Fureur de vivre*.

En 1954, lors d'une course de voitures en Californie.

11

12

14

15

13

11 James Dean à l'Actors Studio de Lee Strasberg à New York.

12 Avec son cousin Martie, à Fairmount, dans l'Indiana, en 1955.

13 La célèbre scène du couteau dans *La Fureur de vivre* en 1955.

14 Dans son appartement new-yorkais, au dernier étage, West 86th Street, près de Central Park.

15 Lors de la scène finale de *Géant* de George Stevens, en 1956.

16 Célèbre portrait de James Dean dans *Géant*, qui sera son dernier film.

qu'elle se réduisait à... "bonjour". Je lui ai dit à quel point j'avais apprécié son dernier film, mais il s'est bien gardé de me retourner le compliment[1].

Au terme de cette période d'observation et de mise en confiance, lorsque la Metro Goldwyn Mayer exprime officiellement auprès de la Warner Bros son désir de lui emprunter son jeune prodige, la demande achoppe sur deux écueils. D'abord la nature du rôle proposé, qui semble d'une noirceur un peu prématurée pour celui que le studio entend lancer comme le nouveau jeune premier. Mais la véritable raison est nettement plus prosaïque. Selon Houseman, « Dean était sous contrat à la Warner avec un salaire modeste que son agent et lui essayaient de faire augmenter, à la suite de son succès dans *À l'est d'Eden*. Il avait le droit de faire un film à l'extérieur, en l'occurrence il s'agissait du nôtre. La stratégie de son agent consistait donc à utiliser le cachet que nous paierions à Jimmy pour *La Toile d'araignée* comme base de son salaire réévalué à la Warner[2]. »

C'est compter sans la solidarité tacite qui unit les studios et les incline en l'occurrence à proposer un marché de dupes à Dean : s'il est autorisé à tourner le film de Minnelli, ce sera au montant initial qu'a fixé la Warner. Il n'en faut évidemment pas davantage pour faire capoter ce projet. C'est finalement John Kerr, d'apparence plus rassurante, qui accomplit ses débuts à l'écran dans ce rôle, après avoir

1. *Sparks Fly Upward*, Stewart Granger, G.P. Putnam's Sons, 1981.
2. *Front and Center*, John Houseman, Simon and Schuster, 1979.

brûlé la politesse à James Dean au théâtre dans *Thé et sympathie,* que portera à l'écran en 1956 le même Minnelli. Kazan croit lui aussi tellement en Kerr qu'il lui a proposé d'incarner Caleb Trask dans *À l'est d'Eden,* avant d'y renoncer sous prétexte que les engagements professionnels du jeune homme auraient contraint la production à reporter le tournage du film jusqu'au mois de juin suivant.

L'ENFANT GÂTÉ ET L'ENFANT TERRIBLE

Les mauvaises manières et les gestes de provocation constituent désormais la marque de fabrique de James Dean. Inquiet de ce qu'il pourrait être appelé à faire du Colt 45 qu'il garde en permanence dans sa loge, le studio ordonne que cette arme lui soit confisquée. Une blague de sale gosse parmi tant d'autres pour cet écorché vif qui a déclaré un jour :

> Quand je suis arrivé à Hollywood, tout le monde était aimable avec moi, car on me prenait pour un type bien. Je mangeais à la cantine du studio, les gens étaient amicaux et je trouvais ça formidable. Mais j'ai décidé de ne plus être "un type bien". Alors les gens devraient me respecter pour mon travail [1].

Invité chez la starlette Terry Moore, de confession mormone, qu'il s'est mis à fréquenter de façon sporadique, James Dean pose son assiette sur le sol et

1. Nicholas Ray, *op. cit.*

commence à manger comme un chat. Une autre fois, il déboutonne sa braguette devant elle. Il lui arrive aussi de débarquer au domicile d'une fille draguée chez Googie : il joue des bongos pendant trois heures sans prononcer un mot puis s'en va comme il était venu. À d'autres moments, il rôde avec un copain, dans le quartier de West Hollywood, jusqu'au moment où les deux compères avisent une porte ouverte, s'introduisent dans la maison, vont se faire un sandwich et un café dans la cuisine puis quittent les lieux, non sans avoir laissé traîner ostensiblement la vaisselle sale dans l'évier. Avec ces blagues de potaches et ces foucades, c'est comme si James devançait l'appel et cherchait à s'identifier à son prochain personnage de cinéma, le titre original de *La Fureur de vivre* étant *Rebel Without a Cause*, autrement dit… *Rebelle sans cause*.

Rebelle avec cause

La Warner a hésité pendant longtemps sur le choix du film qui conviendrait le mieux à sa future vedette de *À l'est d'Eden.* Il est hors de question de galvauder la gloire naissante de James Dean en le coupant prématurément de son public naturel : les teen-agers, comme on commence alors à nommer les adolescents. Il est ainsi question un moment d'une biographie de Charles Lindbergh, que Billy Wilder mènera finalement à bien en 1957 sous le titre *L'Odyssée de Charles Lindbergh,* James Stewart tenant le rôle de ce pionnier américain de l'aviation. Entre-temps, en décembre 1954, c'est un autre projet qui s'impose naturellement. En effet, l'ex-assistant d'Elia Kazan, Nicholas Ray, qui occupe le bureau voisin du sien à la Warner, prépare un film sur la délinquance juvénile. Ce phénomène s'avère de plus en plus préoccupant au sein de la société américaine repue ; il lui a déjà consacré un film en 1948, *Les Ruelles du malheur,* et un livre intitulé *The Blind Run (La Course à l'aveugle)* en référence à ce qui deviendra bientôt l'une des scènes les plus célèbres du film qu'il prépare. Mais le reste du projet sur lequel le cinéaste a commencé à travailler en septembre 1954 est encore assez flou. Seule certitude : il connaît particulièrement bien son sujet sur lequel il a réuni de nombreuses coupures de presse et il a rencontré psychiatres, magistrats et autres spécialistes de la jeunesse délinquante. Le fruit de ses recherches préliminaires est rassemblé dans un dossier imposant à partir duquel il collaborera avec différents scénaristes.

Son titre, *Rebel Without a Cause*, est emprunté à un ouvrage du docteur Robert Lindner publié en 1944 et sous-titré *L'Analyse sous hypnose d'un psychopathe criminel*, dont le studio a acquis les droits trois ans plus tard et qu'il a destiné un temps à Marlon Brando, jusqu'au moment où celui-ci l'a refusé. Ce scénario promet d'être original. Il ne comporte alors qu'une trentaine de pages, mais son thème sulfureux et sujet à controverse inquiète déjà la commission dirigée par l'antisémite Joseph Breen qui a le pouvoir d'attribuer et de refuser les autorisations de tournage au nom des toutes-puissantes ligues de décence émanant des autorités religieuses. À la Warner même, certains responsables doutent fort que ce projet réussisse jamais à voir le jour, même s'ils sont bien décidés à tirer profit de la campagne publicitaire que la MGM orchestre très en amont pour lancer *Graine de violence* de Richard Brooks, le premier film à associer frontalement le mal-être de la jeunesse et le rock'n'roll naissant. En effet, sa sortie américaine est planifiée pour le

20 mars 1955, c'est-à-dire tout juste onze jours après le film d'Elia Kazan.

JEUNESSE DÉLINQUANTE ET MORALE PURITAINE

Il faut savoir qu'à l'époque, le cinéma américain dominant, celui des studios, ne s'intéresse que de fort loin aux véritables problèmes de la jeunesse et qu'il préfére célébrer l'American Way of Life dans des films inoffensifs. En outre, les écrans sont régulièrement envahis par des œuvres édifiantes à vocation pédagogique émanant de firmes comme Producers Releasing Corporation (PRC) ou Monogram. Il faut voir là l'influence prépondérante du Code Hays et de ses censeurs impitoyables qui interdisent alors au cinéma d'appeler un chat un chat en laissant aux étrangers le soin d'aborder les sujets scabreux. C'est le cas par exemple de l'Espagnol Luis Buñuel au Mexique dans *Los Olvidados* ou du Français André Cayatte dans *Avant le déluge*. Dans *Gambling Daughters* de Max Nosseck, dès 1941, c'est l'addiction au jeu et la spirale de vices qu'elle entraîne qui sont dénoncées. Dans *Delinquent Daughters* d'Albert Herman, deux ans plus tard, le suicide d'une lycéenne sert de prétexte à une pseudo-enquête sur la jeunesse et les dérives qui la guettent. Dans *I Accuse My Parents (J'accuse mes parents)* de Sam Newfield, un jeune homme tombe sous l'emprise d'un gang mafieux avec les conséquences qu'on peut deviner. Dans *Why Girls Leave Home (Pourquoi les filles quittent-elles la maison)* de William A. Berke, c'est le phénomène inquiétant des fugues adolescentes qui est évoqué. Dans *The Devil on Wheels* de Crane Wilbur, la vitesse au volant est accusée de tous les maux.

L'originalité de *La Fureur de vivre,* c'est d'aborder la plupart de ces problèmes en adoptant le point de vue des jeunes et non celui des parents, des éducateurs, des juges ou des policiers. Il ne s'agit pas pour Nicholas Ray de juger mais de montrer. Au public de se faire ensuite sa propre opinion. En outre, *L'Équipée sauvage* de László Benedek, sorti aux États-Unis le 30 décembre 1953, a remporté un succès populaire inattendu. Totalement interdit en Grande-Bretagne pendant quinze ans, ce film est tiré d'un article paru en 1951 dans *Harper's Magazine,* lui-même inspiré d'événements authentiques survenus à Hollister, en Californie, le 4 juillet 1947. À la tête de deux hordes motards rivales, Marlon Brando et Lee Marvin sèment le trouble dans une paisible bourgade. L'impact de ce spectacle subversif est tel qu'il a bouleversé la donne. En effet, personne n'ignore que c'est l'appât du gain qui fait tourner le petit monde des studios hollywoodiens et que la jeunesse de cette société prospère a de l'argent de poche à dépenser, pour peu qu'elle s'identifie aux personnages qu'on lui montre à l'écran. Or, « les parents qui ont connu les privations de la

Grande Dépression ont imprégné leurs enfants d'idéaux matérialistes. Les jeunes, qui n'ont pas eu à souffrir des restrictions économiques imposées par la guerre, ont eu tout loisir de se sentir concernés par le manque d'éthique et de morale, la vacuité et surtout l'hypocrisie qui caractérisent à leurs yeux le mode de vie de leurs parents [1] ».

MISE À L'ÉPREUVE

Avant de progresser davantage dans son projet, Nicholas Ray a besoin de s'assurer que James Dean est bien l'homme de la situation. Il l'a en effet croisé brièvement un jour dans un auditorium de la Warner où Elia Kazan lui avait projeté un premier montage de *À l'est d'Eden,* tandis que Leonard Rosenman improvisait un accompagnement musical au piano. Peu de temps avant Noël 1954, Ray se rend donc à New York sous prétexte de rencontrer des acteurs et profite de cette visite pour se rendre chez Dean. Soucieux d'apprivoiser ce chien fou dont Kazan lui a vanté les mérites sans pour autant lui cacher les mauvaises manières, mais aussi d'apprendre comment annihiler sa capacité de nuisance éventuelle, Nicholas Ray décide de

1. *Rebels, the Rebel Hero in Films,* Joe Morella et Edward Z. Epstein, Citadel Press,1971.

passer quelques jours avec lui et de l'observer dans son existence quotidienne en se laissant entraîner dans ses lieux de prédilection. On les croise régulièrement dans les cafés du port, discutant à bâtons rompus des thèmes les plus divers. À quarante-quatre ans, Ray accepte de prendre ponctuellement cette place du père qui tient tant à cœur à son interprète. Le dernier soir de son séjour à New York, il dîne avec James dans un restaurant italien et gagne définitivement sa confiance en lui conseillant… un traitement contre les maladies vénériennes. Précisons que certains surnomment New York « Sin City » (la ville du péché), et que dans cette Amérique si prospère « la syphilis touche trois fois plus de jeunes filles de quinze à dix-neuf ans qu'avant-guerre [1] ».

Le jour de Noël 1954, James Dean consent à venir poser devant l'objectif de son ami Roy Schatt, dans son studio, sous le regard de leur ami commun Bob Heller qui est chargé d'immortaliser la séance pour complaire au narcissisme de l'acteur et du photographe. Destinée initialement au magazine *Life*, qui ne la publiera en fait jamais pour des questions d'exclusivité, cette série légendaire dite du « pull-over déchiré » traduit la complicité entre les deux hommes qui ont appris à se connaître et à s'estimer au fil des mois. Sur le plateau, à leur habitude, le maître et l'élève se prennent mutuellement en photo, le premier laissant même au second le soin de mettre en scène tout

1. *Le Temps de l'abondance*, Adrien Lherm, *New York 1940-1950*, Autrement, 1995.

seul certains clichés où l'acteur adopte sciemment l'attitude du David de Michel-Ange.

Chaque soir, James Dean tient table ouverte et frappe volontiers frénétiquement sur ses bongos jusqu'à l'aube. Il éprouve même le besoin de se perfectionner dans cette discipline et s'inscrit aux cours que prodigue Cyril Jackson dans un studio aux abords de Times Square. Il organise également des séances de déclamation entre amis, à l'image de ce marathon au cours duquel les intervenants se succèdent pour venir à bout de *Vingt-sept chariots de coton* de Tennessee Williams, les uns continuant à lire ce texte à voix haute tandis que les autres récupèrent de leur effort avant de prendre à nouveau la relève. Mais, malgré cette effervescence factice, James Dean ne se sent pas bien dans sa peau et se méfie de tout le monde, y compris de ses amis les plus proches, dans des accès de dépression qui se déroulent souvent dans des lieux publics où il prend l'assistance à témoin de sa présumée infortune.

Un jour, d'humeur plutôt chagrine, James se rend au cinéma en compagnie de Tony, le fils de Nicholas Ray, pour voir *Jour de fête* de Jacques Tati. Dix minutes plus tard, sa mauvaise humeur n'est plus qu'un mauvais souvenir et il rit à gorge déployée... à tel point que les autres spectateurs le somment de se calmer et qu'il doit quitter la salle avant la fin du film, en proie à un irrépressible fou rire. Il sort en mimant la démarche dégingandée de Hulot. Un autre jour où ils vont acheter ensemble un parapluie et hésitent longuement, James se met à jouer avec le modèle à trois dollars pour lequel a opté Tony et se livre à une improvisation qui évoque à la fois certaines pantomimes de Charlie Chaplin et Gene Kelly dans *Chantons sous la pluie*.

Le surlendemain de Noël, histoire d'avoir la confirmation qu'il a trouvé la perle rare et de recruter certains des interprètes qui lui manquent encore, Nicholas Ray auditionne plusieurs élèves de l'Actors Studio dont John Cassavetes, Lee Remick et Carroll Baker, mais, malgré son intérêt pour cette dernière, il n'engage finalement aucun d'eux.

RETROUVAILLES

Un ami commun lui ayant appris que Dizzy Sheridan est de passage à New York après une tournée aux Îles Vierges, James prend contact avec elle. Ils se retrouvent sous les cotillons d'un réveillon sinistre et évoquent le bon vieux temps comme s'ils s'étaient quittés la veille. Il s'enquiert de sa vie, mais ne lui dit rien de la sienne et reste littéralement collé à elle, en se cramponnant à la natte qu'elle porte dans le dos. Fidèle à ses habitudes, il reste sur la défensive vis-à-vis des amis qu'elle lui présente au cours de cette soirée, se montre grossier à l'égard de certains et manifeste une hostilité démesurée vis-à-vis des autres. Accompagné de

Leonard Rosenman qui les a rejoints, il la dépose finalement en taxi à la gare ferroviaire de Grand Central où elle doit prendre le train pour Larchmont afin d'aller passer quelques jours chez sa mère. En se disant au revoir, ils ignorent qu'il s'agit presque d'un adieu. James ne reverra la jeune femme qu'une seule fois avant sa mort, un jour où elle l'invite à la rejoindre à Central Park, de manière inopinée, pour lui présenter le danois qu'elle vient de s'offrir. Quelque temps après ce rendez-vous, Dizzy décroche un engagement auprès d'un corps de ballet et part s'installer à Porto Rico.

Parmi les vieux amis avec lesquels James Dean renoue lors de son séjour à New York figure également son ex-protecteur, Rogers Brackett, qui vient de perdre son emploi chez Foote, Cone & Belding, à la suite d'une vague de licenciements et d'une restructuration de l'entreprise. Lorsqu'il s'en ouvre à James et lui demande de lui prêter de l'argent, celui-ci lui oppose une fin de non-recevoir. La rupture est consommée entre les deux ex-amis sur fond de revanche sociale. Au dire même de Brackett, l'agent de James Dean s'arrangea tout de même pour que le studio lui verse une rente régulière et achète ainsi son silence sur les relations homosexuelles politiquement fort incorrectes qu'il avait pu entretenir avec la nouvelle coqueluche de la jeunesse. Plus tard, Brackett renouera toutefois avec les postes à responsabilité dans le domaine de la publicité, mais ni lui ni son ami Alec Wilder ne pardonneront jamais à l'acteur son ingratitude envers ceux qui avaient déployé tant d'efforts pour lui mettre le pied à l'étrier à une époque où il semblait prêt à tout pour réussir.

BRÈVES RENCONTRES

Le 4 janvier 1955, James Dean figure au générique de *The Thief*, une adaptation de la pièce de théâtre d'Henry Bernstein *Le Voleur*, déjà portée à l'écran en France par Maurice Tourneur en 1933 avec Jean-Pierre Aumont dans le rôle-titre. Cette production de la Theatre Guild lui donne l'occasion d'incarner un jeune homme que sa famille a mis en quarantaine et qui n'hésite pas à se faire passer pour un escroc afin de préserver l'honneur de la femme qu'il aime en secret. Invité à assister aux répétitions à l'invitation de James Dean, Roy Schatt constate que son ami semble d'humeur badine et le surprend au cours d'un moment de complicité avec la comédienne Mary Astor ou même faisant le clown en compagnie de Diana Lynn. En plein milieu d'une prise, James se met même à jouer avec une perruque, au grand dam de l'équipe qui goûte peu ses facéties de sale gosse. Une fois de plus, ses foucades impromptues agacent ses partenaires, dont le chevronné Paul Lukas qui incarne son beau-père et qui n'a pas à se forcer pour lui témoigner la plus vive hostilité. Mary Astor évoque d'ailleurs dans ses Mémoires une réflexion que cet acteur d'origine allemande profère avec un fort accent germanique à propos du comportement de Dean : « Le broplème est que nous ne safons pas ce qu'il fa pien poufoir tire, quand il fa le dire ni où il se troufera lorsqu'il le tira. » Lorsque les comédiens excédés en appellent au réalisateur, celui-ci se contente de cette réponse éloquente à travers un haut-parleur : « Je suis désolé, mais c'est de cette façon que travaille Jimmy. Faites du mieux que vous pouvez. Vu d'ici, c'est formidable[1]. » Le point de non-retour semble toutefois atteint le jour où James déboutonne sa braguette devant le réalisateur et se met à uriner en un geste de défiance à l'égard de celui qui s'est permis d'émettre une remarque à son endroit.

Un soir de la mi-janvier 1955, James Dean fait la connaissance de Barbara Hutton, riche héritière de la chaîne de magasins Woolworth qui a défrayé une fois de plus la chronique mondaine l'année précédente en divorçant pour la cinquième fois. De passage à Los Angeles où on lui a conseillé d'aller prendre un dernier verre chez Googie, cette mangeuse d'hommes âgée de quarante-deux ans invite à sa table le jeune homme qui déguste un hamburger seul à l'écart. Ils engagent rapidement la conversation et il la fait rire en lui racontant des balivernes sur une semaine qu'il aurait passée naguère dans un supermarché de Los Angeles comme démonstrateur d'ouvre-boîtes et sur son expérience de vendeur d'encyclopédies au porte-à-

1. *My Story : An Autobiography*, Mary Astor, Doubleday, 1959.

porte à South Bend, dans l'Indiana. James Dean assaille Barbara Hutton de questions parfois indiscrètes sur son passé, ses amis, ses voyages et la poésie qu'elle écrit. Cette conversation à bâtons rompus se prolonge pendant plusieurs heures, puis il lui propose le plus naturellement du monde de la raccompagner à son hôtel. Sur sa moto, la vitesse fait gonfler la robe noire de sa passagère comme un parachute et, une fois à destination, son jeune chevalier servant s'invite à monter terminer leur conversation dans sa chambre où ils débouchent une bouteille de champagne. Cette fois, c'est à lui de s'exprimer et à elle de l'écouter. Jusqu'au moment où ils vont se coucher...

> Il était tard, il était ivre et j'étais saoule, expliquera Barbara Hutton. Nous avons fait l'amour, encore et encore. Cela semblait être la seule chose naturelle et sensée à faire, même si je ne pouvais m'empêcher de m'interroger sur sa sexualité. Il parlait avec une ferveur incroyable des hommes, de l'aventure et de la virilité [1].

Ces questions comme bien d'autres devaient rester sans réponses. L'amant d'une nuit quitte sa nouvelle conquête au petit matin, après avoir avalé un café noir et des œufs brouillés. Barbara Hutton affirme qu'ils ne se sont plus jamais revus. Pourtant, dans ses propres Mémoires, Sheila MacRae évoque une soirée qu'elle et son mari, Gordon, ont passée chez la riche héritière dans le bungalow qu'elle louait à l'hôtel Beverly Hills. « James Dean

1. *Poor Little Rich Girl, The Life and Legend of Barbara Hutton*, C. David Heymann, Random House, 1983.

était présent et nous l'avons trouvé charmant et un peu triste. Barbara était bizarre et possédait une valise pleine de son sucre personnel ! L'autre contenait ses bijoux[1] ! »

DERNIER ARRÊT AVANT LA GLOIRE

Début février 1955, le comédien décide d'aller rendre visite à son oncle, sa tante et ses cousins à Fairmount. Il consent à emmener avec lui Dennis Stock, un photographe qui l'a sollicité pour faire un reportage sur lui. Les deux hommes ont sympathisé un dimanche après-midi d'hiver chez Nicholas Ray, à la suite de quoi le comédien a convié le photographe à une projection privée de *À l'est d'Eden* organisée le mercredi suivant à Santa Monica. *Life* ayant commissionné officiellement Stock pour le suivre, Dean se sent libre d'exiger la couverture de ce magazine et insiste pour rédiger lui-même les textes destinés à accompagner les clichés. Il se heurte cependant à un refus du photographe, lequel ne juge même pas nécessaire de transmettre cette requête à ses employeurs.

C'est en train que James Dean et Dennis Stock se rendent ensemble dans l'Indiana. Fairmount est en liesse pour accueillir l'enfant du pays dont la

1. *Hollywood Mother of the Year*, Sheila MacRae et H. Paul Jeffers, Birch Lane Press, 1992.

rumeur a annoncé l'arrivée. Le journal local dépêche un reporter pour l'accueillir à la gare et des anciennes connaissances l'interpellent familièrement dans la rue, trop heureuses de pouvoir l'approcher et surtout de se faire immortaliser en photo aux côtés d'une célébrité. Le point d'orgue est atteint lorsque James est invité à venir prononcer un discours en public dans son ancien lycée. Devant une assistance médusée et conquise, au sein de laquelle figure notamment son ex-professeur Adeline Nall, il déclame du Shakespeare une heure et demie durant, évoque des souvenirs de sa jeunesse et esquisse même quelques passes de corrida.

Ce séjour chez les Winslow qui se prolonge pendant plus d'une semaine s'avère très chaleureux. James épate Ortense et Marcus en enregistrant certaines de leurs conversations avec un petit magnétophone qu'il vient d'acheter et qui leur permet pour la première fois d'entendre leurs voix. Il dit également des vers de son poète de prédilection, James Whitcomb Riley. Comme à son habitude, il se montre très affectueux à l'égard de son cousin Markie, « l'aide à construire une Jaguar en modèle réduit, à réparer sa bicyclette et, à l'occasion, joue avec lui dans une caisse à savon transformée en voiture de course [1] ».

Le jour de la Saint-Valentin, « Cool Cat Dean », comme le surnommaient naguère ses camarades, honore de sa présence le grand bal des débutantes organisé au lycée de Fairmount. L'accueil triom-

1. *James Dean Revisited*, Dennis Stock, Viking Press, 1978.

phal que lui réservent les élèves le touche tant qu'il monte spontanément sur scène afin d'accompagner l'orchestre en frappant sur ses bongos. Pour clore la soirée, le fils prodigue prononce un bref discours de remerciement et se soumet bien volontiers à l'épreuve des autographes. Dennis Stock assiste à ces retrouvailles émouvantes dans la plus grande discrétion et photographie certains des lieux préférés du comédien qui voit ainsi rejaillir des bouffées de son enfance. Il immortalise même une scène pittoresque lorsque James s'installe dans un champ pour jouer des bongos afin d'observer la réaction du troupeau qui paît alentour au bruit de ces sons primitifs.

Le dernier jour, James entraîne Dennis dans un magasin tenu par Wilber Hunt qui fait également office d'ordonnateur des pompes funèbres. Pris d'une inspiration subite, il se rend dans la chambre funéraire, s'installe dans un cercueil vide et demande au photographe d'immortaliser cette scène d'un goût douteux au cours de laquelle son visage exprime successivement les expressions les plus suggestives. Lorsque le reportage de Stock est publié dans *Life* sous le titre *Moody New Star,* à l'occasion de la sortie de *À l'est d'Eden,* cette série jugée choquante est écartée de la sélection finale, au grand dam de l'acteur qui souhaitait ardemment qu'elle soit publiée. Ce ne sera le cas qu'après sa mort. Comme la prémonition d'un destin brisé. Il faut y voir également une manifestation de cette prédilection pour l'humour noir et les mises en scène macabres qu'a toujours éprouvée James Dean, notamment quand il exhibait chez lui une guillotine miniature dont l'ombre menaçante se projetait sur le mur pour impressionner ses visiteurs.

LA SOIF D'APPRENDRE

De retour à New York, James Dean retrouve son petit appartement et ses amis. Dennis Stock doit y achever son reportage en photographiant l'acteur dans son cadre quotidien. Pris d'une soudaine frénésie d'apprendre, celui-ci se met alors à fréquenter de manière irrégulière le cours de danse moderne que dirige la chorégraphe Katherine Dunham où il fait la connaissance de la chanteuse à la voix rauque Eartha Kitt dont Orson Welles a décrété naguère que c'était « la plus belle femme du monde ». James décide également d'apprendre à jouer aux échecs afin de pouvoir disputer des parties avec ses amis sur les tables en pierre disposées dans Washington Square. Toujours curieux de se cultiver, il profite aussi de cette période de répit relatif pour se documenter sur de multiples sujets qui lui tiennent à cœur, de la gastronomie à l'architecture, en passant par l'œnologie et… les préservatifs. Parmi les autres projets que caresse ce boulimique dont rien ne paraît pouvoir arrêter la soif de connaissance : descendre toréer dans l'arène et devenir réalisateur afin de porter à l'écran la biographie du chanteur folk Woody Guthrie dont il apprécie tout particulièrement la chanson *So Long, It's Been Good to Know You*. Il faudra attendre *En route pour la gloire* de Hal Ashby, vingt-cinq ans plus tard, pour voir David Carradine mener à bien ce projet ambitieux.

Soucieux de se perfectionner dans l'art de la photographie, James Dean demande régulièrement à son ami Martin Landau (qui deviendra célèbre dans les années soixante grâce à la série *Mission impossible*) de bien vouloir poser pour lui.

> Un après-midi, raconte Roy Schatt, il l'a fait s'allonger devant son immeuble, sur le trottoir de la Soixante-huitième Rue Ouest, pour prendre une série de photos de lui en train de mourir[1].

Convié à cette séance où il prodigue ses conseils à James, le photographe en profite pour immortaliser son élève en plein travail de création, dans cet effet miroir qui leur est désormais familier. Son Rolleiflex en bandoulière, la cigarette au coin des lèvres, le comédien n'aime rien tant que se mettre lui-même en scène, comme ce jour où il fait mine de chaparder des bonbons à la devanture d'un étal pour les besoins d'une photo faussement prise sur le vif.

Sur sa lancée, James fait l'acquisition d'une caméra Bolex et entreprend de filmer en seize millimètres, dans des saynètes improvisées souvent sur l'impulsion du moment, ses copains acteurs Martin Landau, Robert Heller et Bill Gunn, qu'il rejoint

1. Roy Schatt, *op. cit.*

régulièrement pour refaire le monde sur la terrasse du Musée d'art moderne avec les compositeurs Leonard Rosenman et Israel Citkowitz. Ces séances requièrent un matériel démesurément encombrant et les recherches expérimentales de James Dean achèvent assez vite de lasser des proches qu'il sollicite à tout propos et dans des circonstances souvent extrêmes. Jusqu'au jour où il entreprend de filmer une séquence dans le jardin de Schatt, sous un soleil de plomb : fatigués d'obéir à ses ordres, ils décident de jeter l'éponge. Le résultat de ces diverses séances de prises de vues qui se prolongent pendant plusieurs semaines est apparemment demeuré inédit et nul ne sait même s'il a donné lieu à un bout à bout monté de la part de l'apprenti cinéaste. Cette expérience avortée l'incite alors à se tourner vers des compositions suggestives telles qu'on en voit dans les romans-photos ou sur la couverture de certains ouvrages populaires. Là encore, il sollicite ses amis comme mannequins. Par la suite, James s'essaiera même au reportage, Roy Schatt immortalisant le plus souvent ces diverses tentatives, tel ce jour funeste où ils sont témoins d'une manifestation réprimée par la police et sont bien obligés de constater qu'ils ont respectivement laissé le capuchon sur l'objectif et omis de placer un rouleau de pellicule dans l'appareil... Deux avatars que les photographes connaissent tous au moins une fois à leurs débuts.

En attendant son nouveau film dont le tournage tarde un peu trop à son goût, James Dean se livre à quelques facéties comme il en a le secret. Un jour, Jack Warner convoque aux studios de Burbank la comédienne Carroll Baker (qui a épousé le 3 janvier 1955 l'un de ses professeurs de l'Actors Studio, Jack Garfein, dont elle aura deux enfants). Le producteur envisage en effet de la prendre sous contrat et d'organiser une rencontre entre elle et George Stevens qui prépare *Géant*. Si son bout d'essai s'avère convaincant, elle se verra proposer un cachet hebdomadaire de sept cent cinquante dollars et un contrat de sept ans révisable. Lorsqu'elle arrive à l'entrée, chaperonnée par un assistant du maître des lieux, ce dernier interpelle le planton de service sous prétexte qu'il ne l'a pas salué. Et quand le gardien relève la tête sous sa casquette trop large, la jeune femme reconnaît James Dean qu'elle a croisé à plusieurs reprises à l'Actors Studio, mais qu'elle a perdu de vue depuis son départ de New York.

Bondissant comme un diable hors de la guérite, raconte la comédienne, il m'a prise par la main, m'a fait contourner la barrière et m'a entraînée vers une grosse moto de couleur argentée. Jimmy a enfourché l'engin, a démarré son moteur et m'a fait signe de monter derrière lui [1].

1. *Baby Doll, An Autobiography*, Carroll Baker, Arbor House, 1983.

Désireux d'épater son amie, il roule à toute allure dans l'enceinte du studio jusqu'au décor déserté d'une petite ville américaine. Là, il se montre compatissant et lui conseille d'exiger de ses agents qu'ils la fassent déménager de l'hôtel plein d'hommes d'affaires dans lequel on l'a logée, pour le Château Marmont, nettement plus glamour. Il invite ensuite à déjeuner la comédienne ébahie dans la fameuse salle à manger verte réservée aux vedettes où il la présente à son amie Hedda Hopper et s'apprête à l'entraîner malgré elle dans le coin où sont attablés George Stevens et Elizabeth Taylor, lorsque l'assistant de Jack Warner vient la récupérer pour son rendez-vous, se chargeant ainsi de la faire redescendre sur terre.

MISE EN CONDITION

Nicholas Ray a compris que le meilleur moyen d'éviter les tensions qui ont marqué le tournage de *À l'est d'Eden* est encore d'impliquer totalement son interprète dans le projet. Il l'accueille donc régulièrement le dimanche après-midi dans le jardin du bungalow qu'il occupe au Château Marmont, où se côtoient bon nombre de personnalités influentes. Au fil de ces réunions dominicales, James croise notamment le producteur Joe Pasternak, la scénariste Joan Harrison, une ex-assistante d'Alfred Hitchcock, ou le dramaturge Clifford Odets. Ray avait d'ailleurs pressenti ce dernier pour travailler sur le script de *La Fureur de vivre* avant que la Warner ne lui impose le romancier Leon Uris, un auteur qui a le vent en poupe et qui a commencé à travailler sur ce sujet début octobre. Il a notamment entrepris une véritable recherche documentaire étayée de rencontres avec « des policiers, des membres de la California Youth Authority, une analyste d'enfants, élève d'Anna Freud, des délégués à la liberté surveillée, des criminologues universitaires[1] ». C'est également dans ce cadre informel que James Dean se voit présenté au scénariste Irving Shulman qui a pris la relève d'Uris. Le réalisateur a définitivement retiré sa confiance à celui-ci lorsqu'il a découvert qu'il avait eu l'affront de baptiser la ville où se déroule l'action… Rayfield (littéralement « le terrain de Ray »). Auteur d'une thèse consacrée à *La délinquance juvénile dans le roman américain* et d'une série noire sur le même sujet intitulée *La Main chaude*, publiée en 1947, Shulman semble en revanche être l'homme de la situation. Le maître des lieux espère qu'il réussira à prendre en compte la personnalité de James Dean pour nourrir sa nouvelle version du script et que leur passion commune pour le sport automobile rapprochera les deux hommes. Malheureusement, l'alchimie espérée ne prend pas entre eux. James est déçu de constater que la MG du scénariste ne possède ni carburateur de compétition ni jantes sport, tandis que ce dernier a

1. *Roman américain, les vies de Nicholas Ray*, Bernard Eisenschitz, Christian Bourgois Éditeur, 1990.

quelque mal à partager la fascination du jeune homme pour une voiture de marque germanique, dix ans à peine après la fin de la Seconde Guerre mondiale. Qu'importe, fin janvier, Shulman jette l'éponge à son tour pour se lancer dans l'écriture d'un roman inspiré de sa contribution au scénario, *Children of the Dark*, qui est publié en janvier 1956.

Au terme de six mois d'un travail ingrat, Ray en est à la troisième mouture du script que peaufine Stewart Stern. Ce nouveau scénariste a été engagé sur la recommandation conjuguée de James Dean et de Leonard Rosenman et il s'est immergé clandestinement pendant « dix jours et dix nuits au tribunal pour mineurs, se faisant passer pour un assistant social, restant auprès des enfants en isolement ou lorsque ceux-ci se trouvent confrontés à leurs parents [1] ». James Dean n'est néanmoins officiellement associé au projet que début mars. Jusqu'alors, il se trouvait encore en concurrence dans l'esprit de certains dirigeants de la Warner avec Robert Wagner, Tab Hunter et même… John Kerr, devenu sa bête noire malgré lui. Envisagé comme une série B, le film est doté d'un budget modeste et doit être tourné en noir et blanc. Quant au personnage qu'est supposé incarner Dean, l'acteur insiste pour qu'il se prénomme Jim comme lui, son patronyme étant Stark, anagramme transparente de Trask, le nom du jeune homme révolté de *À l'est d'Eden* auquel il ressemble sous bien des aspects.

1. Eisenschitz, *op. cit.*

Quant à ses surnoms dans le film, Toréador et Toro, ils reflètent évidemment la passion du comédien pour la corrida.

Stewart Stern, qui à présent connaît bien James Dean, a compris que son image lui colle pour de bon à la peau et qu'il convient de la pérenniser pour plaire au public. Sa figure de proue est un écorché vif qui se présente comme l'exacte antithèse des héros virils que campent John Wayne et Clark Gable ou même des séducteurs qu'incarnent Gary Cooper, Cary Grant ou James Stewart. C'est précisément sa fragilité qui fait sa force et il se contente simplement de s'engouffrer dans une brèche qu'ont ouverte avant lui John Garfield, Montgomery Clift et Marlon Brando, même si en découvrant *À l'est d'Eden,* ce dernier déclare d'un ton méprisant que son admirateur « arbore ma garde-robe de l'année dernière et utilise mon talent de l'année dernière ». À cette nuance près que la particularité du jeu de James Dean réside précisément dans le fait qu'il a toujours contesté la fameuse Méthode de l'Actors Studio et que l'usage de la mémoire sensorielle l'a beaucoup éprouvé sur le plan personnel en ravivant les blessures mal cicatrisées de son enfance. Il va toutefois jusqu'à confier un jour à son ami Dennis Hopper :

Je ne peux que m'en sortir car je suis un compromis entre Marlon Brando qui dit « je vous emmerde ! » et Monty Clift qui dit « je vous en prie, pardonnez-moi ! ». Du coup, ça donne : « Je vous emmerde, je vous demande pardon. Je vous emmerde, je vous demande pardon. » Et quelque part entre les deux, il y a James Dean [1]...

Une détermination de façade que conteste cependant Nicholas Ray dans le journal du tournage de *La Fureur de vivre* qu'il a entrepris d'écrire sous le titre *Rebel, Life Story of a Film,* avant d'y renoncer définitivement à la mort de son interprète et de laisser des revues spécialisées en publier plus tard les deux premiers chapitres. On y lit notamment que « sa carapace professionnelle n'était pas très solide ; un manque de sympathie, de compréhension de la part d'un metteur en scène ou de n'importe quel membre de son équipe le désorientait complètement [2] ».

UNE DISTRIBUTION HORS DU COMMUN

Pendant la longue gestation du scénario, les rumeurs vont bon train concernant le nom de celle qui pourrait être la partenaire de James Dean. La commère Hedda Hopper croit opportun de s'en mêler en citant les noms de Debbie Reynolds (que la Warner a effectivement envisagé d'emprunter à la MGM), Lori Nelson (sous contrat chez Universal depuis 1950) et Jayne Mansfield (qui vient

1. *Warren Beatty, the Last Great Lover of Hollywood,* John Parker, Carroll & Graff Publishers, 1993.
2. *Sight and Sound* n° 2, volume 26, automne 1956.

tout juste de débarquer à Hollywood), lesquelles auditionnent successivement pour ce rôle très convoité.

En dépit des efforts de James Dean pour imposer son amie Christine White puis Carroll Baker, Nicholas Ray hésite encore à engager une autre de ses relations : Natalie Wood. Issue d'une famille d'immigrés russes et comédienne depuis l'âge de cinq ans, cette brune menue aux yeux immenses s'est fait remarquer enfant dans *Miracle sur la Trente-quatrième Rue* de George Seaton, mais elle semble condamnée à devoir incarner éternellement les gamines et à jouer les potiches dans des spectacles familiaux bien-pensants. Pour convaincre Nicholas Ray de lui accorder sa confiance, elle emploie un stratagème qu'elle a raconté elle-même en 1974 dans le documentaire de David Helpern, *I'm a Stranger Here Myself*. Il reflète sa détermination à obtenir ce rôle qui lui permettrait d'accéder enfin à des emplois plus intéressants que ceux qu'on lui a fait tenir jusqu'alors dans plus d'une vingtaine de films. Un jour, elle est victime d'un accident de voiture assez grave à Laurel Canyon, avec Dennis Hopper, son petit ami du moment. Lorsque des policiers viennent l'interroger à l'hôpital, à moitié consciente, elle leur donne le numéro de téléphone de Nicholas Ray au Château Marmont, à la place de celui de sa mère. Et quand le réalisateur arrive à son tour à son chevet, elle lui déclare triomphante : « Nick, ils m'ont traitée de sale petite délinquante. Est-ce que je suis digne d'avoir le rôle, maintenant ? » Les répétitions se déroulent le soir au domicile de Nicholas Ray et se prolongent quelquefois tard dans la nuit. La jeune femme rallie le Château Marmont au volant de sa Ford Thunderbird rose vif, escortée de sa mère qui la chaperonne. Celle-ci et sa sœur cadette Lana l'attendent en s'allongeant sur la banquette arrière... et piquent immanquablement du nez.

Le second rôle masculin échoit à Sal Mineo, seize ans, malgré l'insistance de James qui pistonne ici encore l'un de ses admirateurs de chez Googie, Jack Simmons, dont s'inspire largement le personnage de Plato. Le compère de Vampira hérite finalement d'un autre emploi, plus modeste que celui qu'il convoitait. Du coup, Dean accueille le jeune homme chez lui et en fait son chevalier servant, corvéable à merci, avant de l'abandonner à son triste sort, comme tant d'autres de ses admirateurs inconditionnels avant et après lui.

Nicholas Ray sélectionne le reste de la distribution dans le souci de plaire à James Dean et de le mettre le plus à son aise possible. C'est ainsi qu'il confie un petit rôle à un autre de ses copains, Nick Adams, rencontré naguère sur le plateau du spot publicitaire pour Pepsi Cola et avec lequel il a renoué depuis des relations intimes. Fou de jalousie, Sal Mineo va même jusqu'à colporter une rumeur selon laquelle son rival est l'amant de Dean et multiplie les allusions perfides auprès des journalistes, sans avoir à se faire prier. Alors âgé de dix-huit ans, Dennis Hopper est également engagé pour incarner un mauvais garçon, au vu de sa prestation en épileptique dans la série télévisée *Medic.* Le photographe Dennis Stock est engagé au poste honorifique de répétiteur de dialogue, une façon comme une autre d'associer cet intime au projet. Parmi les autres curiosités de la distribution, la moindre n'est pas de voir le propre fils de Hedda Hopper, Bill, incarner... le père de Natalie Wood.

LE JOUR DE GLOIRE EST ARRIVÉ

Fin février 1955, James Dean semble las de ronger son frein, mais la Warner souhaite qu'il reste à New York. En effet, la première mondiale de *À l'est d'Eden* doit coïncider le mois suivant avec une grande soirée donnée au profit de l'Actors Studio. À la surprise générale et contre l'avis du studio, James Dean refuse d'assister à cet événement qui le met mal à l'aise et embarque dans un avion à destination de Los Angeles. Pendant ce temps-là, le 9 mars, plus de sept cents personnes se pressent au gala de bienfaisance organisé à l'occasion de la sortie de *À l'est d'Eden* à l'Astor Theatre de Broadway. La place est vendue cinquante dollars, et ce sont des célébrités qui placent les spectateurs, notamment Marilyn Monroe et Margaret Truman, la propre fille du président Harry S. Truman, laquelle poursuit à l'époque une carrière de chanteuse à la radio et à la télévision. Les recettes serviront à financer l'acquisition d'une vieille église presbytérienne du 432 Quarante-quatrième Rue dans laquelle l'Actors Studio établira ses quartiers en octobre suivant. Mais le héros du jour est déjà reparti vers son destin dans la douceur de la Californie. James Dean prend toutefois soin d'écrire personnellement à la fidèle Adeline Nall pour l'inviter à une projection privée du film qui doit être organisée à Marion et à laquelle il souhaite qu'elle assiste. Mais sa notoriété est déjà telle que la lettre est publiée dans le journal local... avant même de parvenir à sa destinataire.

Les critiques qui accueillent *À l'est d'Eden* sont pour l'essentiel dithyrambiques et le talent de James Dean y est loué unanimement. Le jeune acteur a notamment les honneurs d'un portrait dans l'hebdomadaire *Newsweek*, puis d'une interview diffusée sur CBS, la chaîne la plus regardée à l'époque.

Dans les colonnes du *New York Herald Tribune*, William K. Zinsser ne tarit pas d'éloges.

Tout en Dean suggère la solitude d'un incompris de dix-neuf ans, écrit-il. Même à distance, on en sait beaucoup sur lui à sa façon de marcher, les mains dans les poches et la tête baissée, tournant sur lui-même comme un chien attendant un os. Quand il parle, il balbutie et il marque des pauses, incertain de ce qu'il essaie de dire. Quand il écoute, il semble en proie à une agitation permanente.

Longtemps réticent à l'idée que Kazan n'adapte que la dernière partie de son roman, John Steinbeck lui-même s'émerveille et déclare : « Il s'agit probablement du meilleur film que j'aie jamais vu[1]. » *À l'est d'Eden* engrange des recettes remarquables, bat des records locaux au box-office et s'impose bientôt comme le plus gros succès cinématographique de l'année 1955. James Dean ne rentre pas pour autant dans le rang. Il donne alors ostensiblement aux médias l'image d'un sale gosse qui n'hésite pas à jouer avec une voiture en modèle réduit pendant les interviews pour mieux signifier son mépris à l'égard de la presse. Cette attitude infantile tranche avec le conformisme lénifiant dans lequel les studios entretiennent leurs protégés, et s'inscrit dans le sillage d'un autre enfant terrible de l'époque sur lequel Dean s'acharne à calquer son comportement : Marlon Brando. C'est pourtant ce dernier qui tente un jour de le raisonner.

> Lors d'une soirée, rapporte-t-il, je le vis ôter son blouson en arrivant, puis le rouler en boule et le jeter par terre. Je m'aperçus qu'il imitait en réalité quelque chose que j'avais fait, et je le pris à part : « Ne fais pas ça, Jimmy. Sers-toi du portemanteau comme tout le monde. Où est l'intérêt de jeter son blouson dans un coin ? C'est tellement plus simple de le décrocher plutôt que d'avoir à se baisser pour le ramasser par terre »[2].

La nuit, il arrive aussi à James Dean de flâner sur Hollywood Boulevard pour voir son nom briller en lettres de lumière au fronton de l'Egyptian Theatre. Comme s'il avait besoin de se per-

1. *James Dean ou la vie à tombeau ouvert*, Ronald Martinetti, Éditions France-Empire, 1975.
2. Marlon Brando et Robert Lindsey, *op. cit.*

suader que ses années de vaches maigres sont terminées et que son heure de gloire est arrivée. Toujours aussi provocateur malgré sa bonne fortune, loin de s'assagir et de rentrer dans le rang, il se répand dans les médias en déclarant que sa carrière ne constitue pas une fin en soi en affichant une attitude excentrique et velléitaire qui commence à inquiéter les responsables de la Warner, impuissants à dompter ce cheval fou lâché à Hollywood. Ceux-ci ne rechignent pourtant pas à exploiter cette facette de sa personnalité, flatteuse pour la frange adolescente du public qui s'identifie déjà à son attitude de rebelle.

UN CHAMPION EN HERBE

En attendant le début du tournage de *La Fureur de vivre*, James Dean est bien décidé à disputer sa première compétition automobile. Cette course, la huitième du genre, se déroule à Palm Springs le week-end des 26 et 27 mars sous la houlette de l'association de pilotes amateurs et professionnels du Southern California Sports Car Club à laquelle il s'inscrit pour l'occasion. James s'y rend en compagnie de Lili Kardell, une ex-pianiste de concert d'origine suédoise de dix-huit ans qui tente alors de se reconvertir en starlette. Sous contrat chez Universal, elle ne tournera en tout et pour tout que deux films pour le cinéma dont l'inénarrable *Loo-*

king for Danger. Ils résident ensemble dans une petite maison que met à leur disposition Dick Clayton. James partage avec Lili une façon de s'habiller et de se coiffer qui relève parfois du mimétisme, et le même penchant pour un certain anticonformisme. Devenue par la suite décoratrice d'intérieur, celle-ci offre même un jour comme cadeau à son chevalier servant… un filtre à huile pour sa Porsche. Alors que la Warner tremble à l'idée que sa nouvelle star puisse avoir un accident, Nicholas Ray juge quant à lui que cette expérience peut constituer un dérivatif salutaire à ses angoisses récurrentes.

Le samedi, la course de qualification met aux prises dix-neuf voitures qui doivent effectuer six tours sur un circuit de trois kilomètres deux cents dessiné en plein désert, sur les pistes d'atterrissage désaffectées de l'aéroport de Palm Springs. Vêtu d'une combinaison noire, James Dean part en quatrième ligne, mais réussit à doubler la plupart de ses concurrents au démarrage. Il lui faut moins d'un tour pour prendre la tête de la course. Dans la ligne droite, il atteint la vitesse maximum dont est capable sa Porsche Speedster, cent soixante kilomètres-heure, et gagne la course avec un quart de tour d'avance sur le concurrent suivant. Une prouesse pour une voiture considérée avant tout comme une routière mais dont James Dean a toutefois veillé à faire modifier le carburateur et supprimer les essuie-glaces.

Dans la foulée de cette première victoire prometteuse remportée dans la catégorie amateur,

James s'aligne dès le lendemain dans une course qui met aux prises des pilotes aguerris sur les circuits professionnels. Cette fois, il s'agit de parcourir vingt-sept tours de piste et il réussit l'exploit de terminer en troisième position derrière deux champions renommés, les Britanniques Ken Miles et Cy Yedor, l'un et l'autre au volant d'une MG Special, la voiture la plus en vogue sur les circuits à cette époque. Le trublion remontera même plus tard à la deuxième place lorsque le vainqueur se verra finalement disqualifié en raison d'une faute technique. Beau joueur, Ken Miles (qui se tuera lui-même au volant le 17 août 1966) déclare à ce propos : « La trajectoire effectuée par James Dean est la plus courte distance qui mène d'un point à un autre[1]. »

UN TOURNAGE SOUS HAUTE TENSION

À son retour de ce week-end faste qui lui a permis de gagner la reconnaissance des professionnels des circuits et d'être perçu comme un concurrent digne de respect, un autre défi attend James Dean. Le lundi 28 mars commence en effet à Los Angeles le tournage de *La Fureur de vivre* en noir et blanc. La première scène se déroule à l'extérieur du planétarium de Griffith Park. Par la suite, l'espace d'un plan, James Dean porte des lunettes : ce sera

1. Interview de William Nolan, www.americanlegends.com.

la seule et unique fois au cinéma. Ray trouve qu'il affiche ainsi un air trop arrogant. Dès le samedi suivant, au vu des premiers rushes, qui ne font que confirmer la teneur enthousiaste des articles consacrés à la sortie américaine de *À l'est d'Eden* et à sa présentation quasiment simultanée au Festival de Cannes, le producteur Jack Warner prend la décision de tout recommencer pour tourner cette fois le film en couleurs et avec des moyens nettement plus substantiels. En contrepartie, on réduit le nombre de figurants, Stewart Stern procède à quelques ultimes retouches sur le script, transpose l'action de Noël à Pâques pour diminuer le coût des décors, modifie quelques phrases de dialogue et édulcore certaines situations afin de passer entre les mailles de la censure.

À raison de neuf heures de travail quotidiennes, James Dean s'investit comme jamais dans son rôle, quitte à se mettre dangereusement à nu, tant l'enjeu lui semble important. Avant les prises, il refuse d'adresser la parole aux autres acteurs présents et exige le silence total sur le plateau pour pouvoir se concentrer. Il lui arrive fréquemment de retarder une prise parce qu'il ne se sent pas tout à fait prêt à donner le meilleur de lui-même. C'est ainsi que le jour où il doit tourner la séquence au cours de laquelle il est emmené à la maison de correction, l'équipe l'attend plus d'une heure, sous prétexte qu'il est en train de boire du vin et de jouer des bongos, seul dans sa loge plongée en pleine obscurité. Mais cette patience est récompensée car, une fois sur le plateau, il tourne cette scène de sept minutes en une seule prise. Ann Doran, la comédienne chevronnée qui interprète sa mère, décrit ainsi sa façon de faire le vide avant une scène :

> Jimmy s'est accroupi, la tête et les genoux dans les bras, en position fœtale. Il est resté ainsi un long moment. Finalement, il a émis un petit sifflement très faible et il s'est relevé, prêt à tourner. On avait répété une fois, la première prise a été la bonne[1].

Au fil du tournage, sous l'emprise de la marijuana et du manque de sommeil, James Dean a visiblement de plus en plus de mal à distinguer la réalité de la fiction. Il s'entiche ainsi d'Ann Doran à qui il propose de faire un tour sur la nouvelle moto qu'il vient d'acheter et dont il est si fier. Elle a beau décliner cette invitation, il réussit à la convaincre et l'emmène à travers le studio, traversant des plateaux et des auditoriums en empruntant les multiples issues qu'il a pris soin de repérer préalablement. Au terme de cette équipée, la comédienne aura été quitte pour une grosse frayeur, sans compter une nouvelle séance intégrale de maquillage et de coiffure afin de faire à nouveau bonne figure devant la caméra. Une autre fois, vers deux ou trois heures du matin, James Dean complètement saoul va réveiller Ann Doran en sursaut à son domicile, où elle vit avec sa mère, en criant à tue-tête en dessous de ses fenêtres : « Maman ! Maman ! C'est moi, Jimmy ! » Lorsqu'elle lui demande de se taire afin de ne pas importuner ses

1. David Dalton et Ron Payen, *op. cit.*

voisins, il lui répond d'une voix implorante : « C'est ton fils, Jimmy. » Elle finit par le faire entrer dans sa cuisine et lui prépare un café qu'ils boivent à même le sol en bavardant jusqu'à l'aube. Ce genre d'incursions nocturnes se répétera par la suite à maintes reprises, faisant dire à l'actrice avec qui s'entendait particulièrement bien son fils de cinéma : « Ce n'était pas le garçon sûr de lui qu'on aurait pu imaginer de prime abord. Il vivait en quelque sorte sur un nuage. Il nourrissait de sérieux doutes sur lui-même et la direction qu'il prenait. En fait, il était totalement paumé[1]. »

UN CONFLIT DE GÉNÉRATIONS

La Fureur de vivre s'attache à la première journée de classe d'un lycéen et dépeint au-delà de son personnage le fossé des générations qui s'est creusé dans l'Amérique prospère de l'ère Eisenhower. Un soir, trois adolescents sont arrêtés et emmenés au commissariat : Jim (James Dean) parce qu'il a été appréhendé en état d'ébriété, Judy (Natalie Wood) car elle errait seule dans la nuit et Plato (Sal Mineo) pour avoir tué des chiots à coups de pistolet. Le lendemain, au cours d'une excursion scolaire au planétarium, après avoir pris Plato sous sa protec-

1. *Hollywood Anecdotes*, Paul F. Boller Jr. et Ronald L. Davis, William Morrow and Company, 1987.

tion, Jim est provoqué par le petit ami de Judy, Buzz (Corey Allen). Il se bat au couteau avec lui avant de le défier à l'occasion d'une course automobile les yeux bandés sur une falaise qui s'achève par la mort accidentelle de son rival. Pris de panique, Judy, Jim et Plato se terrent dans une maison abandonnée avant d'être retrouvés par les blousons noirs qui veulent venger leur copain Buzz et la police qui commet une bavure funeste.

Le malaise sous-jacent qui s'exprime à travers la voix de ces trois mineurs que des parents négligents et égoïstes ont laissés livrés à eux-mêmes explique pour une bonne part le succès phénoménal de *La Fureur de vivre*. Du jour au lendemain le film est récupéré par toute une génération incomprise de ses aînés qui y reconnaît ses propres préoccupations et entend enfin prononcer sur un écran des expressions de son âge. Comme l'a souligné Danny Peary, « alors que Cal Trask pourrait tirer le meilleur profit de quelques années de psychanalyse, Jim Stark n'éprouve aucun besoin autre que le soutien de ses parents et de l'amitié [1] ». Cette nuance explique l'empathie exceptionnelle qui s'établit entre le film et son public, laquelle doit en outre beaucoup à la direction d'acteurs de Nicholas Ray, dans la mesure où le réalisateur prend clairement parti pour la jeunesse et donne la plus grande marge de manœuvre possible à ses interprètes.

Bien que marié, le réalisateur se lance très vite dans une relation amoureuse intense avec Natalie

1. *Alternate Oscars*, Danny Peary, Dell Publishing, 1993.

Wood au cours du tournage et se met à exercer un ascendant considérable sur cette comédienne fragile de seize ans que ses relations familiales étouffantes ont traumatisée. Elle en vient elle aussi à considérer comme un père de substitution cet amant clandestin qui est son aîné de vingt-sept ans. Leur promiscuité n'est pas du goût de James Dean qui ne supporte pas que Ray puisse s'intéresser à quelqu'un d'autre que lui. Il abuse de l'ascendant qu'il exerce sur Natalie Wood pour l'humilier dès qu'il en a l'occasion et sous les prétextes les plus futiles (ses tenues vestimentaires, notamment) afin de mieux la déstabiliser. En revanche, il entretient de fort bonnes relations avec la doublure de l'actrice, Faye Nuell Mayo (devenue par la suite une productrice influente), laquelle n'est pas dupe de son manège. Au fil du tournage, le réalisateur et son acteur principal réécrivent des scènes ensemble et en modifient d'autres au moment de les tourner.

L'investissement de l'acteur dans son rôle est tel que certains de ses partenaires vont même jusqu'à affirmer que c'est lui qui réalise le film, en exerçant une pression constante sur Nicholas Ray. « Il ne démarrait que quand Jimmy le souhaitait, a déclaré Corey Allen, malgré l'équipe qui attendait, parfois qui s'énervait[1]. » « Nick semblait hypnotisé par Jimmy, insiste Ann Doran. Jimmy assumait l'essentiel de la réalisation[2]. » Ce à quoi Dennis Hopper renchérit : « Il contrôlait en tout cas toutes les

1. Eisenschitz, *op. cit.*
2. John Parker, *op. cit.*

scènes dans lesquelles il était, et je crois qu'il est pratiquement dans toutes les scènes [1]. » Plus lucide, ou simplement plus objectif, le scénariste Stewart Stern voit tout simplement James Dean aux prises avec un rôle écrasant dans lequel Nicholas Ray avait trop projeté de ce qu'il savait de son interprète : « Il se débattait pour faire recracher au personnage tout ce qu'on essayait de lui faire ingurgiter de force, exactement comme un enfant teigneux. Il ne supportait pas qu'on l'empêche d'être lui-même [2]. »

UNE VEDETTE TRÈS CONVOITÉE

James Dean est en passe de devenir le comédien le plus en vue d'Hollywood. Alors qu'il n'a tourné qu'un seul film en vedette, il reçoit déjà plus de mille lettres d'admirateurs chaque semaine et se rend régulièrement chez son agent afin d'éplucher ce courrier qui lui remet du baume au cœur dans les moments de doute. Conscient de ce phénomène, Jack Warner a jugé opportun de propulser son nom en haut de l'affiche de *La Fureur de vivre*, c'est-à-dire au-dessus du titre. Les dirigeants du studio préparent d'ores et déjà le prochain film que James tournera pour leur compte. Leur choix s'est finale-

1. Eisenschitz, *op. cit.*
2. David Dalton et Ron Payen, *op. cit.*

ment arrêté sur *Géant*, une grande fresque de plus de cinq millions de dollars tirée d'un roman d'Edna Ferber publié en 1952 et qui est resté à l'époque pendant vingt-sept semaines dans la liste des meilleures ventes du *New York Times*. Ce film ambitieux doit marquer les retrouvailles du metteur en scène George Stevens avec son interprète d'*Une place au soleil*, Elizabeth Taylor, laquelle a bataillé ferme pour décrocher ce rôle et convaincre la MGM de la prêter à la Warner sans augmentation de salaire. À ses côtés : Rock Hudson joue un personnage que convoitaient, entre autres, Gary Cooper, Clark Gable et William Holden. Stevens l'a finalement choisi après s'être fait projeter *Le Secret magnifique* de Douglas Sirk qui n'est pas encore sorti sur les écrans.

Même si cette superproduction ne lui vaut a priori qu'un second rôle pour lequel ont tout de même été pressentis non seulement Marlon Brando et Montgomery Clift, mais aussi Robert Mitchum, Charlton Heston, Anthony Quinn, Jack Palance, Richard Burton, Alan Ladd, Gordon McRae et quelques autres, James Dean entrevoit immédiatement dans le projet une occasion de sortir de cet emploi artificiel d'adolescent rebelle qui commence à lui coller un peu trop à la peau et auquel de plus en plus de gens se complaisent à l'identifier. À ce moment crucial de sa carrière, fort de ce qu'il a appris à l'Actors Studio, il éprouve le besoin de composer un personnage qui ne soit pas lui-même, quitte à ne pas avoir la vedette. De toute façon, son cachet hebdomadaire est réévalué de douze cent cinquante à quinze cents dollars. En outre, le projet a été différé car, le 27 février, jour de son vingt-deuxième anniversaire, la comédienne a donné naissance par césarienne à un deuxième fils baptisé Christopher Edward Wilding.

Mi-avril, James Dean met à profit une pause dans le tournage de *La Fureur de vivre* pour tourner ce qui sera sa dernière télévision. Moyennant un confortable cachet de deux mille cinq cents dollars, il incarne l'employé de restoroute Jeffrey Latham sauvé par l'amour dans un épisode de la *Schlitz Playhouse of Stars* intitulé *The Unlighted Road*. Le succès de cette dramatique est tel que la chaîne CBS la rediffusera un an plus tard sous la pression des téléspectateurs.

IMMERSION TOTALE

Une semaine plus tard doit se tourner le face-à-face crucial au cours duquel Jim Stark alias James Dean se dispute avec son père qu'incarne Jim Backus. À l'approche de ce moment clé, Ray décèle très vite un blocage chez son jeune interprète. Un soir, il lui demande de venir répéter chez lui. Après avoir observé longuement les gestes du comédien, le réalisateur convoque le décorateur de plateau, William Wallace, et lui demande de faire construire la réplique exacte de son salon pour le lendemain. Ainsi placé dans cet environnement familier, l'acteur donne le meilleur de lui-même, conjurant les réminiscences douloureuses de ses propres rapports avec son père qui risquaient de le bloquer au moment d'interpréter cette scène déterminante du film. Selon Backus lui-même,

> il était tellement emporté qu'il a cassé un morceau de la rampe en s'y agrippant. Il m'a saisi par les revers de ma robe de chambre, il m'a fait descendre l'escalier de force et m'a poussé dans le salon. Mais même quand il m'a balancé à travers la pièce, il n'a jamais relâché son étreinte, ce qui fait que je ne suis pas tombé [1].

Le 22 avril, blessé au poignet droit pour s'être impliqué avec trop d'ardeur dans la séquence où il pique une crise de nerfs au commissariat et donne un coup violent sur un bureau, James Dean est emmené au service des urgences de l'hôpital de Riverside Drive. Les radios révèlent qu'il n'a aucune fracture, mais il doit garder la main bandée pendant une semaine.

Soucieux de coller au plus près à la réalité, James Dean exige que de véritables couteaux soient utilisés dans le combat singulier qui doit l'opposer à un autre garçon de la bande incarné par le futur réalisateur Corey Allen. En dépit des mises en garde du studio qui redoute un accident, Nicholas Ray lui donne satisfaction. Malgré le gilet de protection en métal qu'il arbore sous sa chemise, James est victime d'une légère estafilade au cou qui conduit le réalisateur à interrompre la prise, au grand dam du comédien dont il

1. *Hollywood Close-Up : James Dean, an American Original*, Craig Haffner, ABC-TV, 1983.

a eu l'audace de troubler la concentration. Plus tard, il refuse d'être doublé pour la fameuse scène au cours de laquelle il doit s'échapper de la voiture qui roule à tombeau ouvert avant de tomber de la falaise. Bien que la scène soit tournée au studio de Burbank dans une voiture à l'arrêt, un trucage optique devant simuler l'effet de vitesse, il refuse qu'on dispose un matelas à l'extérieur du véhicule afin d'amortir sa chute, alors même que l'accessoiriste lui affirme que c'est celui qu'utilisait naguère Errol Flynn, l'une des plus célèbres têtes brûlées ayant tourné pour la Warner.

Malgré son implication évidente dans le film, qui poussera le critique Éric Rohmer à écrire dans les *Cahiers du Cinéma* que sa présence évoque « une chrysalide mal dépliée de son cocon [1] », James Dean reste insaisissable et ses réactions sont imprévisibles. Un jour, il fait mine d'ignorer le bras droit de Jack Warner. En d'autres circonstances, il se comporte de façon très amicale avec des fans en visite sur le plateau, leur accorde de bonne grâce des autographes et va même jusqu'à poser avec eux pour des photos souvenirs.

LA VIE CONTINUE

De temps à autre, James distrait l'équipe en se livrant à des imitations réussies de Charlie Chaplin,

1. *Ajax ou le Cid ?*, Éric Rohmer, *Cahiers du Cinéma* n°59, mai 1956.

Monty Clift ou Mister Magoo, personnage de dessin animé auquel son partenaire Jim Backus prêtait alors sa voix à la radio, ce qui incite Nicholas Ray à en tirer parti au cours d'une scène mémorable du film. En visite sur le plateau, un journaliste assiste à un sketch dans lequel James Dean et Nick Adams se livrent à une imitation irrésistible d'Elia Kazan dirigeant Marlon Brando. À cette époque, les deux copains envisagent d'ailleurs de travailler ensemble sur un numéro de duettistes et quand la nouvelle vient à se savoir, un entrepreneur de spectacles de Las Vegas les contacte et leur propose de représenter leur numéro sur la scène de l'une de ses boîtes de nuit. Mais ce projet, comme bien d'autres, ne verra jamais le jour, malgré le communiqué de presse officiel que publie à l'époque la Warner.

Une fois de plus, en plein milieu du tournage de *La Fureur de vivre*, avec l'accord tacite de Nicholas Ray mais contre l'avis des dirigeants de la Warner, James Dean s'aligne dans une course automobile qui se dispute le dimanche 1er mai. Au terme de six tours de circuit sur la piste détrempée du Minter Field de Bakersfield, James Dean termine à nouveau à la troisième place, mais remporte cette fois deux trophées, en tant que champion de sa catégorie. Par ailleurs, un accident endeuille la compétition. La victime en est Jack Drummond, un pilote de trente-deux ans originaire de l'Arizona. Quant à son ami Lew Bracker, il termine à la vingt-cinquième place sur trente-neuf engagés et à la seizième de sa catégorie.

Au cours du déjeuner de presse organisé pour annoncer le tournage de *Géant*, James Dean débarque vêtu d'un jean et de son éternelle chemise de flanelle rouge. Alors que toute l'équipe fait mine de se lever pour accueillir les journalistes, il reste prostré sur sa chaise en fixant ostensiblement le sol. Au cours de la séance photos qui suit, il refuse d'ôter ses lunettes de soleil, prétextant qu'il a des cernes sous les yeux après une nuit trop courte. Toujours aussi rebelle, il refuse de se soumettre à la dictature sournoise qu'exerce Hollywood sur ses stars et préfère ostensiblement aux rassemblements mondains, cocktails, galas et autres raouts, la compagnie de ses copains, en l'occurrence à l'époque Lew Bracker et le pilote automobile Bill Stevens, qu'il lui arrive même d'héberger dans son appartement, ainsi que le cascadeur Bill Hickman.

James persiste à accumuler les signes d'excentricité, au grand dam des services de publicité de la Warner qui ont quelquefois du mal à réparer les pots cassés et à démentir certaines rumeurs que propage une presse à scandale toujours à l'affût de la moindre incartade. Mais le comédien se montre insensible aux ragots qu'il contribue largement à nourrir dans un mélange détonant d'inconscience et de provocation. Jusqu'au jour où il s'affiche en compagnie d'une jeune femme à la mine peu amène qui prétend avoir perdu une jambe dans un accident de moto... Au bout de quatre jours, lorsqu'il découvre la véritable nature de cette redoutable créature aux mœurs affranchies, il juge tout de même plus sage de s'en détacher. En effet, elle règne sur un gang de sept hommes aux mines patibulaires dont l'activité principale consiste à éplucher les colonnes du journal corporatif *Hollywood Reporter*, afin de pouvoir s'introduire dans les maisons des stars en leur absence et de les cambrioler en toute impunité !

James Dean a désormais ses habitudes à la Villa Capri, un restaurant italien que tient un ex-danseur des Ballets russes de Diaghilev et dont il apprécie le caractère fantasque. James arrive invariablement par les cuisines, ouvre le réfrigérateur pour passer en revue les hors-d'œuvre du jour qu'a concoctés le chef et va s'asseoir à la première table qu'il repère, même si celle-ci est déjà réservée. Au point que pour éviter les fréquents incidents qu'entraîne son sans-gêne, le maître des lieux dresse très vite à son intention une table à l'écart, entre la cuisine et la salle. James a ainsi tout loisir d'échafauder des constructions architecturales à base de gressins et autres extravagances auxquelles plus personne ne prête davantage attention qu'à ses tenues négligées, y compris quand un vulgaire morceau de ficelle lui tient lieu de ceinture. Il repart ensuite comme il était venu : par l'entrée des artistes... ou plutôt des fournisseurs.

Au cœur de la nuit californienne, il s'enivre clandestinement de nouvelles expériences, souvent extrêmes : il boit plus que de raison, se drogue, fréquente des lieux de rencontre sado-masochistes où il s'abandonne volontiers à des pratiques de plus en plus glauques dans une sorte d'apprentissage suicidaire. Plus généralement, son comportement hautement imprévisible lasse beaucoup de gens, mais certains lui demeurent fidèles, à l'instar de Bill Bast. D'autres coupent les ponts avec lui, comme Vampira qu'il qualifie perfidement de « personnage de dessin animé » et qui se vengera de cet affront en faisant courir les bruits les plus sulfureux sur sa bisexualité, y compris après sa mort, dans un geste d'auto-promotion pathétique. James Dean renoue également avec Leonard Rosenman, au point qu'ils envisagent même de collaborer sur *Cipolla the Great*, un opéra en un acte que le musicien ambitionne de composer et que le comédien aimerait mettre en scène. Encore un projet avorté.

La folie du roi George

Pendant les ultimes essayages de vêtements (George Stevens préférait ce mot à celui de « costumes ») organisés à Burbank à la veille du tournage de *Géant,* Carroll Baker a l'occasion de recontrer à nouveau James Dean. Il l'accueille encore à l'entrée du studio, mais cette fois c'est son copain Sal Mineo qui a endossé la tenue du gardien. Tandis que James envoie celui-ci garer la voiture de la comédienne, il lui présente Natalie Wood, qu'elle a déjà croisée au Château Marmont en venant rendre visite à Nicholas Ray à l'époque de la préparation de *La Fureur de vivre.* Carroll éprouve une certaine reconnaissance à l'égard de James qui lui a révélé naguère une information de la plus haute importance : « Je vais tourner un autre film avant le début de *Géant.* Le scénario est nul, mais les personnages sont très bons. Je pense que si la distribution est à la hauteur, le film pourrait être d'enfer. Je veux que ce soit toi qui joues le rôle de la fille », avait-il insisté, en ignorant que Nicholas Ray l'avait auditionnée au cours de son escale new-yorkaise de décembre 1954.

Pour l'heure, Carroll Baker constate surtout l'ascendant qu'exerce James Dean sur Natalie Wood.

Il se montrait délibérément dur et même cruel à son égard et il jouissait visiblement de cette domination car il s'est acharné sur elle jusqu'à ce que les larmes se mettent à couler sur ses joues[1].

Une fois ce travail de sape terminé, James Dean emmène une nouvelle fois Carroll Baker sur sa moto dans le décor désolé construit au fond du studio. Mais, contrarié d'y rencontrer Dennis Hopper, de six ans son cadet, qui ne perd pas une occasion de l'imiter, il rebrousse aussitôt chemin en abandonnant sa cavalière, laquelle ne peut que constater le mimétisme entre ces deux comédiens qui ont sympathisé sur le plateau de *La Fureur de vivre*. Il retiendra notamment les conseils que lui prodigue son aîné dans le plus pur esprit d'émulation de l'Actors Studio : « Ne joue pas. Si tu es en train de fumer une cigarette, fume-la. Ne fais pas semblant de la fumer. (...) Quand tu sens qu'il y a une dimension supplémentaire à ajouter à un personnage et que tu ne sais pas trop laquelle, il faut chercher à tâtons. Avance sur la corde raide[2]. »

1. Carroll Baker, *op. cit.*
2. *James Dean par lui-même*, Neil Grant, Librairie Gründ, 1991.

Le tournage du film de Nicholas Ray s'achève à Los Angeles le mercredi 25 mai 1955, avec onze jours de retard sur le plan de travail initial. Cette expérience intense a éprouvé physiquement et psychiquement James Dean en le contraignant à se mettre à nu comme jamais et à jongler avec des sentiments violents qui lui sont proches. Il déclare d'ailleurs à ce propos : « Je ne pourrai jamais plus mettre autant de moi-même dans un autre film [1]. » Le gros de l'équipe de *Géant* a quitté dès le 21 mai Los Angeles pour Charlottesville, en Virginie, où il est prévu qu'elle reste pendant deux semaines. Les scènes qui s'y déroulent ne concernant pas directement James Dean, George Stevens accorde à ce dernier l'autorisation de différer son départ. Un sursis supplémentaire qu'il met à profit pour parfaire son accent avec l'aide de son coach Bob Hinkle qui se contente de lui prodiguer ce conseil avisé : « Si vous devez incarner un Texan, le meilleur moyen consiste à être texan toute la journée. Levez-vous le matin, mettez votre chapeau, enfilez vos bottes. Habillez-vous comme un Texan, mangez comme un Texan [2]. » Ce à quoi Dean lui rétorque que telle est bien son intention. Il doit en outre procéder à ses derniers essayages. Le rôle qu'il incarne est celui de Jett Rink, un personnage d'arriviste inspiré de

1. David Dalton et Ron Cayen, *op. cit.*
2. Interview de Bob Hinkle, www.americanlegends.com.

Glenn McCarthy, le millionnaire texan du pétrole qui a inauguré en grande pompe l'hôtel Shamrock, à Houston, en 1949, afin d'en mettre plein la vue à tous ceux qui l'avaient traité avec le plus grand mépris quand il n'avait pas le sou.

Méfiant, George Stevens a fait promettre à son acteur intrépide de renoncer à disputer la moindre compétition automobile pendant le tournage et lui a interdit de venir au Texas avec sa Porsche, ainsi que le comédien avait envisagé de le faire sous prétexte de « chasser les lapins », de nuit, en les aveuglant avec ses phares.

Profitant du fait que l'équipe de *Géant* a quitté la Californie avant lui, James Dean se permet cependant une première entorse à l'accord verbal qu'il a conclu avec George Stevens et s'inscrit à son insu dans une compétition qui se dispute à Santa Barbara pendant le week-end du Memorial Day, les 28 et 29 mai. Il s'y rend la veille en compagnie de son copain Bill Stevens qui l'assiste en tant que mécanicien. Cette fois, sa position de départ en dix-huitième place dans la course réservée aux quinze cents centimètres cubes lui interdit a priori de réaliser un nouvel exploit. En essayant de doubler des concurrents, une autre Porsche se rabat brutalement devant lui pour couper sa trajectoire et il ne doit qu'à ses réflexes et à la qualité de sa conduite d'éviter un grave accident. James poursuit toutefois la course, se hisse en quatrième position, mais heurte accidentellement une barrière de sécurité. Désireux de rattraper ses concurrents, il appuie à fond sur l'accélérateur, provoque l'explosion d'un piston et oblige son moteur à rendre l'âme dans le dernier tour. Inconscient du drame qu'il a évité de justesse, James est surtout furieux d'avoir été contraint malgré lui à l'abandon. D'autant plus que cette course est remportée par Dale Johnson, un pilote sur lequel il a eu le dessus à Palm Springs. Que lui importe de se placer ; ce qu'il veut, c'est gagner et son orgueil assume mal ce premier échec qui lui donne soif de revanche, même s'il sait qu'il va devoir mettre ses exploits sportifs entre parenthèses jusqu'à la fin du tournage de *Géant*.

La veille de son départ pour le Texas, il fait la connaissance d'Ursula Andress, une ravissante starlette suisse de dix-neuf ans aux cheveux blonds et courts qui est venue tenter sa chance à Hollywood sur les conseils de... Marlon Brando qu'elle a croisé un jour à Londres. En attendant son heure, ou son prince, elle est sous contrat avec la Columbia qui déploie alors des efforts considérables pour lui faire perdre son accent guttural, et suit à cet effet des cours de diction qui lui laissent beaucoup de temps libre pour se familiariser avec la vie hollywoodienne et sa faune interlope. Las, dans le film qui la révélera sept ans plus tard en Vénus sortant des ondes, *James Bond contre docteur No,* il faudra tout de même la doubler. Fidèle à sa réputation de goujat, James arrive à leur premier rendez-vous avec une heure de retard, passe son appartement au peigne fin et la critique sur ses goûts musicaux. Il l'emmène finalement dîner, puis dans un club de jazz du Sunset Strip où il finit la soirée en jouant des bongos avec les musiciens. Au point que sa compagne finit par rentrer chez elle où il débarque à son tour à moto une heure plus tard, en lui présentant ses plus plates excuses.

DUEL AU TEXAS

Le vendredi 3 juin 1955, James Dean rejoint comme convenu l'équipe de *Géant* qui est déjà à pied d'œuvre à Marfa. Entre-temps, le comédien s'est plongé dans l'histoire du Texas, a lu un gros livre sur l'élevage du bétail et a passé des heures à répéter son rôle à l'aide de son magnétophone fétiche. Marfa est une ville d'élevage d'environ quatre mille cinq cents âmes nichée à une centaine de kilomètres de la frontière mexicaine, dans le comté de Presidio, à l'ouest de ce vaste État quasi désertique. Du jour au lendemain, l'équipe de plus de deux cent quatre-vingts personnes qui l'investit arrive escortée d'une flotte impressionnante de véhicules de collection transportés dans un convoi ferroviaire d'une longueur inusitée et entreprend de lui donner l'aspect d'une ville texane des années vingt. Les stars bénéficient d'un traitement de faveur et accomplissent le voyage de la Virginie au Texas à bord d'un avion spécialement affrété pour l'occasion.

Une demeure victorienne de trois étages construite dans les studios de Burbank est acheminée en six morceaux et assemblée en plein milieu d'un ranch, en prenant appui sur des poteaux télégraphiques, à une trentaine de kilomètres de là. Ce décor de deux cent mille dollars qui ne comprend ni toit ni mur arrière ne sera utilisé que pour les plans en extérieur et offert ensuite au propriétaire du terrain, officiellement sous prétexte de le remercier de son hospitalité, mais, en fait, tout simplement parce qu'il aurait coûté plus cher de le rapporter à Los Angeles pour l'y laisser moisir au fond d'un studio ou l'y détruire. Cette région montagneuse du Texas ne recelant aucun pétrole dans son sous-sol, l'équipe de décoration doit également y aménager les puits et les derricks mentionnés dans le scénario. Par ailleurs, une soufflerie colossale est édifiée pour les besoins d'une séquence au cours de laquelle se produit une tempête de sable.

La population texane s'étant sentie profondément meurtrie dans son amour-propre par le roman à succès d'Edna Ferber qu'elle a perçu comme insultant et caricatural, George Stevens décide d'ouvrir le plateau au public le plus largement possible afin d'amadouer ses hôtes et de gagner leurs faveurs. Les visiteurs affluent, certains faisant même de cette région peu touristique leur destination de vacances afin de pouvoir assister au tournage. Une ex-reine de rodéo locale est engagée pour tenir un petit rôle et dix authentiques millionnaires texans se mêlent aux figurants qui interprètent les invités d'un barbecue. La production de *Géant* appointera au total plus de deux cents habitants de Marfa pour une raison ou pour une autre. La région ne possédant aucun laboratoire digne de ce nom, tous les soirs, un avion achemine la pellicule impressionnée dans la journée à Los Angeles où elle est développée et revient à Marfa dès le lendemain matin pour être projetée à l'équipe au cinéma local, le Palace Theatre, où tout le monde est admis en permanence en fonction des places disponibles.

Le gros de l'équipe est logé au Paisano, un hôtel réquisitionné pour l'occasion, où règne en permanence une odeur de friture, tandis que cinq comédiennes (dont Carroll Baker, Mercedes McCambridge et Jane Withers) partagent une maison. James Dean est installé quant à lui avec Rock Hudson et Chill Wills face à la demeure qu'occupe Elizabeth Taylor. Il lui faut toutefois patienter jusqu'au 6 juin avant de voir son nom figurer enfin sur la feuille de service. En guise de représailles, au bout de trois jours à attendre vainement qu'on fasse enfin appel à ses services, il ne se présente pas sur le plateau, ce qui lui vaut dès le lendemain des remontrances publiques de George Stevens, lequel lui reproche devant toute l'équipe d'avoir coûté une journée de travail au studio. Il faut dire qu'avant même le début du tournage, le réalisateur a réuni l'ensemble de son équipe pour fixer les règles d'un jeu dont il entend rester le maître absolu. « Je veux tout le monde sur le plateau, en costume, à l'heure et en permanence, décrète-t-il. J'exige que chacun ait répété son texte, le connaisse par cœur et soit prêt à entrer en scène au cas où le plan de travail viendrait à être bouleversé [1]. »

1. John Parker, *op. cit.*

Sous une température accablante de quarante-cinq degrés, la hache de guerre est définitivement déterrée entre James Dean et ce réalisateur tout-puissant qui bénéficie d'un blanc-seing de la Warner. À une époque où certains de ses collègues enchaînent jusqu'à cinq films par an, en laissant à d'autres l'écriture du scénario et la supervision du montage, Stevens a adopté un rythme beaucoup plus raisonnable qui lui a déjà valu l'Oscar du meilleur réalisateur pour *Une place au soleil* et le trophée Irving Thalberg (la consécration absolue) pour « la qualité exceptionnelle de ses films », dans la foulée du succès de son western *L'Homme des vallées perdues*.

Seul maître à bord et conscient de son pouvoir, George Stevens est réputé tourner sous tous les angles, afin de se couvrir lorsqu'il se retrouve dans la salle de montage où il donne enfin forme à son film. Une stratégie qui contraste singulièrement avec l'implication personnelle d'Elia Kazan et de Nicholas Ray et qui inspire à James Dean cette réflexion acerbe mais lucide :

Il gaspille le plus possible de pellicule, filmant chaque scène sous tous les angles possibles, d'en haut, d'en bas, d'ici, de là, et à la fin du film, il s'adjoint le meilleur monteur de la ville. (...) Le procédé est infaillible.

Le contraste est saisissant entre ce cinéaste autoritaire, qui s'intéresse davantage à la technique et à la mise en scène proprement dite qu'à ses interprètes, et ce chien fou façonné par l'Actors Studio qui ne se sent jamais autant à son aise que lorsqu'on le laisse libre d'improviser. Les relations houleuses de Dean et de Stevens, gouvernées par leurs ego surdimensionnés, les conduisent proprement et simplement à s'ignorer, Carroll Baker expliquant quant à elle que le comédien « avait du mal à s'habituer à son statut de star[1] ». Interrogée sur les tensions qui opposent le réalisateur à son interprète, Noreen Nash, une jeune comédienne qui assiste au tournage, les justifie ainsi : « George Stevens trouvait qu'il avait payé cher pour entendre James Dean dire son texte et il voulait qu'il le dise clairement, sans le marmonner ou avaler ses mots[2]. »

Un jour où le tournage se déroule en équipe réduite, Stevens demande à Dean de marcher comme s'il mesurait une distance à l'aide de ses pas. Pour lui indiquer le trajet à effectuer, le réalisateur déchire la dernière page de son scénario en petits morceaux qu'il dispose méthodiquement sur le sol en les calant sous des cailloux. Au moment de filmer, le comédien suit le trajet dessiné au sol, mais s'arrête à la hauteur du premier repère et ramasse le bout de papier en jetant la pierre au loin. Furieux, Stevens demande au chef opérateur de couper et somme Dean de s'arrêter et de revenir immédiatement. Après avoir parcouru l'intégralité du trajet, celui-ci revient et jette les morceaux de papier à ses pieds en lui disant : « Écoutez, si j'ai

1. *Memories of Giant*, Carroll Baker, Warner Television, 1998.
2. *Screen Sirens Scream !*, Paul Parla et Charles P. Mitchell, McFarland & Company, 1999.

besoin de marques, je les disposerai moi-même. Vous n'avez qu'à me dire ce que vous voulez que je fasse, comme n'importe quel réalisateur est supposé le faire, et je le ferai. Sinon je prends le premier avion et je retourne en Californie[1]. »

FRICTIONS ET RÉBELLION

Comédienne depuis sa prime enfance, Elizabeth Taylor ne partage pas davantage les conceptions arrêtées de George Stevens, lequel souhaitait d'ailleurs initialement confier son rôle à Grace Kelly ou à Audrey Hepburn. En outre, après avoir tourné sous sa direction *Une place au soleil* et protégé Montgomery Clift de la fureur de cet ancien officier d'active, elle sait à quel point il a soif d'autorité pour asseoir son pouvoir et besoin de boucs émissaires pour catalyser ses angoisses et ses doutes. Or, sur *Géant,* ses souffre-douleur de prédilection sont James Dean et elle-même, ce qui contribue à souder peu à peu les deux comédiens et les incite à faire front commun contre leur metteur en scène. Un jour, à la suite d'une violente dispute due au fait qu'Elizabeth Taylor rechigne à porter le costume qui lui est destiné, le réalisateur prend immédiatement la mouche et lui rétorque que son apparence physique semble la préoccuper

1. Bob Hinkle, *op. cit.*

davantage que le rôle proprement dit. Ils seront désormais comme chien et chat pendant toute la durée du tournage. Dans *Géant,* elle est censée jouer un rôle qui la voit évoluer de dix-huit ans à la cinquantaine. Alors qu'elle n'est âgée que de vingt-deux ans mais qu'elle a passé la majeure partie de sa vie sous les sunlights et qu'elle est déjà mère, c'est Carroll Baker, pourtant son aînée de deux ans, qui incarne sa fille à l'écran ! Le défi semble donc pour le moins périlleux à relever, mais Stevens a choisi cette dernière pour sa ressemblance (relative) avec Elizabeth Taylor, plutôt que Dorothy Malone qui avait également été pressentie.

De son côté, James Dean se désintéresse rapidement de ce film où il ne tient finalement que le troisième rôle. Il n'assiste jamais à la projection quotidienne des rushes et boycotte systématiquement les innombrables fêtes organisées sur le plateau à la moindre occasion. Quand il lui arrive d'honorer un barbecue de sa présence, ce n'est que pour mieux se tenir à l'écart des autres invités. De même, il feint d'ignorer son partenaire Rock Hudson avec qui il est pourtant supposé cohabiter au quotidien. Est-ce lié au fait que celui-ci était la vedette du film de Douglas Sirk *Qui donc a vu ma belle ?* dans lequel James a effectué l'une de ses premières apparitions à l'écran et que les deux acteurs sont désormais en situation de rivalité ? Bob Hinkle émet une autre hypothèse : « Jimmy était jaloux de Rock parce que Rock avait tous les bons dialogues, et Rock était jaloux de Jimmy parce que *À l'est d'Eden* venait juste de sortir et que Dean accaparait toute l'attention des médias[1]. » Toujours est-il que Rock Hudson l'a pris en grippe dès le premier jour et qu'il a même déclaré plus tard : « Jimmy arrivait toujours en retard, il ne manifestait pas le moindre professionnalisme. C'était l'acteur de Broadway typique, qui débarque en Californie et condescend à faire un film[2]. » Il y a toutefois autant d'angoisse que de jalousie dans les propos qui suivent : « J'ai autant besoin d'être dirigé que lui. Je n'ai jamais tourné sous la direction d'un metteur en scène du calibre de Stevens auparavant. J'ai travaillé essentiellement avec des tâcherons, or Stevens accorde tous les gros plans à Dean et me tient résolument à l'écart[3]. » Une jalousie réciproque qui va dans le sens du film car les deux personnages sont antagonistes, même si Stevens est moins manipulateur que Kazan.

Les relations de James Dean avec certains autres acteurs de *Géant* ne sont guère plus harmonieuses. C'est ainsi qu'il réussit momentanément à faire expulser du plateau son autre colocataire, Chill Wills, cinquante-deux ans, sous prétexte que ce dernier a cassé sa guitare à la suite d'une violente dispute. Comme le souligne justement l'une des autres interprètes du film, Mercedes McCambridge, dans ses Mémoires, « tout le monde semblait avoir beaucoup de problèmes avec Jimmy.

1. Bob Hinkle, *op. cit.*
2. *Elizabeth Taylor, passions d'une vie*, Donald Spoto, Éditions Belfond, 1996.
3. John Parker, *op. cit.*

Mais, au fond, personne n'en avait davantage que Jimmy lui-même[1]. »

Au fil des semaines, la presse se fait l'écho de l'intimité qui se noue entre James Dean et Elizabeth Taylor mais aussi des démêlés conjugaux de la comédienne. Il est de notoriété publique à l'époque que son mariage avec l'acteur anglais Michael Wilding battait sérieusement de l'aile et qu'elle redoutait par-dessus tout l'éventualité d'un deuxième divorce. Entre les deux comédiens s'ébauche une amitié évoquant celle qui lie l'actrice aux yeux violets à Montgomery Clift depuis le tournage d'*Une place au soleil* et à propos de laquelle le biographe John B. Allan écrit que « ses rapports avec Dean sont ceux de deux beaux-parents qui ont en commun de ne pas supporter le reste de la famille[2] ». Ils se retrouvent le soir pour d'interminables confessions à bâtons rompus, pendant que les autres membres de l'équipe se rendent aux fêtes organisées par Rock Hudson. Mais le lendemain matin, James affecte une indifférence de façade sur le plateau qui déroute la comédienne. La complicité qui se noue entre eux ne fait qu'accentuer la franche inimitié que voue à son jeune rival Rock Hudson, lui aussi intime de cette actrice maternante qui a toujours témoigné une compassion particulière envers les acteurs homosexuels. En outre, comme le souligne justement Donald Spoto,

1. *The Quality of Mercy, An Autobiography*, Mercedes McCambridge, Times Books, 1981.

2. *Elizabeth Taylor : A Fascinating Story of America's Most Talented Actress and the World's Most Beautiful Woman*, John B. Allan, Monarch Books, 1961.

« Hudson est facile à vivre, aimable », alors que « Dean est empêtré dans les conflits, engagé dans son art mais pris dans un étau d'angoisse et d'insécurité [1] ». En 1987, Elizabeth Taylor a toutefois souhaité rétablir la vérité une fois pour toutes... même s'il ne s'agit que de la sienne :

> C'est à James Dean qu'il revient d'avoir jeté le trouble. Il possédait un charme subtil et une fois que j'ai découvert la vérité sur Rock, j'ai commencé à ressentir une profonde affection pour Jimmy. Mais mon intuition féminine me disait qu'une mystérieuse complicité s'était établie entre ces deux acteurs... et par moments, je me sentais comme une intruse entre eux [2].

Au nombre des rares soutiens sur lesquels peut compter James Dean figurent évidemment sa protégée Carroll Baker (qu'Elizabeth Taylor et Rock Hudson ont initialement tenté de rallier à leur cause au début du tournage) et un autre rebelle, Dennis Hopper. Entre eux s'est établie au fil des mois une trouble relation de maître à disciple alimentée par de nombreux points communs, Hopper ayant lui aussi grandi dans une ferme, mais au Kansas. Peu à peu, pourtant, leurs rapports se tendent. Lorsqu'il se met lui aussi à défier George Stevens à la moindre occasion, James Dean en vient à considérer ce jeune clone arrogant qui s'acharne à le singer comme un rival potentiel.

1. Donald Spoto, *op cit.*
2. *Star Magazine*, 1987.

Peu enclin à entretenir des relations avec ses autres partenaires, James Dean se singularise en passant le plus clair de ses loisirs en compagnie de son coach, l'ex-champion de rodéo Bob Hinkle, ainsi que des nombreux cow-boys et cascadeurs mobilisés par la production, auprès desquels il espère se perfectionner. Il réussit ainsi à manier le lasso avec une certaine aisance et en donne la preuve dans le film au cours d'une scène mémorable. Un jour, il s'isole même plus d'une demi-heure avec l'un des producteurs afin de lui enseigner les rudiments de cet art qu'il maîtrise désormais en professionnel aguerri. Une autre fois, c'est la romancière Edna Ferber, une vieille dame indigne de soixante-sept ans, qu'il initie au maniement de la corde. Régulièrement, à la nuit tombante, James Dean sort chasser le lièvre avec Bob Hinkle et étale son tableau de chasse au petit déjeuner, quitte à accuser les stigmates d'une nuit blanche. Lorsque Winton vient lui rendre visite sur le plateau, le père et le fils qui ne se sont jamais beaucoup parlé se rendent dans un champ afin de disputer une partie de lancer de fer à cheval. Ce comportement systématique de marginal fera dire un jour à Mercedes McCambridge que James « était comme un corniaud au milieu de bêtes de race [1] ».

1. Mercedes McCambridge, *op. cit.*

Au début du tournage, la Warner a pris soin de mettre une petite Chevrolet à la disposition des comédiens principaux, afin que les uns et les autres puissent se sentir indépendants et vaquer librement à leurs activités lorsque leur présence n'est pas requise sur le plateau. Un jour, fou de rage, James part faire un tour en voiture en dehors de la ville et se défoule en brisant une à une les vitres à coups de fusil de chasse. On lui confisque immédiatement son véhicule, ce qui le rend désormais dépendant des autres chaque fois qu'il veut se déplacer. Ce n'est pas vraiment la situation idéale pour un individualiste de sa trempe. Le jour où il convainc Mercedes McCambridge de lui laisser prendre le volant de sa Chevrolet pour aller tirer le lapin à travers les vitres ouvertes, ils se font à nouveau remarquer et, sur dénonciation d'un témoin, la comédienne se voit privée à son tour de voiture. Désireux de se racheter à ses yeux, lorsqu'une violente insolation la contraint à garder la chambre, son encombrant ami vient lui tenir compagnie en jouant de la guitare dans l'obscurité d'une pièce climatisée.

Sous ses dehors d'ours mal léché, James Dean recèle une sincère compassion qui trouve à s'exprimer un jour où, sur une route déserte du Texas, il aperçoit une voiture accidentée dont le conducteur noir gît dans son sang sous un soleil de plomb. En attendant l'arrivée des secours, qui mettent une heure à se rendre sur les lieux, James s'interpose pour protéger le blessé en lui faisant de l'ombre avec son corps. Le dimanche suivant, son attitude généreuse est mentionnée à l'office religieux local, ce qui surprend et émeut profondément le comédien, comme le rapporte la comédienne Jane Withers dans le documentaire *Memories of Giant*[1]. Cette dernière a coutume de photographier et de filmer les à-côtés du tournage, mais s'abstient de déranger James qui lui semble faire bande à part et qu'elle trouve « sérieux, mais très solitaire et très distant[2] ». Jusqu'au jour où le comédien s'émeut de la voir se détourner systématiquement de lui et vient spontanément la solliciter. Quand elle s'étonne que le jeune homme arbore en permanence une chemise rose de cow-boy qui se salit à vue d'œil, il lui explique que le teinturier de l'équipe a égaré les deux autres. Elle lui propose de la laver elle-même, ce qu'elle fera jusqu'à la fin du tournage avec le dévouement... d'une mère.

Chassez le naturel, il revient au galop. Un jour, au beau milieu d'une répétition, où le trac le tétanise à la perspective de tourner sa première scène face à Elizabeth Taylor, il renoue avec une de ses pires marottes. Devant l'équipe médusée, et alors même que les badauds se bousculent pour approcher les stars, il se met à uriner et s'en justifie comme il peut :

> J'étais tendu... Je me suis dit que si je pouvais pisser devant ces deux mille personnes sans être gêné, si j'arrivais à faire ça, je pouvais aussi me planter devant la caméra et faire n'importe quoi, tout ce qu'on me demandait[3].

1. *Memories of Giant*, Jane Withers, Warner Television, 1998.
2. Jane Withers, *op. cit.*
3. Neil Grant, *op. cit.*

Les prétextes les plus infantiles semblent judicieux à James pour attirer l'attention, mais cette immaturité chronique a raison de la patience de ses partenaires les plus compréhensifs, lesquels apprécient peu les manières de ce voleur de scènes toujours prompt à se mettre en avant lorsqu'un journaliste vient à passer sur le plateau. Il abuse ainsi de ses relations privilégiées avec Elizabeth Taylor pour poser à ses côtés dès que l'occasion s'en présente. Jusqu'au jour où il dépasse clairement les limites de la bienséance. « Devant les appareils photo, il soulève Elizabeth et la retourne tête-bêche, faisant ainsi retomber sa jupe sur sa tête et la dénudant jusqu'à la taille [1]. » Au cours du déjeuner suivant, Carroll Baker rapporte la scène à George Stevens qui s'empresse de sermonner sa vedette féminine et de lui reprocher ses familiarités avec James Dean, en l'avertissant qu'elles pourraient nuire durablement à sa réputation. Dès lors, la comédienne se tient un peu à l'écart de son encombrant complice et se rapproche de Carroll Baker, laquelle n'est pas mécontente de profiter à son tour de l'amitié protectrice et influente d'Elizabeth Taylor.

Au cours de la première semaine de juillet, James Dean arrive plusieurs jours de suite sur le plateau à neuf heures du matin alors que la feuille de service l'y convoquait à six heures et demie. Il met ensuite un point d'honneur à être ponctuel, mais George Stevens se venge à sa manière en le faisant

1 Carroll Baker, *op. cit.*

attendre des journées entières une scène qui se voit régulièrement reportée au lendemain. Furieux, James Dean menace de prendre une journée de congé pour chaque jour qu'il passera sur le plateau sans tourner et ne tarde pas à mettre son projet à exécution. Au point que Stevens se voit contraint de le convoquer pour une nouvelle mise au point solennelle bientôt suivie d'une autre. Il expliquera a posteriori que cet antagonisme persistant est né du fait que « Jimmy n'a jamais compris que Jett Rink n'était pas la figure centrale du roman d'Edna Ferber et qu'il ne le serait pas davantage du film [1] ». Son personnage a pourtant été développé au cours de la transposition du roman à l'écran.

L'atmosphère sur le plateau est toujours aussi électrique malgré les échos qu'en rapportent les envoyés spéciaux des magazines devant lesquels l'équipe est priée d'afficher sérieux et bonne humeur. Outre une accumulation de susceptibilités qui s'avère de plus en plus délicate à gérer au jour le jour, le soleil écrasant et la personnalité tyrannique de Stevens contribuent à accentuer une certaine désillusion parmi les comédiens éloignés depuis trop longtemps des fastes de la société hollywoodienne. Dans ce désert que même les ondes de la radio et de la télévision ne parviennent pas à atteindre, les distractions se révèlent plutôt rares. L'un de ces rares havres de civilisation se trouve à la piscine du country-club d'Alpine, une ville des environs, où Jane Withers immortalise

1. David Dalton et Ron Cayen, *op. cit.*

ses compagnons s'ébattant dans l'eau comme des gamins et plongeant à travers des chambres à air transformées en bouées. Chaque soir, la comédienne organise des parties endiablées de Monopoly, de bridge et de croquet. James Dean n'y assiste jamais. Jusqu'à cette nuit où, une fois tout le monde parti, il s'introduit en catimini par la fenêtre d'une chambre d'amis où la maîtresse des lieux le surprend et lui fait la morale, lui reprochant sa muflerie... et s'empressant de clouer des planches sur ses fenêtres pour le dissuader de récidiver.

Un autre soir, Mercedes McCambridge compense son amertume en se gavant en compagnie de James Dean, alors même que son partenaire se contente le plus souvent de repas frugaux et ne semble pas attacher la moindre importance à la nourriture. Bilan de cette crise de boulimie aiguë : « Nous avons avalé un pot entier de beurre de cacahuètes, une boîte de gâteaux apéritif, six barres chocolatées de Milky Way et nous avons bu douze bouteilles de Coca-Cola[1] ! »

SIGNES DE PISTE

Plus que jamais soucieux d'imprimer son empreinte partout où il passe, James Dean est

1. Mercedes McCambridge, *op. cit.*

désormais passé maître dans l'art d'alimenter les rumeurs les plus folles sur son compte. Dès qu'il en a l'occasion, il essaie de se glisser sur les photos de tournage que le studio diffuse à la presse et cherche clairement à tirer la couverture à lui, quitte à supplanter son rival Rock Hudson qui est pourtant supposé le précéder au générique. Au hasard des interviews qu'il accorde, James Dean déclare ainsi à qui veut l'entendre qu'il a l'intention de participer à un rodéo avec Bob Hinkle à l'automne suivant. Il affirme aussi vouloir reprendre ses études de droit et évoque l'éventualité de partir étudier la musique à Haïti. En attendant, le 8 juillet, sans le moindre jour de dépassement sur le plan de travail prévu, George Stevens et son équipe mettent le cap vers Hollywood où le tournage doit se poursuivre pendant deux mois. La fête de fin de tournage organisée pour remercier la population de Marfa de son accueil est si réussie que le train privé supposé ramener l'équipe en Californie doit différer son départ de plus de trois heures.

De retour à Los Angeles, le 12 juillet, James Dean retrouve ses bonnes vieilles habitudes et renoue avec ses amis, et notamment ses complices de *La Fureur de vivre* : Natalie Wood, qui est venue lui rendre visite à Marfa, Dennis Hopper, Sal Mineo et Nick Adams. Il profite de ses week-ends pour reprendre également sa liaison avec Ursula Andress là où elle s'était interrompue, avec des hauts et des bas, au gré des caprices de la jeune femme et des réflexions blessantes que lui adresse en retour son chevalier servant. « C'était une bête sauvage, dira-t-elle, et il devinait tout ce que je détestais. Nous nous battions comme chien et chat. Non, comme deux monstres. Puis nous nous réconciliions et nous prenions du bon temps[1]. » Le couple aime à se donner en spectacle et n'hésite pas à laver son linge sale en public dans un sabir pittoresque d'anglais et d'allemand. C'est la confrontation explosive de deux personnalités extravagantes, mais très proches. Avec sa coupe à la garçonne, Ursula nourrit d'ailleurs une certaine ressemblance physique avec James. Ils n'hésitent pas à sortir pieds nus et à se chamailler à tout propos en faisant preuve d'un égocentrisme débridé et d'un mimétisme troublant. Leur liaison s'étale dans les colonnes du journal à potins *Movie Stars Parade*, ce qui n'est pas pour déplaire à leurs agents respectifs, toujours à l'affût de faire parler de leurs clients.

CHÂTEAUX EN ESPAGNE

À ses moments libres, James Dean décide d'apprendre à jouer au tennis et à parler allemand, la langue maternelle d'Ursula Andress. Il envisage également de monter sa propre maison de production avec le soutien de la Warner et annonce trois projets : un court métrage inspiré du concerto pour

1. *Jimmy Dean on Jimmy Dean*, Joseph Humphreys, Plexus Publishing Limited, 1990.

orchestre de Béla Bartók, *Le Mandarin miraculeux*, une biographie du coureur automobile italien Tazio Nuvolari, qui fut inhumé avec son casque et le volant de sa voiture, et une adaptation du *Petit Prince* de Saint-Exupéry. Peut-être parce qu'il y perçoit un écho de son propre mal-être et qu'il pourrait claironner lui aussi : « J'ai beaucoup vécu chez les grandes personnes. Je les ai vues de très près. Ça n'a pas trop amélioré mon opinion. »

Mais le projet qui lui tient assurément le plus à cœur est un film sur Billy le Kid qu'il assujettit à la condition de pouvoir montrer le héros romantique comme le tueur de sang-froid qu'il fut vraiment. En effet, il a été extrêmement impressionné par *The Authentic Life of Billy the Kid*, un livre écrit en 1882 dans lequel le fameux shérif Pat Garrett évoque la personnalité de l'ennemi public numéro un qu'il a empêché de nuire. Lorsqu'il découvre à la télévision le hors-la-loi dépeint en homosexuel refoulé dans *The Death of Billy the Kid* d'Arthur Penn, un transfuge de l'Actors Studio qui a renoncé au métier de comédien pour se consacrer à la réalisation, James Dean charge Dick Clayton d'en négocier une version pour le grand écran avec la Warner. Dans un communiqué daté du mois d'août, le studio va même jusqu'à annoncer ce projet à propos duquel James déclare dans une interview : « Savoir tout ce qu'il faut pour devenir un bon réalisateur : tel est mon objectif[1]. » En fait, ce western ne se concrétisera qu'en 1958 sous le

1. *Motion Picture*, mai 1955.

titre *Le Gaucher*, dans une adaptation signée Leslie Stevens du téléfilm écrit par Gore Vidal qui marquera les débuts de Penn au cinéma, avec comme interprète de William Bonney dit Billy le Kid... Paul Newman. À croire que James Dean est devenu malgré lui l'ange gardien de son principal rival.

HOME SWEET HOME

Au quotidien, les excentricités de James Dean lui valent de se fâcher avec sa propriétaire qui lui donne congé, lasse d'avoir à endurer son tapage nocturne et de l'entendre frapper frénétiquement sur ses bongos à des heures indues. Après avoir envisagé de s'installer dans une villa qu'occupait naguère Lana Turner au sommet de Laurel Canyon, il y renonce car une indiscrétion publiée dans la presse a d'ores et déjà entraîné sur les lieux un afflux de touristes. Il s'installe finalement le 23 juillet dans une petite maison qu'accepte de lui louer (pour un loyer mensuel de deux cent cinquante dollars, charges non comprises) le maître d'hôtel de la Villa Capri, Nicolas Romanos. Sorte de pavillon de chasse déjà meublé, situé au 14611 Sutton Street, dans le quartier résidentiel de Sherman Oaks, la maisonnette se compose d'un vaste salon agrémenté d'une cheminée en pierre, d'un petit coin salle à manger et d'une cuisine. À défaut d'une véritable chambre à coucher, James s'installe dans la mezzanine, à laquelle il accède par une échelle de bois et une trappe. Il a pour compagnon un chaton siamois que lui a offert Elizabeth Taylor en guise de cadeau de fin de tournage et qu'il a nommé Markie comme son petit cousin Winslow.

Avec l'aide de Nick Adams, James Dean décide d'aménager sa cave en salle des trophées en y disposant les diplômes et autres coupes que lui ont valus ses premières compétitions automobiles. Sur son récepteur de télévision trône par ailleurs un Oscar, comme une suprême provocation à l'encontre de ses pairs. En fait, il s'agit d'une vulgaire réplique utilisée pour les besoins du film *Une étoile est née* de George Cukor qu'un admirateur anonyme a dérobée sur le plateau pour lui en faire cadeau.

Le soir, James Dean accueille ses amis qu'il invite à venir déguster un verre de vin et quelques tranches du délicieux jambon que lui envoie régulièrement sa tante Ortense. Ses invités sont impressionnés par l'équipement sonore haute-fidélité dernier cri qu'il a fait installer et qui comprend notamment deux haut-parleurs gigantesques. Mais, là encore, James refuse de se soumettre aux règles élémentaires du savoir-vivre et les échos de ces folles soirées résonnent à plusieurs centaines de mètres alentour, provoquant la colère de ses voisins et riverains.

Un cliché devenu célèbre montre James Dean dans son cadre intime, en train de jouer des bongos. Il est l'œuvre du photographe Sanford Roth. Au cours de l'été 1955, l'acteur a en effet sympathisé avec cet homme de quarante-neuf ans qui a passé de longues années en Europe à immortaliser le gotha culturel et a été rappelé de Rome pour le prendre en photo, à la demande expresse de la Warner. Séduit, James Dean insiste pour se faire inviter dans la maison de West Hollywood où trône la collection de Miró et de Picasso de ce personnage qui a réussi à devenir l'intime des plus grands artistes européens. Son épouse, Beulah, décrit en ces termes les relations qui se nouent entre eux à cette occasion :

> Nos origines n'auraient pas pu être plus divergentes. Jimmy savait traire une vache, pas nous. Jimmy savait changer des bougies, pas nous. Jimmy pouvait fredonner des airs de Béla Bartók, pas nous. Jimmy savait construire des étagères, pas nous. Mais d'un autre côté, nous connaissions des citations d'Oscar Wilde, pas lui. (...) Pourtant nous n'étions pour lui ni des parents de substitution, ni des papas gâteaux [1].

Le propre frère de Beulah n'est autre que le dramaturge et scénariste de la MGM Leonard Spiegelgass, cet ami de Rogers Brackett qui a naguère

1. *Portraits, années 50*, photographies de Sanford Roth, texte de Beulah Roth, Éditions Albin Michel, 1989.

chassé James de son bureau. Il est donc vraisemblable que Sanford et Beulah Roth ont eu vent des relations de Dean avec son mentor, bien qu'ils aient toujours manifesté la plus grande discrétion à ce sujet.

Au contact de ce couple d'érudits, James découvre la littérature d'avant-garde et des auteurs aussi sulfureux que Jean Genet, Curzio Malaparte, dont le roman *La Peau* est paru en 1949, ainsi que le savant britannique Gerald Heard, ami d'Aldous Huxley et auteur d'un ouvrage intitulé *Pain, Sex and Time* publié dix ans plus tôt. Pourtant, là encore, il faut raison garder. Comme l'a cruellement souligné un critique, « sa culture, tenue pour prodigieuse par les Américains, était au stade gidien de nos jeunes pubères[1] ». Entendez qu'il a circonscrit son univers intellectuel à ses signes extérieurs les plus clinquants, de façon à pouvoir soutenir une conversation mondaine avec de fins lettrés.

La complicité affective et intellectuelle entre le couple et son nouvel ami est telle qu'ils envisagent d'effectuer ensemble un voyage culturel à Paris en novembre ou décembre 1955. « Jimmy, Sandy et moi-même imaginions des promenades le long du boulevard du Montparnasse, puis du boulevard Raspail, a raconté Beulah Roth. Nous montrerions à Jimmy où travaillait Picasso et nous l'introduirions à la Coupole et aux Deux Magots[2]. » Quand James

1. *La Psychose de James Dean*, Robert Benayoun, *La Méthode* n°8, mars 1962.
2. Beulah Roth, *op. cit.*

Dean apprend que Sarah Bernhardt a séjourné en mai 1906 dans un hôtel en bordure de la plage de Venice, où elle était venue jouer *La Tosca* en tournée, il s'y rend sur-le-champ en compagnie de Sanford et, malgré l'heure indue, réussit à convaincre le gardien de nuit de lui laisser visiter la chambre dans laquelle la comédienne française a résidé. Après avoir demandé à rester seul quelques minutes dans ce mausolée atteint de vétusté avancée, il va même jusqu'à s'allonger sur le lit où l'actrice est supposée avoir dormi, comme pour essayer de capter sa magie.

CAPRICES DE STARS

Pour l'heure, sur le plateau de *Géant*, l'ambiance n'est pas franchement au beau fixe. Les choses se gâtent encore lorsque Elizabeth Taylor doit être hospitalisée pour un caillot sanguin bénin dans la jambe dû aux jodhpurs serrés que son rôle la contraint à porter. À peine est-elle de retour sur le plateau qu'elle est victime d'une violente sciatique et doit demeurer alitée pendant un bref laps de temps. Quand il prend connaissance de ce nouveau contretemps… dans les journaux, George Stevens qualifie ces maux à répétition de « psychosomatiques » et conteste à voix haute le diagnostic des médecins pourtant unanimes, ce qui ne contribue pas vraiment à apaiser ses relations avec la comédienne. Elizabeth Taylor revient sur le plateau accompagnée d'une infirmière qui se tient en permanence à proximité avec un fauteuil roulant, prête à intervenir immédiatement en cas de rechute éventuelle. La moindre contrariété provoque des plaintes de sa part. Stevens n'est pas dupe de son manège, mais il doit l'accepter sous peine de perdre sa vedette féminine principale. Les cadences infernales qu'impose le tournage laissent de moins en moins de répit à la comédienne dont les absences répétées contribuent à ruiner le mariage. Le soir, en rentrant chez elle, après dix heures passées sur le plateau, elle ne combat la douleur qu'en absorbant calmants et somnifères.

De son côté, Carroll Baker passe trois jours sur le plateau en tête à tête avec James Dean afin de tourner la scène au cours de laquelle Jett Rink demande en mariage Luz Benedict II. Très concentrés, les comédiens connaissent leur texte sur le bout des doigts, mais Stevens s'obstine à les filmer sous tous les angles, comme pour essayer de leur voler un moment miraculeux. Et quand, le dernier jour, James glisse subrepticement sa main sous une table et saisit violemment l'entrejambe de Carroll Baker qui se met à se débattre violemment en plein milieu d'une prise, le réalisateur reste en retrait. Il ne manifeste sa réprobation qu'en se contentant de féliciter la comédienne pour sa prestation et en feignant d'ignorer Dean. En guise d'excuse, celui-ci se contente d'enlacer sa victime et de l'étreindre longuement sans prononcer le moindre mot, tant il est conscient de l'ascendant qu'il exerce sur elle.

Un matin, Mercedes McCambridge dérape dans

sa baignoire et se blesse. Après quelques points de suture, elle finit par rejoindre le studio juste à l'heure pour sa scène avec James Dean. Hélas, une fois de plus, celui-ci est introuvable. Lorsqu'il arrive finalement, excédé de ce nouveau contretemps, George Stevens l'invective devant l'équipe cinq minutes durant, avant de quitter le plateau, furieux. Dès le lendemain, la presse rapporte ce nouvel incident. Seule la vipère Hedda Hopper vient au secours de James en tentant de minimiser l'affaire et se permet d'expliquer au réalisateur qu'il convient quelquefois d'être patient pour obtenir le résultat souhaité. Pourtant, les remontrances du metteur en scène semblent enfin avoir produit leur effet et suscité un sursaut inespéré chez le comédien qui entreprend désormais de montrer profil bas. Du coup, bon prince, Stevens décide de faire table rase du passé et de repartir sur de nouvelles bases. Dans les entretiens qu'il accorde aux journalistes, Dean tente quant à lui de justifier son attitude en prétextant le surmenage dû aux tournages successifs de *La Fureur de vivre* et de *Géant*. Son insomnie chronique nourrie de nuits blanches à haute dose n'est sans doute pas étrangère non plus à sa lassitude. De son côté, Stevens se répand dans la presse pour louer le talent de son interprète avec un à-propos opportuniste qui peut laisser pantois, compte tenu des relations exécrables qu'entretiennent les deux hommes.

Un soir de cet été 1955, James Dean confie à son ami Lew Bracker son envie de se marier… mais se garde bien de préciser avec qui. Il voit dans cette perspective une occasion de s'assagir. À un autre moment, il se prononce clairement contre l'adultère lorsqu'il apprend qu'un cousin compositeur de Bracker trompe son épouse, une comédienne qu'il a connue sur le tournage de *À l'est d'Eden.* Il rend fréquemment visite aux parents de Lew chez qui il arrive avec un panier plein des pêches de son petit jardin ou avec de quoi fabriquer des hamburgers. Lorsque ses hôtes reçoivent des invités, il demeure un peu à l'écart avant de se joindre à l'assemblée. Il commence également à se prendre au jeu protocolaire des mondanités et se fait voir dans les endroits où il convient de se montrer. C'est ainsi qu'il se rend à l'avant-première de *Vacances à Venise* de David Lean en compagnie de la comédienne française Leslie Caron. Un autre soir, il croise Humphrey Bogart au Ciro's, une boîte de nuit sur la scène de laquelle la chanteuse Ella Logan se produit en l'honneur de Sammy Davis Jr.

Pendant le tournage de *Géant,* les mondanités se poursuivent. Un soir, Arthur Loew Jr. entraîne Elizabeth Taylor, son mari Michael Wilding, la toute jeune Joan Collins, le producteur Henry Ginsberg et James Dean chez le comédien Oscar Levant. La fille de ce dernier est une grande admiratrice de la star de *À l'est d'Eden.* Mais quand elle l'entraîne dans sa chambre, le jeune homme, gêné, manifeste un profond malaise. « C'est bizarre, raconte Levant dans ses Mémoires, mais il n'a pas eu l'air d'apprécier que les murs de ma fille soient tapissés de dizaines de photos de lui dans les poses les plus diverses. Au contraire, ce spectacle a semblé le déprimer. Il a expliqué qu'il se sentait littéralement écrasé sous le poids d'une telle adulation [1]. »

JARDIN SECRET

Début août, le journaliste Mike Connolly interviewe James Dean et s'étonne de le voir aussi détendu, en dépit de sa réputation. En accomplissant le tour du propriétaire, juste à côté d'une corde terminée par un nœud coulant qui pend du plafond, il avise une pancarte sur laquelle est écrit : « Nous enlevons aussi les cadavres. » Une peau d'ours blanc est étalée sur le sol et les enceintes diffusent la *Toccata en Mi majeur* de Jean-Sébastien Bach. Ses goûts musicaux sont des plus éclectiques. Ils vont alors de la musique des XIIe et XIIIe siècles à Béla Bartók, Arnold Schönberg, Alban Berg, Igor Stravinski, Jimmie Rogers, un chanteur des années trente considéré comme l'un des pères de la musique country, avec une tendresse particulière pour les chants tradition-

1. *The Unimportance of Being Oscar*, Oscar Levant, G.P. Putnam's Sons, 1968.

nels africains et une véritable passion pour le premier album enregistré par Frank Sinatra chez Capitol, *Songs for Young Lovers,* qu'il écoute en boucle. L'Extrême-Orient le fascine également depuis que le révérend James de Weerd l'a naguère initié aux secrets du yoga. Lors d'une visite dans ùn temple bouddhiste de Los Angeles, déjà attiré par le théâtre kabuki, il assiste à un cours de kendo qui lui donne envie de s'initier aux arts martiaux japonais.

Bien qu'il se montre souvent rétif aux ordres de la Warner, sous prétexte qu'« on peut moralement refuser un film même si, légalement, votre contrat vous oblige à le faire [1] », James Dean doit accepter contraint et forcé de donner de sa personne dans le cadre d'une campagne télévisée de la Prévention routière américaine. Il refuse d'abord de prêter son concours à ce spot télévisé de quarante-huit secondes dont la diffusion est associée au lancement imminent de *La Fureur de vivre,* mais le producteur William Orr obtient finalement son accord. Le tournage se déroule le 29 juillet sur l'un des plateaux de *Géant* où le comédien Gig Young fait mine de l'interviewer en costume-cravate, tandis qu'avachi dans un fauteuil, chemise ouverte, James s'amuse avec un lasso. Sollicité au double titre de pilote automobile et de fou du volant, James Dean, vêtu du costume de cow-boy de Jett Rink, ânonne sans grande conviction le texte suivant, en réponse à

1. Joe Morella et Edward Z. Epstein, *op. cit.*

une question : « On dit que la course automobile est un sport dangereux, mais je préfère prendre des risques sur un circuit plutôt que sur l'autoroute. » Et de conclure en s'adressant à la caméra, dans l'embrasure d'une porte : « Et souvenez-vous, allez-y doucement. La vie que vous sauverez est peut-être la mienne ! » A posteriori, cette déclaration prendra évidemment la valeur d'un avertissement prémonitoire.

LA RANÇON DE LA GLOIRE

Début septembre 1955, Sanford Roth présente à James Dean une amie sculptrice quadragénaire de la côte Ouest, Pegot Waring, à qui le comédien demande de devenir son élève. Fasciné par la statuaire monumentale d'Antoine Bourdelle ou d'Ossip Zadkine, il l'assaille littéralement de questions, parfois les plus déconcertantes, comme lors de cette troisième leçon mémorable où il lui demande quelle a été la technique utilisée pour graver la tête des présidents américains dans le mont Rushmore. Symboliquement, parmi les bustes que James Dean commence à sculpter figurent ceux de son amie Elizabeth Taylor et de la romancière Edna Ferber, laquelle lui a fait un jour un magnifique compliment en comparant son profil à celui du grand acteur John Barrymore.

Le 5 septembre, James Dean accompagne Lew

Bracker qui participe à une course organisée à Santa Barbara et lui prête son casque en guise de porte-bonheur. Pour la circonstance, le comédien accepte même d'honorer de sa présence l'émission sportive de Tom Harmon diffusée sur la chaîne KNX afin de soutenir son club automobile. Sur le plateau, fidèle à sa réputation, il ne marmonne pourtant que des réponses laconiques. Rançon immédiate de sa gloire naissante, l'acteur est également sollicité pour promouvoir une ligne de vêtements et entreprend des négociations avec le constructeur automobile Porsche qui envisage de lancer une ligne baptisée Jimmy Dean Motors. Le 12 septembre, James Dean et Dennis Hopper sont absents du plateau de *Géant* afin de répondre à la convocation de Nicholas Ray qui leur a demandé de venir enregistrer quelques retouches de post-synchronisation dans un auditorium.

DES PLANS SUR LA COMÈTE

Quelques jours plus tard, la Warner organise à Westwood, près de l'université d'UCLA, une projection test de *La Fureur de vivre* à laquelle James Dean convie quelques amis. Il émet plusieurs critiques à l'encontre du film et plus spécialement en ce qui concerne son propre jeu. En outre, il goûte très modérément le dernier plan dans lequel on voit le réalisateur Nicholas Ray avancer de dos vers le planétarium, à la manière d'Alfred Hitchchock. À la suite de cette projection, toute l'équipe se réunit néanmoins pour faire la fête chez Googie. À l'époque, Ray a déjà achevé le tournage de son film suivant pour la Columbia, *L'Ardente Gitane,* qui s'est déroulé au cours de l'été et dans lequel il ne s'est investi qu'en tant que metteur en scène. Il envisage d'abord de confier à James Dean le premier rôle d'un film sur la boxe intitulé *Eighth Avenue.* Il décide ensuite de monter une maison de production avec son interprète et achète à cet effet un autre sujet qu'il aimerait tourner avec lui, *Heroic Love,* « le destin d'un fils sans père et d'un père sans fils, chacun étant un héros aux yeux de l'autre[1] ». Il reviendra régulièrement à ce projet au cours des deux décennies suivantes, après avoir envisagé Robert Wagner puis David Carradine pour le rôle principal. Il s'agit d'une « histoire de conflits divers mais principalement d'ordre sexuel se déroulant dans une petite ville de province après la guerre. Un autre projet concernait une course automobile au Mexique[2] ». Nicholas Ray a précisé ses intentions dans un entretien accordé au magazine *Take One* : « Nous devions repérer l'itinéraire de la course en Mercedes, puis embarquer des caméras sur la voiture (...). Nous avions déjà choisi l'endroit où passer nos vacances au Nicaragua. »

Pour James Dean, le tournage de *Géant* s'achève symboliquement avec la séquence au cours de

1. Bernard Eisenschitz, *op. cit.*
2. *Nicholas Ray*, Pierre Giuliani, Filmo-Edilig, 1987.

laquelle Jett Rink, le personnage qu'il incarne, vieilli, les cheveux gris et épars, succombe à un malaise au cours d'un banquet donné en son honneur. Une composition qui fera écrire à Éric Rohmer que, « grimé en quadragénaire, il a plutôt l'air d'un vieillard, mais son personnage, lui aussi, est de ceux qui vieillissent mal [1] ». La scène est tournée à plusieurs reprises, l'acteur butant obstinément sur ses répliques qu'il éprouve quelque difficulté à articuler distinctement. George Stevens se résout toutefois à faire tirer une prise mais demeure insatisfait du résultat qu'il entend corriger au stade de la postsynchronisation avec le concours de l'acteur. C'est finalement son ami Nick Adams qui lui prêtera sa voix dans la seconde moitié de cette scène.

Lorsque Jane Deacy arrive pour quelques jours à Los Angeles afin de renégocier son contrat avec la Warner, James Dean va chercher son agent à l'aéroport et submerge littéralement de fleurs et de friandises sa suite du Château Marmont. Son salaire, qui était de quinze mille dollars pour *Géant*, et a finalement doublé en raison des dépassements dans le plan de travail prévu, est désormais fixé à neuf cent mille dollars pour un total de neuf films à tourner sur une période de six ans qui « comprend une provision couvrant douze mois d'un congé sabbatique dont le début est prévu en 1956 [2] ». Le dimanche 25 septembre, Jane organise une fête en l'honneur de son poulain et en profite

1. Éric Rohmer, *Cahiers du Cinéma* n° 70, avril 1957.
2. *James Dean*, John Howlett, Éditions Albin Michel, 1975.

pour annoncer à l'assemblée ainsi réunie que James doit regagner New York en sa compagnie une douzaine de jours plus tard afin d'y jouer dans deux productions télévisées. Il est d'abord question d'une adaptation du *Blé est vert* d'Emlyn Williams avec Judith Anderson dont le tournage est prévu fin octobre pour NBC et dans laquelle Dean doit incarner le rôle de Morgan Evans, un fils de mineur sorti d'Oxford, pour un cachet record de vingt mille dollars. C'est finalement John Kerr qui héritera une fois de plus de son rôle dans ce téléfilm de James Sheldon. Enfin un autre producteur le verrait bien quant à lui dans le rôle de Studs Lonigan, un beatnik des années vingt, personnage qu'incarnera finalement en 1960 l'obscur Christopher Knight dans un film d'Irving Lerner inspiré d'une biographie de James T. Farrell.

Au cours de l'été 1955, James Dean a profité des loisirs que lui laissait le tournage en pointillé de *Géant* pour commencer à s'entraîner avec le boxeur Mushy Callahan, un expert qui, après avoir été champion du monde des super-légers entre 1926 et 1929, a prêté son concours à une demi-douzaine de films dont *Gentleman Jim* de Raoul Walsh. L'acteur doit en effet se préparer à deux autres rôles. Le premier est celui d'Ad Francis, un boxeur professionnel rendu fou à cause des coups qu'il a encaissés au cours de sa carrière, dans *The Battler,* l'adaptation par Aaron Edward Hotchner d'une nouvelle d'Ernest Hemingway intitulée *Le Champion.* Son ami Paul Newman est également engagé pour jouer à ses côtés dans cette production qui doit être diffusée en direct de New York le 18 octobre 1955 dans le cadre d'une nouvelle série de la chaîne NBC intitulée *Playwrights '56*. En dépit de la disparition accidentelle de Dean survenue entre-temps, le producteur et le réalisateur décident de maintenir leur projet et proposent à Newman d'en tenir le rôle principal. Après avoir déclaré qu'il s'en sentait « incapable sur le plan émotionnel », celui-ci accepte finalement et fait sensation dans ce rôle. Il sympathise à cette occasion avec le scénariste A. E. Hotchner qui deviendra plus tard son associé dans la commercialisation de sa fameuse sauce salade. À noter que ce rôle lui plaira tant qu'il le reprendra pour le grand écran en 1962 dans *Aventures de jeunesse*, cette fois sous la direction de Martin Ritt.

L'autre rôle pour lequel James Dean a donné son accord verbal est celui du boxeur Rocky Marciano dans *Marqué par la haine* dont le tournage est prévu au mois de janvier 1956 et dont il a beaucoup apprécié l'autobiographie. En effet, forte d'avoir prêté Elizabeth Taylor pour le tournage de *Géant*, la MGM a finalement réussi à s'entendre avec la Warner pour que l'acteur joue le rôle principal de ce film confié au réalisateur Robert Wise. Pier Angeli devrait y incarner... son épouse, Norma Levine, et son ami Sal Mineo est pressenti pour interpréter le rôle de Romolo. À l'idée de serrer dans ses bras celle pour laquelle il continue de se morfondre, le comédien ne peut qu'entrevoir une nouvelle facétie du destin... En fin de compte, James Dean ne lira jamais ce script qui est alors en cours d'écriture. Le scénariste Ernest Lehman s'avouera quant à lui sceptique sur le choix de James Dean (« Je ne sais pas comment il s'en serait sorti. Il était très frêle [1] ») pour incarner le rôle d'un champion du monde de boxe dans la catégorie poids moyens qui échoira logiquement à Paul Newman après sa mort. En effet, le soir de la diffusion de *The Battler*, le producteur de l'émission, Fred Coe, invite toute l'équipe dans un bar où son interprète principal complètement soûl en vient aux mains avec un autre consommateur qui l'a vu à la télévision et entend lui donner une bonne leçon. Le lendemain, l'acteur se présente avec un œil au beurre noir et le visage tuméfié au rendez-vous que ses agents lui ont arrangé avec Charles Schnee et lui fait croire qu'il a été blessé sur le tournage, tant il s'est investi dans son personnage. Son allure impressionne tellement le producteur de *Marqué par la haine* qu'il l'engage sur-le-champ, en faisant racheter par la MGM son contrat à la Warner. Ce que Newman ignore, c'est que Marlon Brando a naguère convoité ce rôle… On le compare donc lui aussi à cet aîné encombrant auquel il ressemble physiquement et qui est plus que jamais un modèle de référence à Hollywood. Distribué aux États-Unis le 3 juillet 1956, *Marqué par la haine* impose définitivement Paul Newman dont ce n'est que le deuxième film en vedette.

1. *Screenwriters on Screenwriting*, Joel Engel, Hyperion, 1995.

La mort en ce jardin

La mort accomplit le destin de tout héros de mythologie en accomplissant sa double nature : humaine et divine. Elle accomplit son humanité profonde, qui est de lutter héroïquement contre le monde, d'affronter héroïquement une mort qui finira par le terrasser. En même temps, elle accomplit le héros dans sa nature surhumaine, elle le divinise dans ce sens qu'elle lui ouvre les portes de l'immortalité.

Les Stars,
EDGAR MORIN,
Éditions du Seuil, 1972.

LES FOUS DU VOLANT

James Dean commence à se languir sérieusement de la course automobile. Depuis son retour de Marfa, il est en quête d'une nouvelle voiture qui soit à la fois plus puissante et mieux profilée. Il a d'ores et déjà pris une option sur une Lotus Mark IX qu'il envisage de faire venir d'Angleterre et d'équiper d'un moteur de marque Offenhauser. Le lundi 19 septembre 1955, alors qu'il donne à réviser son cabriolet Porsche Speedster, le mécanicien Rolf Weutherich, un ancien pilote allemand de la Luftwaffe que le constructeur automobile vient de détacher aux États-Unis, attire son attention sur un nouveau modèle encore plus performant qui commence à défrayer la chronique sportive sur les pistes les plus prestigieuses du circuit : la Porsche 550 Spyder. Deux jours plus tard, James fait l'acquisition de ce bolide en échange de sa Porsche Speedster et d'un chèque de trois mille dollars. Dean insiste en outre pour que le garage délègue à ses côtés Weutherich, vingt-sept ans, et que celui-ci l'accompagne lors des prochaines compétitions qu'il disputera afin de procéder aux ultimes réglages du véhicule. Connaissant sa réputation, le mécanicien accepte bien volontiers le marché.

C'est Ferry Porsche, le propre fils du fondateur de la firme automobile allemande en personne, qui a conçu la 550 Spyder décapotable. D'un poids total de sept cent vingt kilos, cette voiture de course carrossée d'aluminium est commercialisée depuis l'année précédente. Elle se compose d'un châssis tubulaire et son habitacle se trouve dépouillé à l'extrême. La batterie et le réservoir sont installés à l'avant, le réservoir est surmonté d'un bouchon chromé en plein milieu du capot. Le moteur affiche quatre cylindres à plat pour une cylindrée d'un litre et demi, un double allumage et deux carburateurs Solex à double corps. La transmission à cinq rapports synchronisés est placée derrière l'essieu arrière et le refroidissement fonctionne à air forcé. Dépourvue d'essuie-glaces et de pare-chocs, cette voiture dotée d'un pare-brise purement décoratif n'a été exportée qu'à soixante-dix-huit exemplaires et affiche une vitesse maximale de près de deux cent vingt-cinq kilomètres-heure pour une puissance de quatre-vingt-dix-huit chevaux à six mille cinq cents tours-minute. Sa suspension fonctionne grâce à quatre roues indépendantes et le freinage se compose de tambours disposés aux quatre extrémités du véhicule.

Le vendredi 23 septembre dans la soirée, alors qu'il est en train de dîner à la Villa Capri, James Dean aperçoit Alec Guinness qui vient tout juste de débarquer à Hollywood en provenance de Copenhague, pour y tourner son premier film américain, *Le Cygne* de Charles Vidor. Le jeune homme aborde le grand comédien britannique, se présente à lui, lui témoigne son admiration avec un certain respect et l'invite aussitôt à venir admirer sa Porsche flambant neuve, garée sur le parking du restaurant. Encore enveloppée de cellophane et entourée de rubans, comme un bouquet de fleurs, elle vient tout juste de lui être livrée. Affolé par la vitesse du bolide (Dean lui annonce fièrement plus de deux cent quarante kilomètres-heure) et épuisé par son voyage, Alec Guinness conseille sans ménagement à son fougueux interlocuteur de modérer ses ardeurs au volant, consulte sa montre et prononce cette phrase prémonitoire : « Si vous montez dans cette voiture, on vous trouvera mort dedans à la même heure la semaine prochaine[1]. » Cette sinistre prophétie ne refrène aucunement les

1. *Blessings in Disguise*, Alec Guinness, Fontana-Collins, 1986.

ardeurs de James Dean. Au contraire, quelques jours plus tard, il insiste pour emmener au studio le producteur Henry Ginsberg que sa conduite, un peu trop nerveuse à son goût, affole lui aussi.

Impatient de montrer de quoi il est capable aux commandes de sa nouvelle bombe roulante, James Dean s'arme de patience en attendant de pouvoir s'inscrire à la Carrena Americana Mexico, une course d'endurance longue de plus de trois mille deux cents kilomètres qui se déroule aléatoirement d'une année sur l'autre en fonction des circonstances. Sur son carnet de bal de pilote figure également une compétition prévue à Willow Springs plus tard dans la saison qui doit marquer le lancement officiel du premier club américain réunissant les pilotes de Porsche. Cet automne-là, James entend bien profiter de son retour prévu sur la côte Est pour disputer une autre course. Alors, en attendant ces défis sur lesquels il compte pour accroître sa notoriété sportive, le lundi 26 septembre, il décide de s'inscrire à la course en circuit fermé prévue le week-end suivant à Salinas, la ville natale de John Steinbeck où se déroule *À l'est d'Eden*. Mais le nom de Dean parvient trop tard aux organisateurs pour qu'ils puissent le faire figurer sur le programme officiel de la manifestation.

Cette semaine-là, invité dans la nouvelle maison que viennent de s'offrir Elizabeth Taylor et Michael Wilding, James Dean se retrouve à dîner face à la comédienne Jean Simmons et à son époux Stewart Granger, de retour d'Angleterre où ils viennent de tourner *Des pas dans le brouillard* d'Arthur Lubin, leur quatrième film en couple. Bien que le comédien chevronné n'ait pas conservé un souvenir très agréable de ce jeune impudent qui s'est permis naguère de le snober avec une certaine arrogance, les deux hommes en viennent à aborder un sujet de conversation qui les passionne l'un et l'autre : les voitures de course. Tandis que Dean vante à qui veut l'entendre les prouesses de sa nouvelle Porsche Spyder, Granger vient quant à lui de procéder à l'acquisition d'une Mercedes 300 SL. Le héros de *Scaramouche,* que séduit la fougue de ce garçon intrépide, écrit à propos de leur seconde rencontre : « J'avais commencé à changer d'opinion à propos de ce jeune homme dont la détermination et le souci d'indépendance avaient résisté aux offres financières flatteuses des patrons de studio et j'enviais et j'admirais tout à la fois le détachement avec lequel il considérait la scène hollywoodienne [1]. »

VEILLÉE D'ARMES

En vue de la course prévue le samedi 1er octobre sur les pistes d'atterrissage désaffectées de l'aéroport de Salinas, James Dean convie plusieurs de ses amis à l'accompagner. Mais Nick Adams doit rejoindre Natalie Wood à New York et Lew Bracker a d'ores et déjà réservé des places pour le match

1. Stewart Granger, *op. cit.*

de football américain entre l'équipe d'USC et celle du Texas. Quant à Bill Stevens, il ne pourra pas venir avec James à Salinas ce vendredi matin, comme prévu, mais il l'y rejoindra dans la nuit. Il est finalement accompagné de Bill Hickman, qui deviendra célèbre comme cascadeur grâce à la poursuite automobile mémorable de *French Connection*, et de Sanford Roth, lequel doit effectuer un reportage photo pour le compte du magazine *Collier's*.

Le mardi 27 septembre en fin d'après-midi, James peut enfin rentrer chez lui : sa présence n'est plus requise sur le plateau de *Géant*. En outre, symboliquement, comme un enfant gâté fier d'exhiber son nouveau jouet, il a tenu à venir au studio au volant de sa Porsche afin de pouvoir la montrer à ses camarades. C'est Mercedes McCambridge, elle aussi libérée du tournage, qui a l'honneur de l'inaugurer sur le trajet menant à sa loge, à travers les allées sinueuses du studio, où il joue en virtuose de l'accélérateur et du frein. Apprenant à cette occasion que la comédienne a l'intention de profiter de sa liberté retrouvée pour aller passer une semaine à San Francisco avec son mari, il la convie à accomplir un léger détour par Salinas. Elle lui répond toutefois qu'il n'en est pas question et lui dit au revoir. Ayant eu vent de sa course folle dans une enceinte pas vraiment sécurisée à cet effet, les dirigeants de la Warner font savoir au comédien qu'il lui est désormais interdit de pénétrer dans l'enceinte du studio à bord de sa voiture de course.

James Dean met à profit la journée du mercredi

pour se détendre et se préparer en prévision de l'épreuve qui l'attend. Il passe la soirée au cinéma en compagnie d'Ursula Andress et de Lew Bracker avec qui il va voir *Une fille comme ça* dont sa partenaire de *À l'est d'Eden,* Julie Harris, tient le rôle principal. Ce film de Henry Cornelius est l'adaptation d'une pièce de John Van Druten, elle-même tirée du roman de Christopher Isherwood *Adieu à Berlin* qui inspirera également dix-sept ans plus tard *Cabaret* de Bob Fosse. Le jeudi 29, James accomplit un tour en ville pour roder sa nouvelle voiture et marque une halte à la Warner où il discute avec George Stevens qu'il invite évidemment à venir admirer le véhicule.

Au lieu de transporter sa Porsche 550 Spyder sur une remorque, comme il est d'usage en de telles circonstances, James Dean envisage sérieusement de se rendre à Salinas à son volant. Le bolide affiche en effet à peine trois cents kilomètres au compteur, alors que Rolf Weutherich lui a conseillé d'en effectuer au moins huit cents avant de disputer sa première course à son bord. En fin d'après-midi, James décide donc d'aller chercher Bill Hickman à son domicile et de mettre le cap vers Santa Barbara. Il se voit toutefois contraint de rebrousser chemin en raison de l'épais brouillard qui s'est abattu sur la région. Au retour, un policier à moto le prend en chasse pour excès de vitesse, mais il réussit à le distancer au terme d'une véritable course-poursuite.

Ce soir-là, il rend visite à sa voisine, Jeanette Miller, une jeune comédienne que lui a présentée Dick Clayton, leur agent commun, et qui l'a accompagné plusieurs fois avec Ursula Andress. C'est chez cette starlette entrevue cette année-là dans *Artistes et modèles* de Frank Tashlin qu'il laisse en pension son petit chat siamois. Il inscrit les consignes concernant la garde du chaton au dos d'une enveloppe qu'il lui remet et la quitte vers vingt et une heures trente, puis il rentre chez lui afin de donner un coup de téléphone à son père et de le convier à venir assister à la course. Winton décline l'invitation, mais lui propose de passer le voir le lendemain matin avant son départ, en compagnie de son oncle Charles Nolan Dean, en visite à Los Angeles, qui s'apprête à poursuivre son périple vers le Mexique. Ortense et Marcus Winslow sont eux déjà retournés dans l'Indiana, non sans avoir rendu visite à leur neveu. Trop énervé pour se coucher, James Dean se rend à Coldwater Canyon en empruntant une route en lacet, puis rentre chez lui afin de dormir un peu. Pourtant, une rumeur insistante et sulfureuse affirme que, ce soir-là, « il s'est montré à une fête gay organisée à Malibu qui s'est terminée par une violente altercation entre Dean et l'un de ses ex-amants, celui-ci lui reprochant de ne s'exhiber avec des femmes que pour des raisons purement publicitaires[1] ».

1. *Hollywood Rogues*, Michael Munn, St. Martin's Press, 1991.

Le lendemain, vers sept heures et demie, c'est Nicolas Romanos qui réveille James. Il ne s'agit pas vraiment d'une surprise car son propriétaire et ami lui rend régulièrement visite pour préparer son petit déjeuner et surtout remettre un peu d'ordre dans la maison où règne généralement un chaos sympathique. Malgré son manque de sommeil, le comédien quitte son domicile vers huit heures moins le quart. C'est une belle journée qu'éclaire déjà un soleil radieux. James Dean prend le volant du Break Ford blanc qu'il a acheté l'année précédente et à l'arrière duquel il compte accrocher une remorque pour transporter la Porsche jusqu'à Salinas. Il arrive un quart d'heure plus tard chez Competition Motors où Rolf Weutherich procède à quelques ultimes réglages sur la voiture. Il a fixé une ceinture de sécurité destinée à protéger le pilote pendant la course, mais n'en a pas posé sur le siège passager. Sur les flancs et le capot argentés de la Porsche est inscrit son numéro de course, 130 et, à l'arrière, le customiser automobile George Barris a peint en rouge à sa demande « Little Bastard » (petit salaud), clin d'œil au surnom que lui a donné son coach de *Géant,* Bob Hinkle, qu'il appelle de son côté affectueusement « Big Bastard » (grand salaud).

James et Rolf se rendent ensemble chez Sanford Roth. C'est là que le comédien décide de modifier ses plans en prenant le volant de la Porsche avec le mécanicien, afin de la conduire sur route à pleine vitesse, tandis que le photographe et son copain Bill Hickman les suivront à bord du break Ford qui tractera une remorque vide en prévision du retour. À l'heure du déjeuner, tandis que le mécanicien rentre chez lui pour se changer, James rejoint comme convenu son père et son oncle dans une pizzeria d'Hollywood et le comédien ne peut résister au plaisir de proposer à Charles Nolan Dean d'effectuer deux tours de pâté de maisons à bord de sa Porsche étincelante. Il insiste à nouveau auprès de son père pour qu'il vienne assister à la course, mais ce dernier a d'autres engagements.

Vers treize heures trente, la procession est enfin prête à s'ébranler. Vêtu d'un pantalon bleu ciel, d'un tee-shirt blanc et d'une paire de chaussures marron, James Dean fixe ses caches anti-soleil sur les verres correcteurs dont son permis de conduire lui impose le port en permanence, jette négligemment son blouson rouge sur la banquette arrière et pose avec Rolf Weutherich, qui arbore un tee-shirt rouge, devant l'objectif de Sanford Roth. Pour la postérité.

À TOMBEAU OUVERT

Le soleil est à son zénith en ce début d'après-midi et la circulation est particulièrement intense sur Ventura Boulevard. Les deux véhicules prennent à tour de rôle la tête du convoi sur le trajet qui les mène à l'autoroute en coupant à travers les montagnes qui séparent Los Angeles de Bakersfield. James assaille littéralement de questions le mécanicien sur les caractéristiques de la voiture, pendant que son compagnon allume les cigarettes que le comédien fume les unes après les autres. Rolf commence toutefois à s'assoupir.

Aux environs de quinze heures, ils marquent une première halte dans un routier afin de se restaurer. James boit un verre de lait et encourage Rolf à commander un ice-cream soda. Sanford et Bill ne tardent pas à les rejoindre. Ils avalent des sandwiches puis reprennent la route tous ensemble.

Une fois sur l'autoroute, la Porsche prend de l'avance en poussant quelques pointes de vitesse totalement illicites. Au point que, vers quinze heures trente, l'officier de police de Kern County, Otie V. Hunter, verbalise James Dean : il l'a pris en flagrant délit à cent cinq kilomètres à l'heure dans une zone limitée à quatre-vingt-dix. Il a beau expliquer qu'une Porsche n'est pas faite pour rouler si lentement, l'agent lui conseille de conduire moins vite, ainsi qu'aux occupants du break qui les ont rattrapés et auxquels il dresse également une contravention pour le même motif.

Peu après dix-sept heures, les deux voitures s'arrêtent au restoroute de Blackwell's Corner où James discute quelques minutes avec le fils de sa conquête d'un soir, Barbara Hutton, Lance Reventlow, vingt et un ans, qui se rend également à la course de Salinas à bord de sa Mercedes 300 SL en compagnie de son ami pilote Bruce Kessler. James Dean boit un Coca-Cola et croque une pomme que lui a proposée Sanford. Au moment de reprendre la route, les quatre amis conviennent de s'arrêter pour dîner à Paso Robles, vers dix-huit heures, à une centaine de kilomètres de là.

Tandis que le soleil descend sur l'horizon, James Dean se remet au volant, cheveux au vent et sourire aux lèvres. Il a pris de l'assurance et se laisse aller à quelques accélérations fulgurantes en profitant des longues lignes droites bordées de champs fraîchement moissonnés. La circulation est de plus en plus dense. En cette veille de week-end se dispute en effet dans la région un match de football américain déterminant entre les Bakersfield Drillers et les Paso Robles Bearcats qui attire de nombreux supporters de ces deux équipes locales. Les participants de la course de Salinas sont eux aussi nombreux à emprunter cet itinéraire, mais leurs précieux bolides de compétition sont dans leur immense majorité juchés sur des remorques.

SANS ESPOIR DE RETOUR

Après avoir échappé de peu à une première collision avec une Pontiac qui a dû se rabattre in extremis sur les gravillons du bas-côté pour éviter la 550 Spyder lancée à tombeau ouvert, James Dean double une autre voiture et déboule sur la nationale 466 (devenue depuis la Route 46) à plus de cent kilomètres à l'heure, sans remarquer la Ford Tudor noir et blanc de 1950 venant de la nationale 41 qui s'apprête à tourner à gauche. Au volant de ce véhicule est installé Donald Gene Turnupspeed, un étudiant de vingt-trois ans de l'école polytechnique de San Luis Obispo qui rentre passer le week-end chez ses parents à Tulare. Quand James Dean aperçoit cette voiture sur le carrefour en forme de Y de Cholame, fort de sa priorité sur ce véhicule qui a commencé à ralentir mais ne l'a pas encore repéré, sûr de son bon droit et désireux de garder son élan, il s'abstient de freiner (ironie du sort, Turnupspeed signifie… « accélérer »). Il est déjà trop tard. La Porsche grise percute de plein fouet la Ford de deux tonnes, qui a vainement tenté de braquer à droite dans un réflexe désespéré. La voiture de sport s'envole littéralement dans les airs et effectue plusieurs tonneaux avant d'aller s'écraser contre un poteau télégraphique à proximité d'une cabine téléphonique. Il est très précisément dix-sept heures cinquante-huit. Le compteur brisé indique cent quinze miles, c'est-à-dire environ cent soixante-dix kilomètres-heure. La tôle froissée de ce bolide au design révolutionnaire n'évoque plus que la forme dérisoire d'un vulgaire paquet de cigarettes écrasé. Quant au moteur dont les performances exceptionnelles promettaient les plus belles victoires, il s'est enfoncé dans l'habitacle à la hauteur du siège du conducteur.

Victime de simples contusions et le nez en sang, Turnupspeed réussit à s'extraire de son véhicule et contemple hébété le spectacle qui s'offre à lui. L'enquête l'exemptera de toute responsabilité dans cette collision d'une rare violence. C'est pourtant sans la moindre assistance de quiconque qu'il réussit tant bien que mal à rallier l'hôpital de Tulare, à près de quatre-vingts kilomètres de là, afin de s'y faire ausculter par un médecin de garde. Arrivé sur les lieux de l'accident avec Bill Hickman, Sanford Roth prend quelques photos de la scène du drame et de James Dean expirant, dans un réflexe professionnel primal. Au grand dam de son compagnon de voyage qui cherche d'abord à porter secours à son ami et s'emploie ensuite à le faire évacuer en ambulance le plus vite possible. En désespoir de cause.

Faute d'avoir installé une ceinture de sécurité sur le siège passager, sous prétexte que celui-ci n'était pas appelé à être occupé en compétition, Rolf Weutherich a été éjecté dans la luzerne, à près de six mètres de la voiture. Il s'en tire avec la mâchoire brisée et plusieurs fractures à la hanche. Quant à James, il est resté prisonnier de l'habitacle, la nuque cassée, le thorax enfoncé par la colonne de direction et la mâchoire brisée par le volant. À son arrivée au War Memorial Hospital de Paso Robles, le médecin de garde ne peut que constater sa mort. Comme il est d'usage en de telles circonstances, le docteur Bossert demande aux ambulanciers d'acheminer la dépouille du comédien au Kuehl Funeral Home de Spring Street où Bill Hickman, premier à se rendre à son chevet, constate avec stupeur que les brancardiers ont soulagé les poches du défunt de leur contenu ! Une autopsie est pratiquée ainsi que, sur ordre du policier responsable de l'enquête, Ernie Tripke, une prise de sang, qui révèle un taux d'alcoolémie négatif.

LA FIN DU RÊVE

Chargée de prévenir la Warner, la standardiste de l'hôpital de Paso Robles tombe sur un planton. Ce dernier entreprend immédiatement d'avertir le producteur de *Géant*, Henry Ginsberg, lequel répercute la terrible nouvelle à Stewart Stern, mais aussi à Dick Clayton qui se charge à son tour d'aller l'annoncer à Jane Deacy au Château Marmont où elle réside encore. Les deux agents du comédien se rendent ensuite ensemble au domicile de Winton et Ethel Dean pour éviter que des journalistes indélicats ne soient les premiers à les aviser de la tragédie. Le soir, alors que la nuit est tombée sur Sunset Boulevard, la radio ayant propagé la rumeur, celle-ci enfle parmi les proches de James Dean qui se réunissent spontanément chez Googie avec d'autres jeunes acteurs pour une sorte de veillée funèbre improvisée.

Dès le lendemain matin, 1er octobre, les quotidiens consacrent leur une à la collision mortelle dont a été victime James Dean, tandis qu'une foule d'admirateurs anonymes se masse devant les grilles de la Warner afin d'obtenir confirmation de la tragique nouvelle. Ce samedi-là, en s'arrêtant dans une station-service pour faire le plein d'essence, Mercedes McCambridge et son époux aperçoivent par hasard la carcasse compressée de la Porsche encore couverte de sang qui repose au fond du garage et apprennent à leur tour la mort de James. Ils réalisent alors qu'ils se trouvent à moins d'un kilomètre du lieu où s'est produit l'accident et décident d'accomplir un détour par les pompes funèbres de Paso Robles. Mais la concentration importante de voitures en stationnement devant l'établissement les incite finalement à poursuivre leur route sans avoir pu rendre un dernier hommage à leur ami. Quelques jours plus tard, cette tragique disparition l'ayant profondément bouleversée, Mercedes McCambridge doit abréger son séjour à San Francisco. Rapatriée d'urgence à Los Angeles, elle y est hospitalisée pour une violente poussée de fièvre.

Très affecté par la mort brutale de son fils unique qu'il a quitté moins de vingt-quatre heures plus tôt, Winton Dean débarque quant à lui ce samedi à Paso Robles en compagnie d'un responsable de la sécurité de la Warner. Il choisit un cercueil et remet à l'ordonnateur des pompes funèbres le costume dont il souhaite qu'on revête la dépouille mortelle de son fils. Il émet ensuite le vœu que Jimmy soit inhumé auprès de sa mère, au Grant Memorial Park de Marion, puis se ravise sous la pression de ses proches et opte pour le Park Cemetery de Fairmount, un lieu de sépulture à proximité immédiate de la ferme d'Ortense et Marcus Winslow.

Le mardi suivant, le corps est transporté à l'aéroport de Los Angeles où il est embarqué dans un avion à destination d'Indianapolis. Dans la soirée, une ambulance l'y réceptionne et l'achemine aussitôt vers la boutique de pompes funèbres de Wilber Hunt, là même où James Dean a posé dans un cercueil ouvert pour Dennis Stock, huit mois plus tôt. Enfin, *The Fairmount News* publie une édition spéciale « en mémoire de James Dean » dans laquelle il résume sa carrière et fournit toutes les informations nécessaires à ceux de leurs lecteurs désireux d'assister à ses funérailles.

CE N'EST QU'UN AU REVOIR

Une veillée mortuaire est organisée afin de répondre à la demande du public qui se presse en nombre pour rendre hommage à l'acteur. Les obsèques du comédien se déroulent le samedi 8 octobre à quatorze heures à la Back Creek Friends Church de Fairmount où il a jadis servi comme enfant de chœur et où sa tante Ortense est organiste. Quelque trois mille personnes (soit le double de la population locale) y assistent dont certaines sont venues de très loin pour rendre hommage à la star foudroyée à l'orée de la gloire. Certains absents se font particulièrement remarquer, notamment Adeline Nall qui a décidé de rompre avec l'enseignement pour aller tenter sa chance à New York comme auteur dramatique.

James Dean l'y avait vivement encouragée et l'avait même mise en relation avec Jane Deacy, mais les deux femmes s'étaient d'emblée toisées telles des rivales irréconciliables et, histoire de vivoter, Adeline avait fini par accepter un emploi précaire de concierge d'hôtel qu'elle ne tardera pas à quitter pour s'en retourner en Indiana et y perpétuer la mémoire de son ange gardien.

Compte tenu de la brutalité du décès de James Dean, rares sont les représentants d'Hollywood qui accomplissent le déplacement pour lui rendre un dernier hommage, hormis le producteur Henry Ginsberg qui représente l'équipe de *Géant* et se lance dans un bref panégyrique du comédien au nom de la Warner, le studio ayant également dépêché sur place le directeur de son agence de publicité, Steve Brooks, afin de pouvoir mesurer la popularité réelle de son grand espoir fauché au moment où il atteignait enfin le but qu'il s'était fixé en quittant l'Indiana.

Parmi la centaine de couronnes de fleurs qui s'amoncellent dans l'église de Fairmount, l'une d'elles émane de la romancière Edna Ferber, qui a passé beaucoup de temps sur le tournage de *Géant* et a noué des liens amicaux avec James Dean, une autre de l'actrice Geraldine Page qui n'a pu venir de New York rendre un dernier hommage à son partenaire de *L'Immoraliste*. Barbara Hutton se manifeste symboliquement en envoyant vingt-quatre roses blanches… une pour chaque année de vie du défunt. Elizabeth Taylor opte quant à elle pour une gerbe d'orchidées qu'accompagne une carte de visite sur laquelle sont libellés ces simples mots : « Avec mon amour éternel, Elizabeth. » Comme la plupart des membres de l'équipe, quand la comédienne a appris la nouvelle de la mort de son ami de la bouche même de George Stevens, en plein milieu d'une projection de rushes qui s'est interrompue prématurément dans un silence chargé d'émotion, elle n'a pu se retenir de fondre en larmes. Feignant d'ignorer sa douleur, qu'il assimile à un nouveau caprice de star (alors même qu'il s'est personnellement isolé pour dissimuler ses sentiments au reste de l'équipe), le metteur en scène la convoque comme si de rien n'était pour son dernier jour de tournage, prévu dès le lendemain matin. Après une nuit blanche passée à pleurer, Elizabeth Taylor se présente comme convenu, mais quitte presque aussitôt le plateau à la suite d'une violente dispute avec Stevens. Le lendemain, en proie à de violentes douleurs abdominales, elle doit être hospitalisée sans délai. Elle ne revient finalement sur le plateau de *Géant* que le 11 octobre et traverse une profonde dépression qui se prolonge pendant des semaines. Malgré leurs différends passés, en apprenant la mort tragique de son jeune rival, Rock Hudson se laisse aller quant à lui à une crise de larmes incontrôlable qui se prolonge pendant plusieurs heures, au dire de Phyllis Gates, qu'il épousera le 9 novembre suivant.

Outre la famille et les amis d'enfance de James, Lew Bracker, Nick Adams et Dennis Stock sont présents à cette cérémonie, mais la plupart de ses amis se sont abstenus de faire le voyage de New

York ou de Los Angeles, pour diverses raisons, qu'elles soient pécuniaires, géographiques, stratégiques ou diplomatiques. C'est notamment le cas de Rogers Brackett qui a toujours veillé à ménager sa réputation du vivant de son protégé et n'entend pas apparaître en pleine lumière à l'occasion de ces obsèques promises à une médiatisation hors du commun. D'autres proches ont délibérément remis à plus tard l'ultime visite qu'ils comptent rendre à James Dean. Chacun a les meilleures raisons pour cela. Surtout ceux qui sont loin.

Réputé pour ses extravagances, le pasteur James de Weerd, qui officie désormais à Indianapolis, défraie une fois de plus la chronique par son arrivée théâtrale. Sollicité pour participer à une émission de télévision consacrée à la disparition de James Dean, il accomplit dans un avion privé le trajet séparant Cincinnati de Marion où il arrive à treize heures quarante-cinq, une voiture de police l'emmenant de l'aéroport à l'église de Fairmount. Au cours du service religieux célébré dans le rite de l'église quaker, très affecté, il laisse au révérend Xen Harvey le soin de prononcer un bref éloge funèbre, intitulé de façon éloquente *La Vie de James Dean, un drame en trois actes,* au cours duquel l'assistance relève cette sentence grandiloquente : « La carrière de James Dean n'est pas terminée, elle vient de commencer. Et rappelez-vous : c'est Dieu qui dirige la production[1]. » L'organiste

1. *The Fifty-Year Decline and Fall of Hollywood,* Ezra Goodman, Simon & Schuster, 1961.

interprète pour l'occasion un extrait de la *Symphonie du Nouveau Monde* d'Antonin Dvořák et ce sont six camarades de classe de James, dont plusieurs membres de son équipe de basket-ball, qui portent son cercueil vers sa dernière demeure, le Park Cemetery. Il est mis en terre dans ce qui fut naguère un cimetière indien, à vingt kilomètres du Grant Memorial Park de Marion où est inhumée sa mère auprès de laquelle il souhaitait tant reposer.

L'AMOUR EN HÉRITAGE

Pendant les deux semaines qui suivent l'enterrement, dans la crainte préventive d'une profanation de la tombe ou de vols que pourraient perpétrer des admirateurs fétichistes du défunt, des gardes patrouillent jour et nuit dans le cimetière pour tenir à bonne distance les importuns éventuels. Ce n'est qu'en 1983 que des vandales équipés du matériel ad hoc réussissent à s'emparer de cette pierre tombale de cent quatre-vingts kilos pourtant solidement scellée dans une chape de béton armé. La police la récupère quelque temps plus tard au bord d'une route avant qu'elle ne soit volée à nouveau.

Désireux d'encourager son ami Lew Bracker, fraîchement recruté comme courtier pour le compte de la compagnie Pacific Indemnity, James Dean a souscrit le 27 septembre précédent une assurance-vie d'un montant de cent mille dollars. Le jour où son ami lui a apporté le contrat à signer au studio, le comédien lui a précisé qu'il désirait que cette prime versée en cas de décès revienne pour quatre-vingt-cinq mille dollars à Ortense et Marcus Winslow, pour dix mille dollars à leur fils Marcus Junior, afin qu'il puisse poursuivre ses études, et que les cinq mille dollars restants soient versés à ses grands-parents paternels, Charles et Emma Dean. Bracker lui a alors vivement conseillé d'établir un testament en bonne et due forme, ce que le comédien n'a pas eu le temps de faire. Faute d'avoir pu dicter ses dernières volontés, James lègue donc malgré lui l'ensemble de ses biens à son plus proche parent, ainsi que le stipule la loi en l'absence d'autres dispositions. Son père, Winton Dean, hérite en outre des cinq mille dollars déposés sur son compte en banque et récolte quarante mille dollars supplémentaires des diverses ventes aux enchères au cours desquelles sont dispersées les reliques de son défunt fils dont la valeur vénale ne dépasse pas... quinze cents dollars. Quant à Lew Bracker, il perpétue à sa manière la mémoire de son ami en rachetant sa vieille Speedster au volant de laquelle il s'aligne dans plusieurs courses avant de la troquer contre une Porsche Carrera Speedster dès 1956.

Une enquête est ouverte pour établir officiellement les circonstances exactes de la tragédie. Une semaine plus tard, après s'être rendus sur les lieux de l'accident, neuf hommes et trois femmes sont chargés d'auditionner les témoins et d'étudier les pièces à conviction à San Luis Obispo, le samedi 8 octobre 1955, en présence de nombreux curieux attirés par la personnalité de la victime. Deux heures et quart plus tard, les jurés se réunissent et, au terme de vingt minutes supplémentaires de délibérations, l'affaire est entendue : James Dean roulait beaucoup trop vite et Donald Turnupspeed ne pouvait pas l'éviter. Le dossier est classé sans suite.

Quelques mois plus tard, un policier du nom de Charles Adams, qui avait sympathisé personnellement avec l'acteur en 1954, sans mesurer l'étendue réelle de sa notoriété, écrit à Ortense et Marcus Winslow. Il leur propose de reprendre une enquête qui lui semble avoir été bâclée pour fournir une version officielle conforme aux attentes de l'opinion publique. Il ne ménage pas sa peine, accomplit plusieurs voyages à Cholame, interroge les témoins, reconstitue méthodiquement la scène du drame et met en évidence un certain nombre de contradictions qui lui semblent pour le moins troublantes. Au terme de quatorze mois d'investigation, il rédige un rapport détaillé d'où il ressort qu'il est impossible de déterminer avec certitude qui conduisait la Porsche, de Dean ou de Weutherich. En effet, celui-ci a préféré monnayer ses souvenirs dans la presse plutôt que se confier à la justice. Détail capital : en croisant les dépositions de plusieurs témoins et en reconstituant scrupuleusement les faits sur le terrain, il parvient à établir que la Porsche 500 Spyder roulait à une vitesse d'environ quatre-vingts kilomètres-heure au moment de la collision, contrairement à l'indication donnée par le policier Tripke sur la foi du seul compteur de vitesse brisé. Cela explique pourquoi le véhicule a été retrouvé en un seul morceau malgré la violence de l'impact. Adams remet un exemplaire de ses conclusions à Winton Dean, en envoie un à Fairmount et garde le dernier qu'il propose pour publication au magazine *Modern Screen.* Mais la famille du défunt s'oppose formellement à cette démarche qu'elle juge inappropriée. Le mystère reste donc entier.

SALES DESTINS

À la suite du tournage de *Géant,* et surtout de la disparition tragique de celui qu'il a pris pour modèle, Dennis Hopper traverse une profonde dépression due à un abus d'alcool et d'autres substances illicites qui l'incite à s'exiler à New York où il s'inscrit à son tour à l'Actors Studio dont il revient deux ans plus tard avec un caractère nettement plus ombrageux. Ce comportement insaisissable explique qu'il n'ait tourné ensuite que dans des productions modestes, notamment sous la direction du roi de la série B, Roger Corman, avant d'exploser en tant que réalisateur avec *Easy Rider*, en 1969. Au moment même où une génération tout entière célébrait le culte de James Dean.

Cruelle ironie du sort, c'est de la bouche d'un vendeur de journaux à la sauvette que Dizzy Sheridan apprend quant à elle la mort de James Dean, en sortant d'un cinéma de la ville portuaire de San Juan, à Porto Rico... où elle est allée découvrir *À l'est d'Eden*.

Le producteur Lemuel Ayers a précédé de quelques semaines celui à qui il a donné sa chance dans *See the Jaguar*, puisqu'il est mort le 14 août 1955 à l'âge de quarante ans.

Au terme d'une modeste carrière, qui lui vaut notamment d'incarner en 1955 la sœur de... sa propre mère dans la comédie télévisée *I Married Joan*, Beverly Wills périt le 24 février 1963 dans l'incendie de sa maison de Palm Springs, en compagnie de ses deux fils et de sa grand-mère. Deux ans seulement après sa mère dont une étoile gravée dans le marbre du Walk of Fame rappelle le souvenir, face au numéro 1501 de Vine Street, à quelques dizaines de mètres de celle dédiée à James Dean.

C'est la chanteuse de jazz Libby Holman (celle-là même qui avait enduré la fureur de Dean à l'Actors

Studio) qui avise son ami Montgomery Clift, de retour d'un voyage en Europe, de la mort tragique de cet admirateur dont il a toujours pris soin de se tenir à distance. Il en est toutefois si violemment affecté qu'il ne peut se retenir de se mettre à vomir en pleine rue. Comme si un autre lui-même venait de quitter ce monde ? Défiguré à la suite d'un terrible accident de voiture survenu en 1956 après un dîner chez Elizabeth Taylor, au cours du tournage de *L'Arbre de vie* d'Edward Dmytryk, Clift sombre alors dans une profonde dépression que ne fait qu'accentuer sa dépendance à l'alcool et à la drogue. Il est retrouvé mort à l'âge de quarante-cinq ans, le 23 juillet 1966, nu sur son lit.

Sanford Roth est retourné à Rome où il a succombé à une crise cardiaque en 1962, à l'âge de cinquante-six ans, sans jamais avoir diffusé les deux clichés malencontreux pris après la mort de James Dean ni s'être complu à relater les souvenirs douloureux de ses dernières heures. Sa veuve, Beulah, rédige quant à elle les mots croisés du *Times*.

Véritable clone de James Dean, Nick Adams est mort d'une overdose à l'âge de trente-six ans, le 6 février 1968.

Nommé à l'Oscar pour son rôle dans *La Fureur de vivre* puis pour *Exodus* d'Otto Preminger, Sal Mineo a quant à lui été victime des coups de couteau d'un vagabond du nom de Lionel Ray Williams, à proximité de son appartement du quartier de West Hollywood, à trente-sept ans, le soir du 12 février 1976.

Après avoir essayé d'extorquer à Winton Dean une partie de l'argent que lui a versé la compagnie d'assurances de James, sous le prétexte fallacieux du préjudice qu'il aurait subi pendant l'année qu'il a passée sur un lit d'hôpital, le 28 septembre 1956, Rolf Weutherich intente un procès aux héritiers du comédien et à Donald Turnupspeed. Il leur réclame au total cent vingt mille dollars de dommages et intérêts. En décembre suivant, la compagnie d'assurances automobile de l'acteur attaque l'étudiant et lui demande réparation pour l'ensemble des frais engagés. Il s'engage finalement dans la Marine, tandis que les avocats de Weutherich réussissent à négocier une transaction à l'amiable de dix mille dollars en faveur de leur client. Devenu mécanicien pour le compte du champion automobile Johnny von Neumann, Weutherich est promu pilote de rallye pour l'écurie Porsche, avec laquelle il termine deuxième du rallye de Monte Carlo en 1965. Une nuit d'ivresse, il meurt, victime d'un banal accident de voiture en Allemagne, le 20 juillet 1981.

Tombée par-dessus la rambarde de son yacht, *Splendour*, en tentant de monter à bord de son canot de sauvetage, au large de l'île de Santa Catalina, la comédienne Natalie Wood meurt par noyade à l'âge de quarante-trois ans, le 29 novembre 1981.

Avec les années, James Dean s'est vu rejoindre dans la terre du Park Cemetery par bon nombre de ceux qu'il a chéris et qui ont inlassablement perpétué sa mémoire. Marcus Winslow est décédé en 1976, son épouse Ortense en 1991, Winton Dean en 1995, sa seconde épouse, Ethel, en 1988, et Adeline Nall en 1996. Cruelle ironie : le père et le fils sont plus proches dans la mort qu'ils ne l'ont sans doute jamais été dans la vie.

Les deniers du culte

Quand la légende devient réalité, imprimez la légende.

L'Homme qui tua Liberty Valance,

JOHN FORD

Depuis plus d'un demi-siècle, les photos et les posters de James Dean nourrissent les fantasmes des adolescents. Pourtant une fraction infinitésimale de ceux qui ont sanctifié ce beau gosse connaissent ses films et la brève existence dont ils ont constitué le point d'orgue. Sa vie s'est changée en destin grâce à la conjonction de sa brièveté et de son intensité. Il n'a fallu qu'un an à cet adolescent ambitieux et capricieux pour marquer de son empreinte indélébile le celluloïd, mais un demi-siècle n'a pas suffi à atténuer la lumière de son étoile morte qui commençait tout juste à briller. Peut-être parce que, comme l'a souligné le réalisateur Joseph L. Mankiewicz, « les jeunes pensent qu'il n'y avait pas d'acteurs avant James Dean [1] ». Tout simplement parce que sa beauté s'est figée pour l'éternité et qu'elle est préservée à

1. *Passeport pour Hollywood*, Michel Ciment, Éditions du Seuil, 1987.

jamais des ravages de l'âge. Pourtant, comme l'a justement souligné l'un de ses biographes, « Dean ne fut pas une idole de son vivant, ce qui le mit à l'abri du maniérisme, du salut de ralliement pour teen-agers [1] ». En ce sens, il n'a pas pu contribuer à alimenter sa légende car la vie ne lui en a pas laissé le loisir.

VERTIGES DE L'AMOUR

« Quand elle apprit la mort de Jimmy, la starlette Ursula Andress tomba sans connaissance sur le plateau de la Warner où elle tournait un petit rôle. Dès qu'elle fut ranimée, elle se mit à sangloter, répétant sans cesse la même phrase : "C'est ma faute, je ne l'ai pas compris, je n'ai jamais pu le comprendre"[2]. » Ainsi commence l'article de Jean Diwo que publie l'hebdomadaire *Paris-Match* six semaines après la mort de James Dean. Il témoigne à travers ses approximations de la légèreté avec laquelle la presse européenne rend alors compte de la disparition de cet acteur américain encore inconnu du grand public auquel le quotidien *France-Soir* n'a guère consacré plus d'une dizaine de lignes dans sa rubrique nécrologique en date du 1er octobre 1955. Plus sérieusement, lorsque Jack

1. Marceau Devillers, *op. cit.*
2. *Un jeune homme fait battre les cœurs*, Jean Diwo, *Paris-Match* n° 344, 12 novembre 1955.

Warner est informé de la disparition brutale de James Dean, le producteur ne peut réprimer ce cri du cœur : « Comment a-t-il pu me faire ça après tous les efforts que j'ai mis en œuvre pour faire de lui une star ? » N'en déplaise à ce nabab légendaire qui redoutait que le public ne boude les films d'un acteur décédé, comme c'était jusqu'ici la règle, est né sur la route de Salinas l'un des mythes les plus symboliques de la seconde moitié du XXe siècle.

CŒURS DE ROCKERS

James Dean est mort quelques mois après la naissance officielle du rock'n'roll, que les spécialistes s'entendent généralement à faire coïncider avec la première des Sun Sessions qu'a enregistrée Elvis Presley le 5 juillet 1954, mais avant l'avènement de ses stars les plus emblématiques. Il est pourtant associé malgré lui à cette révolution musicale dont il n'a matériellement pas pu goûter davantage que de vagues prémices. À la suite du succès de *Graine de violence,* qui popularise le tube de Bill Haley and The Comets *Rock Around the Clock,* inquiète de l'image déplorable de la jeunesse américaine que risque de donner le film à l'étranger, l'ambassadrice des États-Unis en Italie exige (et obtient) son retrait pur et simple de la Mostra de Venise.

Avec son jean, son tee-shirt, son blouson et ses bottes de cuir, James Dean va exercer sans le savoir une influence prépondérante sur le look des rockers, à commencer par Elvis Presley qui se révèle littéralement obsédé par cet acteur auquel il lui est souvent arrivé de vouloir s'identifier. Malheureusement, le cinéma ne lui a jamais offert les rôles de rebelles sans cause qu'il en attendait pour prendre sa relève. Le jour de 1956 où le patron de la Twentieth Century Fox, Buddy Adler, le pressent pour tenir le rôle de Jesse James dans *Le Brigand bien-aimé*, le chanteur va jusqu'à se jeter aux genoux de Nicholas Ray et lui déclame d'une traite, et avec un mimétisme surprenant, l'intégralité des répliques que prononce James Dean dans *La Fureur de vivre*. C'était le film préféré du King qui a affirmé l'avoir visionné plus de quarante fois. Presley cherche également à tirer profit de sa notoriété naissante pour entrer en contact avec les proches de Dean, dont Dennis Hopper et Nick Adams. Visiblement en quête d'un nouveau mentor, ce dernier en profite d'ailleurs un jour de 1956 pour traîner le rocker à une projection privée d'un film dans lequel il joue, *La Dernière Caravane* de Delmer Daves. Elvis entretient même une brève liaison avec Natalie Wood, jusqu'à l'emmener dans son fief de Graceland d'où sa mère la chasse sans ménagement. Dès que le destin met sur son chemin quelqu'un qui a côtoyé l'acteur de près ou de loin, Presley le harcèle de questions, comme pour mieux se l'approprier post mortem. Tragique ironie du sort, il est décédé lui aussi prématurément à l'âge de quarante-deux ans.

En France comme ailleurs, nombreux sont les jeunes qui se réclament de James Dean. Le chanteur Johnny Hallyday lui déclare lui aussi sa flamme dans un numéro resté fameux du magazine *Cinémonde* paru en octobre 1964 où il lui rend un hommage appuyé au nom de sa génération. L'année précédente, le cinéaste Kenneth Anger s'est quant à lui intéressé dans son court métrage *Scorpio Rising* au phénomène des motards et au rôle déterminant qu'ont pu jouer des acteurs comme Marlon Brando et James Dean dans leur reconnaissance sociale.

UN REBELLE POUR L'ÉTERNITÉ

Nul ne sait quelle aurait été la carrière de ce jeune homme en colère dont une fêlure existentielle irrémédiable a traversé la vie. Ce qui est sûr, en revanche, c'est que sa légende est bel et bien née au lendemain de sa disparition et qu'il devient plus célèbre mort que vivant. Aux États-Unis, plusieurs de ses admiratrices l'ont immédiatement suivi dans la mort, comme incapables de lui survivre. « À Hambourg, deux adolescentes se jettent du quatorzième étage d'un immeuble et se tuent en laissant un mot d'explication à leurs parents dans lequel elles expliquent que James Dean les a appelées à lui [1]. » En fait, c'est le mal de vivre de toute une génération qui affleure alors, comme le

1. John Parker, *op. cit.*

souligne justement le sous-titre accrocheur de la biographie vibrante d'émotion que lui consacre dès 1957 le journaliste Yves Salgues, hagiographe dont Alexandre Vialatte qualifiera le style de « romantisme documentaire », en écrivant dans une chronique de ses œuvres : « Ce sont des livres d'halluciné ; mais non pas des visions ; des photos de choses vues, développées sur papier glacé, un papier si plein de reflets que par endroits on n'y voit plus rien et à d'autres plus qu'il n'en faut [1]. » Nicholas Ray, qui se trouve en Europe au moment de l'accident de son interprète, tente personnellement de rectifier le tir à plusieurs reprises en déclarant notamment à propos de *La Fureur de vivre* :

> On a reproché au film de créer le phénomène, d'avoir en magnifiant les personnages, et en particulier celui incarné par James Dean, incité les jeunes spectateurs à leur ressembler. C'est absurde, car un film ne fait que réfléchir son époque et la suivre. Il ne peut ni la créer ni la devancer [2].

Les premiers à écrire sur James Dean sont soit des admirateurs éperdus, soit des proches. C'est ainsi que Bill Bast déverse son fiel quitte à travestir le portrait de son ex-compagnon de galère dans une biographie assez peu digne de foi. « Lorsqu'une idole s'attire des détracteurs et des faussaires, on est certain qu'elle accède réellement à la légende »,

1. *Chronique d'Yves Salgues et de la neige bleue*, Alexandre Vialatte, *La Montagne*, 7 janvier 1958.
2. *Entretien avec Nicholas Ray* par Gilbert Guez, *Cinémonde* n° 1392, 11 avril 1961.

souligne justement le journaliste Robert Benayoun, ajoutant que « la légende de James Dean est donc devenue une psychose, les jeunes Américains qui aiment, jalousent ou imitent ce mort, jouent sans le savoir au jeu de la compensation[1] ».

Dans les années qui ont suivi la mort de James Dean, le cinéma américain exploite abondamment le filon et en arrive même à inventer un nouveau genre autour des désarrois de l'âge ingrat, lequel ne tarde pas à inspirer d'innombrables variations à travers le monde sur le thème du malaise de la jeunesse. On peut citer *Les Tricheurs* de Marcel Carné et bon nombre de films de la Nouvelle Vague, mais aussi, dans une certaine mesure, des œuvres comme *Le Temps du châtiment* de John Frankenheimer, en 1961, voire *West Side Story* de Robert Wise et Jerome Robbins, en 1963. Le brûlot de Nicholas Ray demeure quant à lui mystérieusement préservé des ravages du temps. Peut-être parce que, comme l'a joliment souligné l'un de ses biographes, « celui qui prend des cicatrices pour des rides ne peut évidemment mesurer que *La Fureur de vivre* ne peut vieillir. C'est d'une certaine manière le film le plus vieux du monde[2] ».

Le 17 août 1958, le producteur de série B Roger Corman, toujours prompt à flairer l'air du temps, présente au public américain *The Cry Baby Killer* de Jus Addiss, un film tourné en onze jours et pour sept mille dollars, qu'il lance avec ce slogan sans

1. Robert Benayoun, *op. cit.*
2. *Nicholas Ray*, Pierre Giuliani, *Filmo* n° 17, Edilig, 1987.

ambiguïté : « *Yesterday a Teen Rebel... Today a Mad Dog Killer* » (littéralement « Hier un adolescent révolté... aujourd'hui un chien fou devenu un tueur »). À cette occasion, il donne sa première chance à Jack Nicholson qui suit alors des cours de comédie sous la direction de Martin Landau, un élève de l'Actors Studio qui était aussi l'un des amis les plus proches de James Dean. La boucle est bouclée.

LA LUMIÈRE D'UNE ÉTOILE MORTE

Le 30 septembre 1955, James Dean n'est connu du grand public américain que pour un seul film, *À l'est d'Eden,* dont la première projection européenne s'est déroulée le 8 mai précédent au Festival de Cannes où il a obtenu le Prix du meilleur film dramatique et des critiques plutôt louangeuses, quelques exceptions notables confirmant la règle. « Je ne comprends pas l'accueil fait à ce film mal construit, mal réalisé, mal joué et soporifique », lit-on ainsi dans la revue *Positif* sous la plume de F. Hoda (pseudonyme du journaliste d'origine iranienne Fereydoun Hoveyda qui collaborait simultanément à l'époque aux *Cahiers du Cinéma).* Et son confrère Ado Kyrou de renchérir : « C'est aussi dégoûtant dans son contenu que *Sur les quais* et encore plus mal fait et plus mal joué. » Le film de Kazan n'est présenté au public français que cinq mois plus tard, le 19 octobre. Cette sortie planifiée de longue date s'avère éminemment bénéfique pour le culte naissant de son interprète principal qu'on compare déjà à Rudolph Valentino en raison de l'hystérie qu'il a suscitée, mais qui soutiendra mieux l'épreuve du temps que son illustre prédécesseur. La révélation est donc presque totale et immédiate, mais, comme le soulignent les observateurs, il faudra dix mois de plus pour « mesurer toute la gravité de cette perte[1] ».

La Warner a planifié la sortie de son deuxième film en vedette, *La Fureur de vivre,* le 27 octobre à New York. Compte tenu de la tragédie dont a été victime son interprète principal, le film de Nicholas Ray revêt une importance primordiale aux yeux des admirateurs de plus en plus nombreux de James Dean qui ont suivi ses frasques dans les gazettes. Or, dès sa sortie, le film est victime de la censure, tant celle-ci redoute l'effet néfaste qu'il pourrait exercer sur la jeunesse. C'est ainsi qu'il est banni des écrans de Memphis, dans le Tennessee, et qu'il restera amputé de six minutes (correspondant essentiellement au duel au couteau) en Grande-Bretagne jusqu'en 1968, au grand dam des innombrables fans anglais de James Dean. La course suicidaire de la fin est jugée dangereuse pour le jeune public, ce que confirme d'ailleurs en 1958 un fait divers plutôt sordide, lorsque deux étudiants californiens membres du James Dean Death

1. *James Dean ou une tendresse perdue,* George Stevens, *Cahiers du Cinéma* n° 61, juillet 1956.

Club trouvent la mort en tentant d'imiter Jim Stark. La censure japonaise interdit également le film pendant quelque temps en arguant de ses effets néfastes. En Scandinavie, la presse mentionne l'apparition de jeunes vêtus comme leur idole. Plus étonnant encore, « un postier anglais qui a vu quatre cents fois *La Fureur de vivre* entreprend des démarches administratives afin de changer son nom officiellement pour celui de James Byron Dean[1] ».

Au lendemain de la sortie de *La Fureur de vivre,* qui n'intervient en France que le 28 mars 1956, James Dean suscite une véritable folie au sein de la jeunesse qui s'identifie à son personnage et voit en lui une sorte de guide spirituel, sans savoir grand-chose de ce qu'il fut vraiment. C'est ainsi que sa tombe devient un lieu de pèlerinage et qu'une douzaine de couronnes fraîchement coupées la fleurissent quotidiennement. L'Indiana se révèle être une nouvelle destination incontournable pour les touristes du monde entier. La New James Dean Gallery de Gas City, le Fairmount Historical Museum de Fairmount et surtout le festival annuel de Marion, qui attire bon an mal an quelque soixante mille personnes, y entretiennent la flamme de l'enfant du comté de Grant dont des hordes de fans ravivent la mémoire à jet continu depuis un demi-siècle à travers le monde, les générations s'étant renouvelées naturellement sans que son aura ait à en souffrir.

1. John Parker, *op. cit.*

Indifférent à ce phénomène qu'il estime passager, George Stevens reste fidèle à sa méthode de travail habituelle. Il passe un temps infini à sélectionner les plans et à les monter. Le réalisateur tout-puissant ne retiendra finalement que cinq pour cent des quelque deux cent soixante-deux kilomètres de pellicule impressionnés sur le tournage de *Géant,* ce qui correspond à une durée totale, déjà considérable, de trois heures dix-sept. James Dean n'apparaît quant à lui qu'une vingtaine de minutes à l'écran. Un processus aussi fastidieux suppose de consacrer un laps de temps particulièrement long à la postproduction. C'est pourquoi *Géant* ne sortira finalement qu'un an plus tard.

Les associations de fans qui ont eu vent des relations exécrables de George Stevens avec James Dean stigmatisent le réalisateur sans relâche. Il se voit ainsi harcelé de menaces incessantes émanant des admirateurs de l'acteur, car ceux-ci redoutent que Stevens ne profite de son fameux *final cut* (droit au montage final dont ne disposent à Hollywood que quelques très rares metteurs en scène triés sur le volet grâce à leurs prouesses au box-office) pour escamoter certaines de ses scènes et assouvir sa vengeance envers cet acteur qui lui a donné tant de fil à retordre. Quel qu'ait été le pouvoir de nuisance réel de ces gardiens du temple autoproclamés, lorsque le film sort enfin, le 10 octobre 1956, c'est James Dean qui figure en photo au premier plan sur l'affiche, en lieu et place des deux vedettes initiales, Elizabeth Taylor et Rock Hudson.

En définitive, la seule séquence de *Géant* sensiblement raccourcie au montage est celle du banquet final… à la demande même de James Dean qui trouvait plus intéressant que George Stevens privilégie les réactions de Carroll Baker, preuve de la générosité qu'il pouvait témoigner à l'égard de certains de ses partenaires. Interrogé à son propos, Rock Hudson prend pourtant à l'époque un malin plaisir à colporter des rumeurs peu flatteuses sur la diction de James Dean… avant de se raviser et de tresser lui aussi des louanges à son partenaire, notamment au cours d'une interview qu'il accorde à son confrère Peter Lawford en 1975 dans le cadre d'un documentaire intitulé *Elizabeth Taylor, portrait intime*.

Comme pour mieux couper quelques brins d'herbe sous le pied de ceux qui adulent aveuglément Dean, Stevens déclare : « Quiconque souscrit à ce culte stupide et morbide commet une injustice envers la mémoire d'un grand comédien. Je suis sûr que Jimmy voudrait qu'on le juge exclusivement sur son talent[1]. » Mieux, le réalisateur va jusqu'à rédiger un véritable éloge funèbre de son interprète à la demande de la revue *Modern Screen* où, après

1. George Stevens, Associated Press News Features, 29 août 1956.

avoir qualifié Elizabeth Taylor (qu'il dirige malgré tout une dernière fois dans le fort médiocre *Las Vegas, un couple*, en 1970) de « crème des jeunes filles, douce et sans complications », il célèbre en ces termes affectueux celui qui lui a causé tant de tracas sur le plateau de *Géant* : « Il me donnait l'impression d'être un garçon inquiet, voué corps et âme à quelque lointain idéal, mais ni lui ni personne n'aurait pu dire en quoi celui-ci consistait. J'éprouvais ce sentiment, parce que, à certaines heures, quand il se laissait aller à méditer, détendu, poussé comme par une nécessité intérieure, à se perdre dans un rêve, une douceur étrange et inconsciente irradiait de toute sa personne[1]. »

LE CHRIST RECRUCIFIÉ

Submergée de lettres de fans dont certaines frisent parfois l'idolâtrie, la Warner doit recourir aux services d'une agence spécialisée pour y répondre comme il se doit. James Dean reçoit bientôt un courrier plus important que n'importe quelle autre star vivante : trois mille lettres chaque semaine en novembre 1955 et deux fois plus deux ans plus tard. Le martyr est en train de devenir un véritable saint. Jusqu'au grand Ernest Hemingway qui déclarera la seule fois où il verra James Dean sur un écran : « Ce

1. George Stevens, *Modern Screen*, janvier 1956.

garçon jouait dans la salle. Il descendait parmi les spectateurs[1]. » Nettement moins enthousiaste, l'écrivain John Dos Passos se fend quant à lui en septembre 1958 dans le magazine *Esquire* d'un article au vitriol (repris le mois suivant dans *Arts)* dont le titre indique clairement la teneur : « Un sinistre adolescent qu'il faut tuer. » En définitive, c'est l'ex-épouse de l'auteur de *À l'est d'Eden,* Gwin Steinbeck, qui exprime le plus justement le phénomène :

> De nombreux jeunes gens étaient dépourvus de racines émotionnelles et ne possédaient plus la moindre foi. Dean est devenu un substitut du Christ. Au point qu'ils ont même tenté de le ressusciter[2].

L'hystérie collective prend de telles proportions que la Warner décrète un embargo total autour du nom de James Dean et doit interdire la diffusion de photos, d'anecdotes et de toutes informations concernant cet acteur. Au point que le soir de la première new-yorkaise de *Géant* organisée au Roxy Theatre en octobre 1956, la police prévient l'équipe du film que des mesures de sécurité exceptionnelles ont dû être prises pour endiguer un mouvement de foule éventuel ainsi que la venue d'une meute de fans déchaînés qui va guetter des heures durant l'hypothétique apparition de James Dean sur le tapis rouge menant à la salle de projection ! La simple présence des autres acteurs suffit cepen-

1. *La Crise James Dean atteint Paris* de Robert Collin, *Paris-Match* n° 416, 30 mars 1957.
2. John Parker, *op. cit.*

dant à provoquer une pagaille mémorable dans laquelle Elizabeth Taylor perd une boucle d'oreille à dix mille dollars que vient de lui offrir son nouveau mari, le producteur Mike Todd. Une autre avant-première de gala est organisée à Los Angeles pour deux mille spectateurs triés sur le volet. Devant une foule estimée à dix mille personnes, le réalisateur et ses stars en profitent pour apposer leurs empreintes devant le Chinese Theatre.

Au fil des mois, la frénésie entourant la mémoire de James Dean s'apparente à un véritable délire collectif et les rumeurs les plus folles commencent à circuler à son sujet. Une légende urbaine tenace prétend que le petit fiancé de l'Amérique a réchappé de son accident et qu'il vit isolé du monde car il est horriblement défiguré, voire qu'il est interné dans un asile d'aliénés. Dans un numéro de juin 1957, le magazine à sensation *Private Lives* lance même une véritable chasse à l'homme, en promettant une récompense de cinquante mille dollars à celui qui repérera la trace du reclus.

UNE VOITURE EN KIT

Le designer George Barris, qui a acquis l'épave tragique de la Porsche Spyder auprès de Winton Dean pour la coquette somme de deux mille cinq cents dollars, la revend ensuite en pièces détachées aux admirateurs les plus fortunés de l'acteur, sa dispersion donnant naissance à une série d'événements qui accréditent bientôt la thèse d'une malédiction occulte. Un chirurgien orthopédique de Beverly Hills adepte de course automobile, Troy McHenry, rachète le moteur pour mille dollars à son collègue William F. Eschrich et le fait installer dans sa propre Porsche Spyder à bord de laquelle il s'écrase contre un arbre, le dimanche 21 octobre 1956, au cours d'une course disputée à Pomona, dans le comté de Los Angeles. Eschrich « qui a acheté le système de transmission et l'a fait adapter sur sa propre automobile est sérieusement blessé dans un accident et un autre homme originaire de New York, qui s'est adjugé deux des pneus, passe des semaines à l'hôpital quand ils explosent "mystérieusement" en même temps [1] ».

Non content d'avoir désossé cette voiture qui lui a déjà rapporté bien plus qu'elle ne lui a coûté, George Barris a pris soin de conserver la carcasse de la Porsche Spyder qu'il fait soigneusement restaurer et qu'il expose au public sept jours sur sept, à partir de décembre 1956, moyennant un droit de visite de trente-cinq *cents*. Prenant pour alibi une campagne de sensibilisation à la vitesse, une tournée lucrative est organisée à travers les États-Unis au cours de laquelle près de huit cent mille visiteurs se pressent en l'espace de six mois pour admirer la précieuse relique. Bon nombre d'entre eux acquittent trente-cinq *cents* de plus pour pouvoir s'asseoir pendant trente secondes à son

1. John Parker, *op. cit.*

volant. « En mars 1959, à Fresno, la troisième étape de la tournée, un incendie se déclare dans le dépôt à essence où est garée la voiture [1]. » Le coût des réparations s'élève à mille dollars. Peu de temps après, un adolescent est blessé à la hanche lorsque le véhicule tombe de l'estrade où il est exposé. Plus tard encore, le chauffeur du camion qui la transporte à Salinas trouve la mort à son tour après avoir été éjecté de sa cabine et écrasé par la Porsche. Les incidents se succèdent, alimentant la légende de la voiture maudite. Jusqu'au moment où, ses déplacements incessants et ses manipulations successives l'ayant déjà soumis à rude épreuve, le véhicule disparaît purement et simplement. On est en 1960. Il y a déjà près de cinq ans que James Dean est mort, mais son culte n'a plus besoin de ces deniers devenus dérisoires. C'est toutefois le moment que choisit la chambre de commerce d'Hollywood pour graver en mémoire de l'acteur une étoile sur le célèbre Walk of Fame, face au numéro 1719 Vine Street.

LES MARCHANDS DU TEMPLE

Une rumeur publique douteuse entourant ses effets fait également état de « la vente de ses vêtements découpés en menus morceaux, au prix d'un

1. Warren Newton Beath, *op. cit.*

dollar le centimètre carré [1] ». Le comble du morbide revient toutefois à ces bagues ornées d'un débris du pare-brise (pourtant minuscule) de son engin de mort et à de prétendues mèches de cheveux tachées de sang dont les connaissances actuelles en matière d'ADN permettraient sans doute aujourd'hui de vérifier que ces marchands du Temple dénués de scrupule mais pas d'imagination ont essentiellement commercialisé des faux grossiers. En ce sens, le culte de James Dean n'a rien à envier à certaines pratiques religieuses et à la kyrielle de produits dérivés qu'on vend en leur nom, des images pieuses à l'eau bénite. Il règne à Fairmount une ferveur qui n'est pas sans évoquer Lourdes, la famille de Dean étant seule habilitée à autoriser la commercialisation d'innombrables produits dérivés à l'image de son enfant prodigue qui continuent à se négocier à un rythme soutenu, notamment sur le site Internet de ventes aux enchères ebay.com

Le mythe de James Dean ne faisant que prospérer avec le temps, une médaille est frappée à son effigie. Sur le seul territoire américain, dès 1956, près de quatre millions d'adorateurs de la star sont embrigadés. En acquittant une cotisation moyenne d'un dollar, dont l'accumulation alimente une nouvelle industrie florissante, les membres de ces « organisations » qui poussent comme des champignons ont droit à quelques photos de l'idole et assistent à des réunions au cours desquelles on

1. *Le Cinéma et ses mythes*, Claude Bonnefoy, *La Nouvelle Encyclopédie*, Hachette, 1965.

les invite à échanger leurs impressions, leurs reliques… et plus si affinités. « Neuf mois après sa mort, on dénombre plus de quatre cents fan-clubs aux États-Unis, au Canada, en Europe et en Amérique du Sud[1]. » Parmi les plus actifs : « Le Dedicated Deans (430 615 adhérents), le Dean's Teens (392 450), le Least We Forget Club (376 870), le James Dean Memorial Club (328 590)[2]. » Parrainé par la Warner, ce dernier a calqué ses statuts sur ceux de l'American Legion, une ligue de vertu redoutable et redoutée. Il s'illustre surtout en opposant son veto moral illusoire à la commercialisation d'une boisson gazeuse baptisée James Dean Cola. On lui doit aussi la création de la James Dean Memorial Foundation, dans le courant de l'année 1956, « qui permet à cinquante jeunes gens ressemblant au physique, et surtout au moral, à l'acteur défunt, de poursuivre à New York leurs études d'art dramatique[3] ». Un Français se voit même proposer l'une de ces bourses. La fondation crée l'année suivante, avec le Earlham College, un conservatoire théâtral baptisé du nom de James Dean qui ferme ses portes dix-huit mois plus tard, faute de mécènes.

Le 31 mars 1993, la Warner intente un procès à la James Dean Memorial Foundation, en revendiquant l'héritage moral (lisez éminemment lucratif) de l'acteur, sur la base de son contrat signé avec la Major le 7 avril 1954. Celle-ci se défend en invo-

1. Donald Spoto, *op. cit.*
2. Robert Collin, *op. cit.*
3. *Ibid.*

quant comme seul légataire universel la personne de son père, Winton Dean. Le photographe Roy Schatt a lui aussi assigné en justice cette organisation en 1991 et obtenu deux cent mille dollars de dommages et intérêts, celle-ci ayant jugé bon de reproduire sans autorisation certaines des photos de son livre publié en 1982 sous forme de posters, de calendriers et d'aimants pour réfrigérateur. En revanche, il ne voit rien à redire aux tirages gigantesques de sa fameuse série du pull-over déchiré utilisés comme décor et comme outil de promotion de la comédie musicale *Grease* représentée à Broadway. Il est des morts qui rapportent...

UN BON ACTEUR EST UN ACTEUR MORT

James Dean se voit cité une première fois à l'Oscar du meilleur acteur en 1956 pour *À l'est d'Eden* (à titre posthume, ce qui est historique pour quelqu'un dont c'est aussi le premier film en vedette) et non pour *La Fureur de vivre,* qui rapporte cependant des citations à Sal Mineo et Natalie Wood, en tant que meilleurs seconds rôles, ainsi qu'à Nicholas Ray pour son scénario. Les admirateurs de Dean reprocheront longtemps aux votants de la vénérable Académie de s'être révélés incapables de valider les choix du public en plébiscitant « le film de toute une génération ». Leur poulain est cette année-là en concurrence avec Frank Sinatra pour

L'Homme au bras d'or d'Otto Preminger, Spencer Tracy dans *Un homme est passé* de John Sturges (dont Dean a d'ailleurs affirmé dans plusieurs interviews qu'il s'agissait de l'un de ses films préférés !) et James Cagney dans *Les Pièges de la passion* de Charles Vidor. À la surprise générale, c'est l'outsider Ernest Borgnine qui l'emporte pour sa prestation de boucher dans *Marty* de Delbert Mann. *À l'est d'Eden* vaut toutefois l'Oscar du meilleur second rôle féminin à Jo Van Fleet et le réalisateur Elia Kazan et le scénariste Paul Osborn sont nominés. En 1961, le film ressort en Europe et remporte un nouveau succès.

Après avoir lancé une grande campagne de soutien auprès du public et de la profession au cours de l'automne 1955, Hedda Hopper interpelle le conseil d'administration de l'Académie qui refuse obstinément de décerner un Oscar d'honneur posthume à James Dean eu égard à sa prestation dans *La Fureur de vivre.* Cette décision a pour conséquence immédiate de déclencher la colère d'Elizabeth Taylor. En guise de représailles, elle décide de boycotter désormais toutes les manifestations qui refuseront de reconnaître le talent du défunt. De son côté, Hedda Hopper ne se déclare pas vaincue et dès l'année suivante elle reprend son entreprise de lobbying intensif tout en exerçant de fortes pressions auprès des dirigeants de la Warner afin que la statuette posthume décernée à Dean soit ensuite montée sur un piédestal de granit scellé sur la tombe de l'acteur, à Fairmount. Faute d'être arrivée à ses fins, elle continuera à perpétuer la mémoire de son jeune ami aussi longtemps qu'elle tiendra sa rubrique.

En 1957, *Géant* permet à James Dean de figurer dans la même catégorie que son rival Rock Hudson, alors même qu'il aurait légitimement dû concourir en tant que second rôle, avec Laurence Olivier pour son adaptation de *Richard III*, et Kirk Douglas pour sa composition dans *La Vie passionnée de Vincent Van Gogh* de Vincente Minnelli. Cette fois, c'est finalement Yul Brynner qui se voit couronné grâce à sa prestation dans *Le Roi et moi* de Walter Lang. Cité à dix reprises, le film de George Stevens n'obtient qu'un seul Oscar, mais il est éminemment symbolique puisque c'est celui du meilleur réalisateur qui entérine le travail d'un forçat du cinéma. Maigre consolation posthume, James Dean décroche tout de même deux Golden Globes : l'un en tant que meilleur acteur dramatique, en 1956, l'autre au titre de vedette masculine la plus populaire du monde, l'année suivante. En France, où un critique écrit à propos de *Géant* que « James Dean, assez curieusement, jette d'étranges fausses notes dans ce concert d'images et de sentiments trop savamment arrangés [1] », l'acteur reçoit à deux reprises l'Étoile de cristal du meilleur acteur étranger pour *À l'est d'Eden* et *La Fureur de vivre*. Au cours de sa première année d'exploitation aux États-Unis, *Géant* rentre largement dans ses frais et rapporte sept millions de dollars au box-office *(À l'est d'Eden* en avait déjà

1. Louis Marcorelles, *Cahiers du Cinéma* n° 67, janvier 1957.

rapporté cinq), un record qui ne sera battu à la Warner que sept ans plus tard grâce à *My Fair Lady* de George Cukor.

CÉLÉBRATIONS

Deux ans après sa mort tragique, James Dean fait plus que jamais la une des magazines du monde entier, certains s'interrogeant sur cette religion mais l'entretenant allègrement en décernant à celui qui en est l'objet pas moins d'une vingtaine de récompenses sous la pression de leurs lecteurs. Lorsqu'il remporte le concours de popularité organisé par le magazine *Photoplay*, ce sont ses grands-parents qui se voient invités à Hollywood pour venir recevoir cette récompense en son nom. En 1957 toujours, désireuse d'exploiter un filon qui ne semble pas près de se tarir, la Warner confie à un réalisateur de télévision de trente-deux ans la responsabilité d'un documentaire intitulé *L'Histoire de James Dean* dont le fil conducteur est tissé par Stewart Stern, le scénariste de *La Fureur de vivre*. Robert Altman, puisque c'est de lui qu'il s'agit, a le privilège de battre le fer pendant qu'il est chaud. Il s'associe pour cela à George W. George, un monteur avec lequel il a déjà écrit plusieurs pièces radiophoniques et sujets de films et qui deviendra plus tard célèbre comme producteur de *My Dinner With Andre* de Louis Malle. Altman recueille à cette occasion les déclarations de nombreux témoins dont beaucoup disparaîtront prématurément au cours des années suivantes, comme victimes des répliques d'un destin chagrin. Au passage, il réalise aussi pourquoi il a eu tant de mal à diriger l'interprète principal de *The Delinquents*, sorti aux États-Unis le 4 mars de cette année-là, dont le sujet édifiant n'est pas sans évoquer la thématique de *La Fureur de vivre*. Du héros de son premier long métrage, Tom Laughlin, « un acteur doué mais assez odieux », il a « découvert que son comportement était entièrement calqué sur ce qu'il avait entendu dire de celui de James Dean. (...) Le problème, c'est qu'il ne comprenait rien à Dean [1] ». Cette anecdote révélatrice montre à quel point l'aura du comédien est devenue alors prégnante parmi les jeunes comédiens et explique pourquoi ce documentaire laudateur conçu pour attiser la flamme du rebelle a les honneurs d'une première mondiale de gala organisée à Marion, le 13 août 1957, en présence de Nick Adams, avant sa sortie sur les écrans américains le 18 octobre suivant.

Pourtant le succès commercial n'est pas au rendez-vous, les fans de Dean préférant revoir éternellement ses films qu'assister au désossage de sa courte vie et de sa non moins brève carrière à grands renforts de phrases creuses, de photos filmées au banc-titre (dont la production ose qualifier pompeusement au générique les coups de zoom insistants d'« exploration dynamique »), de méta-

1. Bertrand Tavernier, *op. cit.*

phores poétiques pesantes, de plans de coupe évocateurs dans lesquels un figurant en blouson de cuir lui prête sa silhouette, de préférence de loin et de dos. Loin de prétendre au statut d'enquête, ce documentaire autorisé au commentaire lénifiant, pour lequel avait tout de même été pressenti... Marlon Brando, ne fait qu'alimenter la légende du brave garçon de la campagne devenu une vedette de l'écran grâce à ses efforts et son talent puis un martyr malgré lui. De sa vie dissolue, de sa bisexualité, de son ego surdimensionné et de ses caprices, il n'est nullement question. Quant à son père, il ne figure pas parmi les intervenants de cette hagiographie convenue qu'un critique qualifie justement de « requiem pour un acteur-dieu [1] ». Le propos est d'entretenir le mythe, en aucun cas de l'écorner. On y découvre toutefois pour la première fois des extraits des essais qu'il a passés pour *À l'est d'Eden*, un enregistrement sonore que l'acteur a réalisé à l'aide de son magnétophone, le spot pour la Prévention routière qu'il a enregistré avec Gig Young, ainsi que quelques propos laudateurs et consensuels de ses proches.

Vingt-cinq ans plus tard, le même Robert Altman évoque à nouveau la mémoire de l'acteur dans une fiction, *Reviens, Jimmy Dean, reviens,* qui ne dissimule cette fois aucune des ambiguïtés du personnage. Ce film est tiré d'une pièce de théâtre d'Ed Graczyk, qu'il a lui-même mise en scène au théâtre après Barbara Loden... l'épouse d'Elia Kazan,

1. Guy Allombert, *La Saison cinématographique 1959*, Citévox Editeur, 1959.

celle-ci l'ayant montée à New York en 1980 alors qu'elle luttait contre le cancer qui devait l'emporter. L'auteur y évoque le devoir de mémoire que perpétuent, vingt ans après sa mort, cinq femmes paumées, membres de l'association des Disciples de James Dean dans un drugstore sinistre installé à quelques kilomètres du lieu de tournage de *Géant*, l'événement qui a rempli leur vie. L'une d'elles prétend avoir été enceinte de l'acteur, comme ont pu s'en persuader certaines de ses admiratrices au lendemain de sa disparition. Le spectre du film de George Stevens et de ses interprètes principaux nourrit également la dernière des trois histoires relatées par le journaliste politique Billy Lee Brammer dans son unique roman, *The Gay Place*, un classique de la littérature américaine publié en 1961. Enfin, dans *9/30/1955*, tourné en 1977, le réalisateur James Bridges évoque quant à lui l'identification d'un adolescent de l'Arkansas à James Dean et l'empreinte indélébile qu'exerce sur son jeune fan sa disparition brutale.

En 1988, Michel Berger et Luc Plamondon, les auteurs de *Starmania*, se retrouvent pour écrire une comédie musicale intitulée *La Légende de Jimmy* qui entend perpétuer sa mémoire. Elle se joue au théâtre Mogador de septembre 1990 à février de l'année suivante, sans rencontrer pour autant le triomphe populaire escompté, malgré une mise en scène de Jérôme Savary. Le spectacle est monté ensuite au Québec et à Essen, en Allemagne, sans davantage de succès. Quant à faire revivre Dean à l'écran, beaucoup s'y sont essayés, aucun n'y est vraiment parvenu. Pas même Michael Mann qui a dû renoncer à filmer un scénario d'Israel Horowitz consacré à sa vie, en 1992, faute d'avoir déniché l'oiseau rare qui pourrait incarner son personnage de façon crédible, c'est-à-dire avec un charisme équivalent à celui de son modèle.

L'engouement est aussi planétaire qu'exponentiel et aucune classe sociale n'y échappe. Au point d'inspirer à l'écrivain Jacques Audiberti, qui qualifiait *La Fureur de vivre* de « Coran visuel des garçons et des filles », ces lignes rédigées avec une ironie cinglante :

> Le coffret-souvenir de James Dean, photos, médaille à chaînettes, paire de disques, propage à partir de ce jeune homme envolé au volant de sa Porsche une règle de conduite prête à porter pour la jeunesse des garages [1].

Car, comme le note justement Philippe Labro, « tout le monde se l'est accaparé : les pédés et les beatniks, les intellectuels et les camionneurs, les vieilles dames et les fillettes de quatorze ans, les enfants de la banlieue et les minets du seizième arrondissement, les cérébraux de New York et les adorateurs du soleil de la Californie, il appartenait à tout le monde, James Dean : autant dire qu'il n'appartenait à personne [2] ».

La gloire de James Dean rejaillit également sur tous ceux qui l'ont approché de près ou de loin, chacun y allant de son témoignage, de ses Mé-

1. Jacques Audiberti, *La Nouvelle Revue française* n° 53, mai 1957.
2. Philippe Labro, *L'Âge d'or* spécial James Dean, novembre 1966.

moires ou de son hommage. Outre Bill Bast, Rogers Brackett, Dizzy Sheridan, Dennis Stock, Sanford et Beulah Roth, Roy Schatt et bien d'autres passeront à confesse au fil des ans, chacun apportant sa pierre plus ou moins modeste à l'édifice et contribuant à faire évoluer le portrait du jeune homme vers la statue d'un dieu de l'Olympe cinématographique. Ses propos font même l'objet d'un livre présenté abusivement comme l'autobiographie qu'il n'a évidemment jamais eu le temps d'écrire malgré sa propension à tout enregistrer sur ses deux magnétophones. Une bande dessinée lui est également consacrée.

Les endroits de prédilection de James Dean deviennent de véritables lieux de culte sur la piste aux étoiles en forme de jeu de l'oie que hantent ses admirateurs, qu'il s'agisse de l'hôtel Iroquois à New York ou de la Villa Capri à Los Angeles. Jusqu'au garage Porsche où il a acheté son engin de mort qui a cru bon d'apposer une plaque commémorative sur sa façade, seul vestige d'une concession automobile qui n'existe plus depuis des lustres mais aux abords de laquelle rôdent les clones tristes de l'idole. Des agences de voyages lancent même des parcours guidés sur ses traces avec un succès certain. Quant à Roy Schatt, jusqu'à sa mort survenue en 2002, assiégé par les admirateurs fétichistes de l'idole défunte venus du monde entier, il les accueillera inlassablement dans son studio devenu une sorte de mausolée, au risque de se faire voler une à une les photographies de James qu'il a l'imprudence d'accrocher sur les cimaises, quelle que soit la protection mise en place. Déjà, de son vivant, c'est chez lui qu'échouaient les coups de téléphone destinés à l'acteur, lequel avait trouvé ce moyen de diversion astucieux pour ne pas être importuné à son domicile dont quasiment personne ne connaissait le numéro.

Dans un article publié par *New York Magazine* en 1976, époque à laquelle le culte connaît un vif regain, attisé par le vingtième anniversaire de la disparition de l'acteur, Derek Marlowe relate en outre comment lors d'une conférence universitaire consacrée théoriquement à ses films *Baby Doll* et *Un homme dans la foule,* Elia Kazan s'est vu confronté à des étudiants qui l'ont littéralement harcelé de questions portant sur sa collaboration avec James Dean. Conclusion :

> Le mythe était toujours vivant. L'hystérie avait simplement été remplacée par une curiosité intellectuelle teintée de nostalgie et d'une certaine admiration [1].

De son côté, Kazan s'avoue plus mitigé : « Moi, qui ai eu cinq enfants, je ne peux pas dire que j'ai beaucoup apprécié ce que signifiait Dean pour la jeunesse américaine ; je l'ai même déploré [2]. » Quant à Joanne Woodward, elle préfère relativiser la portée du séisme : « J'ai l'impression qu'il est

1. « Soliloque sur le quarante-cinquième anniversaire de James Dean », Derek Marlowe, *New York Magazine,* 1976,

2. *Elia Kazan, une odyssée américaine,* Michel Ciment, Éditions Calmann-Lévy, 1987.

assis quelque part, tordu de rire en regardant tous ces gens qui s'excitent sur lui[1]. »

Suprême honneur, le 24 juin 1996, l'administration postale américaine émet un timbre à trente-deux *cents* à l'effigie de James Dean. Le potentiel commercial de l'acteur constituant un gage attractif pour les services postaux, il est célébré dans des pays à la recherche de recettes qui lui font confiance pour attirer les collectionneurs du monde entier. C'est ainsi qu'il est particulièrement apprécié en Afrique où l'on frappe des timbres à son effigie dans le minuscule archipel de São Tomé et Príncipe, au Congo, en Angola, en République islamique des Comores, mais aussi au Mali, au Bénin et en Gambie. Les anciennes républiques de l'ex-Union soviétique ne sont pas en reste, qu'il s'agisse de la région autonome du Koriakia, du Turkménistan, du Tadjikistan, du Kirghizstan, de Tuva et même de la Tchétchénie ! Ces diverses vignettes commémoratives répondent évidemment davantage à des préoccupations commerciales qu'à de stricts critères philatéliques de la part de territoires qui voient là un bon moyen de se faire connaître en enrichissant leur administration postale. Il suffit qu'un témoin affirme que *Nature Boy* de Nat King Cole était sa chanson préférée pour que des commerçants avisés remettent en vente ce disque sorti en 1947, ce qui lui vaut immédiatement un regain de popularité inespéré.

1. *Paul et Joanne*, Joe Morella et Edward Z. Epstein, Éditions Denoël, 1990.

Toute dévotion exigeant le versement de quelques deniers sonnants et trébuchants de la part de ceux qui s'y adonnent, James Dean devient malgré lui le pionnier des produits dérivés. Bien avant George Lucas qui est supposé avoir inventé ce phénomène mercantile avec *Star Wars*, Mattel commercialise une poupée à son effigie dans *La Fureur de vivre* et la Porsche Spyder 550 est éditée en modèle réduit comme un Collector. Quant à son visage sur lequel le temps semble s'être arrêté, il orne pochettes d'allumettes, étuis à cigarettes, dés à coudre, réveils, briquets, cuillères, assiettes commémoratives, couteaux, boucles de ceinturon, mugs, tee-shirts, bouteilles de vin (six cents caisses d'une cuvée spéciale de cabernet-sauvignon originaire de Santa Barbara et baptisée *Rebel Red* ont été éditées en 1999 « en hommage à sa contribution théâtrale »), plaques d'immatriculation, carrosseries de semi-remorques et autres véhicules customisés, sans oublier cartes postales, calendriers et posters qui pérennisent son image auprès des jeunes générations. Au cours de l'été 2005, deux voitures de la National Association for Stock Car Auto Racing (NASCAR), le championnat américain de stock-car, prennent même son visage comme emblème, une façon comme une autre de rendre hommage au fou du volant…

L'art lui-même s'empare de l'icône et des peintres le prennent pour modèle post mortem, à commencer par Andy Warhol qui illustre *The Immortal*, un roman à clé de l'écrivain Walter Ross publié en 1958 dont James Dean est le héros malgré lui, sous le pseudonyme de Johnny Preston. Des poètes prennent leur lyre pour le célébrer, des chanteurs lui rendent hommage et de nombreux acteurs s'inspirent de son style. Le leader charismatique des Smiths, Stephen Patrick Morrissey, lui consacre même en 1983 une biographie intitulée éloquemment *James Dean is Not Dead (James Dean n'est pas mort)*, avant d'aller tourner son premier clip vidéo en solo à Fairmount et de truffer les paroles de ses chansons d'emprunts aux films et aux compagnons de route de son modèle. Sans mentionner les innombrables « fils spirituels » de Dean qui lui empruntent sa coupe de cheveux, ses jeans, son tee-shirt, son blouson de cuir, sa moto ou... ses mauvaises manières. Conscient de ce phénomène qui a contribué à généraliser la mode du jean, en 1980, le fabricant de vêtements Levi's reprend une image de l'acteur dans *Géant* à l'occasion de l'une de ses campagnes publicitaires les plus médiatisées, preuve que la valeur prescriptive de ce jeune homme disparu un quart de siècle plus tôt est demeurée intacte.

Régulièrement, les studios tentent de lancer « le nouveau James Dean », certains acteurs assumant d'ailleurs pleinement son parrainage, de Warren Beatty qui joue face à Natalie Wood dans *La Fièvre dans le sang* d'Elia Kazan, en 1961, à Robert de Niro qui se réclame de lui, de Marlon Brando, Monty Clift, mais aussi de Kim Stanley et Greta Garbo, qu'il a découverts enfant avec son père[1]. Un

1. *Untouchable : A Biography of Robert de Niro*, Andy Dougan, Thunder's Mouth Press, 1996.

autre acteur, Martin Sheen, a déclaré un jour à propos de Dean :

Il a influencé tout le monde, les acteurs comme les autres. Il a naturellement franchi toutes les lignes, toutes les nationalités, toutes les barrières d'âge ou de couleur. Il les a toutes transcendées, ce qui lui a permis d'exercer une influence sur les gens de ma génération, non seulement les acteurs mais, bien sûr, en tant qu'acteur, il a influencé profondément ma personnalité [1].

Le personnage qu'incarne Sheen dans *La Balade sauvage* de Terrence Malick, en 1974 (mais inspiré d'un fait divers survenu en 1959), est d'ailleurs un clone déclaré du rebelle que sa compagne de cavale décrit en ces termes : « C'était le plus beau garçon que j'aie jamais vu… On aurait vraiment dit James Dean. » Autre film sous l'influence du héros de *La Fureur de vivre* : *American Graffiti* que tourne George Lucas en 1973 et dans lequel le mécanicien qu'incarne Paul Le Mat revendique clairement sa filiation avec l'acteur disparu… dont le fantôme a hanté la jeunesse du réalisateur. Fil rouge avec le film de Nicholas Ray : la course automobile entre adolescents, séquence récurrente de plusieurs films pour teen-agers dont *Lâche-moi les baskets* de Joseph Ruben (1976). En revanche, dans *Fandango* (1985), c'est plutôt à *Géant* que se réfère Kevin Reynolds en filmant la virée de cinq amis en instance de mobilisation pour le Vietnam qui traversent le Texas de 1971.

Consciemment ou non, Brando en personne s'est

1. *Movies For a Desert Isle*, Ellen Oumano, St. Martin's Press, 1987.

inspiré de l'apparence de Jett Rink vieillissant à la fin de *Géant* pour peaufiner sa composition de Don Vito Corleone dans *Le Parrain* de Francis Ford Coppola. Un hommage tardif mais légitime. Le réalisateur Mark Rydell a déclaré quant à lui de la star qu'incarne Bette Midler dans *The Rose,* en 1979 : « Elle reflète Marilyn Monroe, elle reflète Jimmy Dean, elle reflète Montgomery Clift, elle reflète Judy Garland, Lenny Bruce, des gens d'aujourd'hui et d'autres qui ont vécu auparavant [1]. » Disparu lui aussi prématurément (à l'âge de vingt-trois ans, le 31 octobre 1993), River Phoenix a été comparé à la vedette de *À l'est d'Eden* par Donald Lyons, le critique de *Film Comment,* à l'occasion de la sortie de *My Own Private Idaho* de Gus van Sant. Il écrit en effet que « Phoenix confère à l'arithmétique de Dean une dimension de calcul [2] ». Comprenne qui pourra... D'autant plus que le jeune acteur avoua n'avoir jamais vu aucun des films de son illustre prédécesseur.

Avec les années, la vision idyllique de James Dean a beaucoup évolué et les langues se sont déliées. Les premiers livres qui lui ont été consacrés débordaient de lyrisme et sacrifiaient au folklore sulpicien. La critique elle-même l'avait encensé d'une seule voix, y compris en France où François Truffaut lui tresse des louanges dans les *Cahiers du Cinéma* :

1. *Take 22, Moviemakers on Moviemaking,* Judith Crist, Viking Penguin, 1984.
2. *Lost in Hollywood, The Fast Times and Short Life of River Phoenix,* John Glatt, Primus Donald I. Fine, 1995.

À l'est d'Eden est le premier film à nous présenter un héros baudelairien, fasciné par le vice et par les honneurs, qui famille je vous hais et qui famille je vous aime, en même temps... James Dean a réussi à rendre commercial un film qui ne l'était pas, à vivifier une abstraction, à intéresser un immense public à des problèmes moraux traités de manière inhabituelle[1]...

Significativement, sa personnalité contribue à creuser ce fossé entre les générations qu'évoquent les films de Kazan et de Ray. Dans les colonnes du *Figaro,* l'académicien Pierre Gaxotte cristallise quant à lui l'incompréhension réactionnaire des aînés en une sentence lapidaire et cruelle : « Le mystère James Dean, c'est le mystère du vide... »

Pourtant, au fil du temps, le vernis commence à craquer. À l'image romantique du rebelle sans cause en avance sur son époque se substitue peu à peu un portrait nettement plus nuancé : celui d'un jeune homme en pleine confusion des sentiments qui a vécu sa bisexualité dans la clandestinité à une époque où des révélations sulfureuses sur ses mœurs auraient aussi assurément ruiné sa carrière que le maccarthysme a brisé celle de supposés sympathisants communistes. Aujourd'hui, il est probable que James Dean ferait son *coming out.* En revanche, personne n'a le droit de se substituer à lui dans cette démarche. Il est désormais de notoriété publique que certaines de ses liaisons avec des starlettes sont le fruit du labeur acharné des responsables de publicité de la Warner pour colmater tant bien que mal les brèches de sa vie amoureuse

1. *Cahiers du Cinéma* n° 56, février 1956.

chaotique et donner du grain à moudre aux échotiers. Quand on lit de nos jours les biographies publiées au lendemain de sa mort, on croise d'ailleurs bon nombre de protagonistes que les chercheurs dignes de ce nom se sont chargés depuis de renvoyer aux oubliettes car ils n'étaient là que pour tendre le rideau de brume le plus opaque possible autour de l'enfant terrible d'Hollywood.

Le rapport qu'établit le médecin légiste après la mort de James Dean fait mention d'« une constellation d'étoiles évoquant des scarifications » sur son torse. Mais ce document est demeuré longtemps confidentiel. Une secte sadomasochiste d'obédience homosexuelle propage une rumeur insistante selon laquelle James prenait un plaisir particulier à endurer des brûlures de cigarettes. Kenneth Anger rapporte ainsi dans le tome 2 de son sulfureux ouvrage *Hollywood Babylon* qu'on surnommait Dean « le cendrier humain » dans les boîtes échangistes glauques où il traînait régulièrement, et qu'« une fois drogué, il mettait sa poitrine à nu et implorait ses maîtres pour qu'ils écrasent leurs mégots dessus [1] ».

Plus solennellement, en 1977, un riche homme d'affaires nippon du nom de Seita Ohnishi a dépensé quinze mille dollars pour faire installer un mémorial autour d'un arbre qui fait face au bureau de poste de Cholame. En regard de cette sculpture de béton et d'acier fabriquée au Japon, il a fait graver une plaque commémorative portant cette

1. Kenneth Anger, *op. cit.*

phrase du *Petit Prince* dont l'acteur avait fait son credo : « L'essentiel est invisible pour les yeux. On ne voit bien qu'avec le cœur[1]. » En 1987, la National Westminster Bank lance une campagne publicitaire à destination des étudiants britanniques, en utilisant comme appât la photo de James Dean. Enfin, le 29 juin 2002, l'intersection des Routes 41 et 46 est officiellement baptisée The James Dean Memorial Junction, suite à une résolution officielle du Sénat. À cette date, une souscription publique est également ouverte pour financer un monument qui doit être érigé à cet endroit.

Au terme de quatre mois de travail, le buste en bronze entrepris par Kenneth Kendall la nuit même de la mort de l'acteur est installé devant l'observatoire de Griffith Park, une réplique étant exposée dans le cimetière de Fairmount. Il comporte une inscription en grec gravée sur l'épaule droite qui signifie : « Alors que l'été commençait tout juste… » Le sculpteur l'a empruntée à un tableau de John La Farge et elle a elle-même inspiré un morceau du compositeur Larry Daehn intitulé *As Summer Was Just Beginning*. Kendall a aussi consacré plusieurs tableaux à l'acteur qui ont été regroupés dans une salle d'exposition de la James Dean Memorial Gallery, au 425 North Main Street, à Fairmount. Kendall a également fait cadeau d'une copie de son buste à Winton Dean. En échange, celui-ci lui a offert un moulage du visage de son fils que le département maquillage de

1. *Le Petit Prince*, Antoine de Saint-Exupéry, Éditions Gallimard, 1946.

la Warner avait fabriqué à son arrivée au studio, ainsi que le voulait la tradition. Son masque mortuaire figure quant à lui en bonne place dans la collection Laurence Hutton exposée à l'université de Princeton, à côté de ceux d'autres gloires éternelles dont Beethoven et Keats.

Un demi-siècle après sa mort, James Dean demeure plus que jamais la figure de proue éternelle de l'anticonformisme, une vertu assimilée volontiers à un vice au pays du puritanisme et du politiquement correct. Bon an, mal an, la Warner continue à recevoir quelque sept mille lettres de fans chaque année, ce flux ne semblant pas près de se tarir. Preuve d'une aura qui ne s'est jamais démentie, en France, la chaîne télévisée nostalgique Canal Jimmy a été baptisée ainsi en son honneur.

> Dean est mort juste au bon moment. Il a laissé une légende derrière lui. S'il avait vécu, il n'aurait jamais été capable de résister à la publicité qui a été faite autour de lui[1].

Cette déclaration émise par Humphrey Bogart indique assez justement l'adéquation du personnage avec son destin, sans toutefois présumer de la profondeur du sillon qu'il a creusé dans l'inconscient collectif. À un demi-siècle de distance, les supputations les plus extravagantes continuent à alimenter la légende de James Dean. Et si son mythe s'est perpétué, c'est sans doute que, comme

1. *Bogart*, Richard Gehman, New York, Gold Medal Books, 1965.

les chats, il a vécu sept vies. Laquelle fut vraiment la sienne ? Nul ne le sait sans doute véritablement.

Avec le temps, l'image du rebelle opportuniste a laissé la place à celle d'un jeune homme emporté dans la tourmente des sentiments qui n'a jamais réussi à trouver la place qu'il rêvait d'occuper. Bien malin qui pourrait dessiner un portrait ressemblant de cet être insaisissable qui montrait un visage différent selon ses interlocuteurs et dont l'actrice Mercedes McCambridge a souligné toute la complexité : « On n'avait aucune chance de connaître Jimmy davantage qu'il ne voulait bien vous laisser le connaître[1]. » Quant à imaginer ce qu'il serait devenu, sa partenaire poursuit : « Il aurait probablement perdu l'essentiel de ses cheveux... Ils lui posaient déjà des problèmes à vingt-quatre ans. »

Eût-il réchappé de l'accident qui lui a coûté la vie, comme ce fut le cas un an plus tard pour son double, Monty Clift, rongé par les antidouleurs et les palliatifs nocifs de son mal-être, il se serait vu condamné à arborer ses cicatrices en guise de stigmates au fil d'une lente déchéance. Quant au masque du rebelle, il aurait été fissuré par ses apparitions programmées dans le rôle d'un boxeur venu de la rue et d'un voyou de western qui ont valu à Paul Newman de le remplacer. Mais seulement à l'écran. Pas dans l'inconscient collectif.

Eût-il vécu jusqu'à ce que la vieillesse l'emporte, comme son aîné Marlon Brando, on aurait pleuré

1. Mercedes McCambridge, *op. cit.*

la dégradation progressive d'un monstre sacré chauve et bedonnant, reclus dans sa tour d'ivoire. C'est sa mort subite qui l'a définitivement préservé des ravages qu'ont endurés ses deux idoles et lui a valu de hisser l'éternel étendard de la rébellion à l'usage des générations futures.

« Il faut vivre vite, mourir jeune et faire un beau cadavre. » Ainsi parlait un jeune martyr dont un adage populaire américain affirme que si Brando a changé la façon de jouer de ses contemporains, Dean a changé leur façon de vivre.

ANNEXES

REPÈRES CHRONOLOGIQUES

1931. *8 février* : naissance de James Byron Dean à Marion, dans l'Indiana.

1933. *5 juillet* : James Dean et ses parents partent s'installer à Fairmount.

1935. *7 juin* : la famille Dean déménage pour Santa Monica, en Californie.

1940. *14 juillet* : Mildred Dean meurt d'un cancer. James est confié à Ortense et Marcus Winslow.

1945. Winton R. Dean se remarie avec Ethel M. Case.

1949. *9 avril* : James Dean remporte la première place du concours de déclamation organisé dans l'Indiana et se qualifie pour la finale nationale qui se déroule trois semaines plus tard dans le Colorado où il termine sixième.
15 juin : il quitte Fairmount pour aller rejoindre son père en Californie.

1950. *Septembre* : James Dean s'inscrit comme étudiant en art théâtral à l'UCLA.
29 novembre-2 décembre : il incarne Malcolm dans *Macbeth* sur la scène du Royce Hall Auditorium.
13 décembre : il tourne un spot publicitaire télévisé pour Pepsi Cola.

1951. *2 mars* : James Dean incarne l'apôtre Jean à la télévision dans *La Colline numéro un*.
22 juillet : il joue un petit rôle dans *Baïonnette au canon* de Samuel Fuller.

1952. *Fin mai* : James Dean passe une audition avec Christine White qui leur vaut d'être admis ensemble à l'Actors Studio.

Du 3 au 6 décembre : il interprète le rôle de Wally Wilkins dans la pièce *See the Jaguar* de N. Richard Nash.

1953. *8 février* : James Dean apparaît sur le petit écran dans *The Killing of Jesse James*, la prestation télévisée dont il s'avoue le plus fier à ce jour.

16 juin : il joue off Broadway un rôle muet dans *L'Épouvantail*, une adaptation théâtrale de la nouvelle de Nathaniel Hawthorne.

1954. *Du 8 au 20 février* : James Dean interprète à Broadway le rôle de Bachir dans une pièce tirée de *L'Immoraliste* d'André Gide.

27 mai-13 août : il joue le rôle de Cal Trask dans *À l'est d'Eden* d'Elia Kazan.

24 novembre : Pier Angeli épouse Vic Damone à Los Angeles.

1955. *Février* : voyage à Fairmount en compagnie du photographe Dennis Stock.

9 mars : *À l'est d'Eden* sort sur les écrans américains.

26-27 mars : James Dean participe à sa première compétition automobile à Palm Springs, où il termine premier des qualifications et deuxième de la course.

30 mars-26 mai : il incarne le rôle de Jim Stark dans *La Fureur de vivre* de Nicholas Ray

1er mai : il s'aligne dans la course automobile de Minter Field à Bakersfield et termine à la troisième position.

28-29 mai : il abandonne à la suite d'un ennui mécanique, alors qu'il se trouve en quatrième position dans une compétition automobile disputée à Santa Barbara.

3 juin-24 septembre : il tient le rôle de Jett Rink dans *Géant* de George Stevens.

29 juillet : intervention de James Dean sur la sécurité routière.

27 septembre : dernier jour de tournage de James Dean sur le plateau de *Géant*.

30 septembre : accident mortel sur la route de Salinas.

19 octobre : *À l'est d'Eden* sort sur les écrans français.

27 octobre : *La Fureur de vivre* sort sur les écrans américains.

1956. *28 mars* : *La Fureur de vivre* sort sur les écrans français.

10 octobre : *Géant* sort sur les écrans américains.

1957. *13 mars* : *Géant* sort sur les écrans français.

18 octobre : *L'Histoire de James Dean* sort sur les écrans américains.

THÉÂTRO-FILMOGRAPHIE

THÉÂTRE

La Métamorphose

De Franz Kafka.

Avec James Dean...

Lecture en août 1952 au Village Theatre de New York.

See the Jaguar

De N. Richard Nash. Metteur en scène : Michael Gordon.

Avec James Dean (Wally Wilkins), Arthur Kennedy (Dave Ricks), Constance Ford (Janna)...

Avant-premières en novembre 1952 au Parsons Theatre de New Haven, Connecticut. Représentations du 3 au 6 décembre 1952 au Cort Theatre de Broadway.

End As a Man

De Calder Willingham. Metteur en scène : Jack Garfein.

Avec James Dean (un scribe, rôle muet), Ben Gazzara, Arthur Storch, Williams Smithers...

Représentations données par l'Actors Studio les 10 et 17 mai et le 11 juin 1953 au dernier étage de l'American National Theatre and Academy (ANTA).

L'Épouvantail

De Percy MacKaye, d'après la nouvelle *The Scarecrow* de Nathaniel Hawthorne. Metteur en scène : Frank Corsaro.

Avec Patricia Neal, Douglas Watson, Eli Wallach, James Dean (le reflet de l'épouvantail dans le miroir)...

Première le 16 juin 1953 au Theatre de Lys, pour six représentations.

Aria Da Capo

D'Edna St. Vincent Millay. Metteur en scène : Fred Stewart.

Avec James Dean (le cadet Pierrot Starkson)...

Représentations scolaires à l'Actors Studio.

La Mouette

D'Anton Tchekhov. Metteur en scène : Joseph Anthony.

Avec James Dean (Konstantin Treplev)...

Représentation scolaire à l'Actors Studio.

The Fell Swoop

De Jonathan Bates. Metteur en scène : Sherwood Arthur.

Avec James Dean...

Représentation et lecture le 23 juin 1953 au Palm Garden.

L'Immoraliste

Adaptation du roman d'André Gide par Ruth et Augustus Goetz. Metteur en scène : Herman Shumlin puis Daniel Mann.

Avec Louis Jourdan (Michel, l'archéologue), Geraldine Page (Marcelline, son épouse), James Dean (Bachir)...

Avant-premières au Forrest Theatre de Philadelphie à partir du 3 janvier 1954. Représentations au Royale Theatre de Broadway du 8 au 20 février 1954 (puis du 21 février au 1er mai avec Phillip Pine dans le rôle de Bachir).

Les Trachiniennes

De Sophocle, dans une traduction d'Ezra Pound. Metteur en scène : Howard Sackler.

Avec Eli Wallach, Anne Jackson, James Dean (Hyllus et Lichas), Adelaide Klein...

Lecture publique le 14 février 1954 au Cherry Lane Theatre de Greenwich Village.

RADIO

1950-1951

CBS Radio Workshop

Alias Jane Doe

Petits rôles dans cette émission présentée par Lurene Tuttle sur CBS. Les 28 juillet 1951, 11 août, 15 et 22 septembre 1951.

Stars Over Hollywood

Hallmark Playhouse

The Theatre Guild of the Air
The Adventures of Sam Spade
Toni Home Perm
Rôle d'un jeune homme dans ce spot radiophonique de trente secondes
Prologue to Glory
Épisode de la série *U.S. Steel Radio Hour*. Avec John Lund dans le rôle d'Abraham Lincoln.

TÉLÉVISION

FAMILY THEATRE

Rôle de l'apôtre Jean dans l'émission *La Colline numéro un (Hill Number One)* de la série *The Story of Easter* diffusée le 25 mars 1951 sur toutes les chaînes américaines. Réalisateur : Arthur Pierson.

BIGELOW THEATRE

Rôle de Hank dans l'épisode *T.K.O.* diffusé le 29 octobre 1951 sur Dumont. Réalisateur et producteur : Frank Woodruff.

MAMA

Plusieurs rôles dont celui de Nels Hansen dans quelques épisodes diffusés sur CBS en janvier 1952, le vendredi soir de 20h à 20h30. Réalisateur : Ralph Nelson.

CBS TELEVISION WORKSHOP

Rôle d'un G.I. dans l'épisode *Into the Valley* diffusé le 27 janvier 1952 sur CBS. Réalisateur : Curt Conway.

THE WEB

Rôle d'un garçon qui enquête sur le meurtre de sa mère dans l'épisode *Sleeping Dogs* diffusé le 20 février 1952 sur CBS. Réalisateur : Lela Swift.

WESTINGHOUSE STUDIO ONE

Rôle d'un groom dans l'épisode *Ten Thousand Horses Singing* diffusé le 3 mars 1952 sur CBS. Réalisateur : Paul Nickell.

Rôle du soldat William Scott dans l'épisode *Abraham Lincoln* diffusé le 26 mai 1952 sur CBS. Réalisateur : Paul Nickell.

Rôle du condamné à mort Joe Palica dans l'épisode *Sentence of Death* diffusé le 17 août 1953 sur CBS. Réalisateur : Matthew Harlib.

LUX VIDEO THEATRE

Rôle de Kyle McCallum dans l'épisode *The Foggy, Foggy Dew* diffusé le 17 mars 1952 sur CBS. Réalisateur : Richard Goode.

HALLMARK HALL OF FAME

Rôle de Bradford dans l'épisode *Forgotten Children* diffusé le 22 juin 1952 sur NBC. Réalisateur et producteur : William Corrigan.

THE KATE SMITH VARIETY SHOW

Rôle d'un messager évangélique dans l'intermède dramatique *The Hound of Heaven* diffusé le 15 janvier 1953 sur NBC. Réalisateur : Alan Neuman.

TREASURY MEN IN ACTION

Rôle de Randy Meeker dans l'épisode *The Case of the Watchful Dog* diffusé le 29 janvier 1953 sur NBC. Réalisateur : Daniel Petrie.

Rôle d'Arbie Ferris dans l'épisode *The Case of the Sawed-Off Shotgun* diffusé le 16 avril 1953 sur NBC. Réalisateur : David Pressman.

YOU ARE THERE !

Rôle de Bob Ford dans l'épisode *The Killing of Jesse James* diffusé le 8 février 1953 sur CBS. Réalisateur : Sidney Lumet.

DANGER

Rôle d'un perceur de coffre dans l'épisode *No Room* diffusé le 14 avril 1953 sur CBS.

Rôle du concierge psychotique JB dans l'épisode *Death Is My Neighbor* diffusé le 25 août 1953 sur CBS. Réalisateur : John Peyser.

Rôle du délinquant Augie dans l'épisode *The Little Woman* diffusé le 30 mars 1954 sur CBS. Réalisateur et producteur : Andrew McCullough.

Rôle d'un traître évadé dans l'épisode *Padlocks* diffusé le 9 novembre 1954 sur CBS.

TALES OF TOMORROW

Rôle de l'assistant laborantin Ralph dans l'épisode *The Evil Within* diffusé le 1er mai 1953. Réalisateur : Don Medford.

CAMPBELL SOUNDSTAGE

Rôle du repris de justice Joe Adams dans l'épisode *Something for an Empty Briefcase* diffusé le 17 juillet 1953 sur NBC. Réalisateur : Don Medford.

Rôle de Hank Bradon dans l'épisode *Life Sentence* diffusé le 16 octobre 1953 sur NBC. Réalisateur : Garry Simpson.

THE BIG STORY

Rôle de Rex Newman dans l'épisode *Rex Newman, Reporter for the Globe and News* diffusé le 11 septembre 1953 sur NBC. Réalisateur : Stuart Rosenberg.

OMNIBUS

Rôle de Bronco Evans dans l'épisode *Glory in the Flower* diffusé le 4 octobre 1953 sur CBS. Réalisateur : Andrew McCullough.

KRAFT TELEVISION THEATRE

Rôle de l'étudiant Jim Cooper dans l'épisode *Keep Our Honor Bright* diffusé le 14 octobre 1953 sur NBC. Réalisateur et producteur : Maury Holland.

Rôle de Joe Harris dans l'épisode *A Long Time Till Dawn* diffusé le 11 novembre 1953 sur NBC. Réalisateur et producteur : Richard Dunlap.

THE STU ERWIN SHOW : TROUBLE WITH FATHER

Rôle de Randy dans l'épisode *Jackie Knows All* diffusé le 13 novembre 1953. Réalisateur : Howard Bretherton.

ARMSTRONG CIRCLE THEATRE

Rôle du docker Joey Frazier dans l'épisode *The Bells of Cockaigne* diffusé le 17 novembre 1953 sur NBC. Réalisateur : James Sheldon.

ROBERT MONTGOMERY PRESENTS

Rôle de Paul Zelenka dans l'épisode *Harvest* diffusé le 23 novembre 1953 et le 12 novembre 1956 sur NBC. Réalisateur : James Sheldon.

PHILCO TELEVISION PLAYHOUSE

Rôle de Rob dans l'épisode *Run Like a Thief* diffusé le 5 septembre 1954 sur NBC. Réalisateur : Jeffrey Hayden.

GENERAL ELECTRIC THEATRE

Rôle d'un garçon de ferme mythomane dans l'épisode *I'm a Fool* diffusé le 14 novembre 1954 sur CBS. Réalisateur : Don Medford. On trouve au générique Ronald Reagan et Natalie Wood...

Rôle d'un tueur dans l'épisode *The Dark, Dark Hour* diffusé le 12 décembre 1954 sur CBS. Réalisateur : Don Medford. Avec notamment Ronald Reagan...

U.S. STEEL HOUR

Rôle de Fernand Lagarde dans l'épisode *The Thief (Le Voleur)* diffusé le 4 janvier 1955 sur ABC. Réalisateur : Vincent J. Donehue.

SCHLITZ PLAYHOUSE OF STARS

Rôle du vétéran de la guerre de Corée Jeffrey Latham dans l'épisode *The Unlighted Road* diffusé le 6 mai 1955 sur CBS. Réalisateur : Justus Addis.

CROSSROADS

Rôle dans l'épisode *Broadway Trust* diffusé le 11 novembre 1955. Réalisateur : John Fitchen.

CINÉMA
FILMS INTERPRÉTÉS PAR JAMES DEAN

Baïonnette au canon (Fixed Bayonets)

Réalisé par Samuel Fuller. Producteur : Jules Buck pour Twentieth Century Fox. Scénario : Samuel Fuller, d'après le roman de John Brophy. Image : Lucien Ballard. Musique : Roy Webb.
Avec Richard Basehart (le caporal Denno), Gene Evans (le sergent Rock), Michael O'Shea (le sergent Lonergan), James Dean (un G.I., non crédité au générique)...
Durée : 1 h 32.
Sortie aux États-Unis : le 26 novembre 1951. Sortie en France : le 19 novembre 1952.

La Polka des marins (Sailor Beware)

Réalisé par Hal Walker. Producteur : Hal B. Wallis pour Paramount. Scénario : James B. Allardice et Martin Rackin, d'après la pièce de Kenyon Nicholson et Charles Robinson, adaptée par Elwood Ullman. Image : Daniel L. Fapp. Musique : Mack David et Jerry Livingston.
Avec Dean Martin (Al Crowthers), Jerry Lewis (Melvin Jones), Marion Marshall (Hilda Jones), Robert Strauss (Lardoski), Leif

Erickson (commandeur Lane), James Dean (le soigneur du boxeur, non crédité au générique)...
Durée : 1 h 44.
Sortie aux États-Unis : le 29 novembre 1951. Sortie en France : le 10 juillet 1953.

Bas les masques ! (Deadline - U.S.A.)
Réalisé par Richard Brooks. Producteur : Sol C. Siegel pour Twentieth Century Fox. Scénario : Richard Brooks. Image : Milton R. Krasner. Musique : Cyril J. Mockridge et Sol Kaplan.
Avec Humphrey Bogart (Ed Hutcheson), Ethel Barrymore (Margaret Garrison), Kim Hunter (Nora Hutcheson), Ed Begley (Frank Allen), Warren Stevens (George Burrows), Paul Stewart (Harry Thompson), Martin Gabel (Tom Rienzi), Joe de Santis (Herman Schmidt), Joyce Mackenzie (Katherine Garrison Geary), Audrey Christie (Mme Willebrandt), Fay Baker (Alice Garrison Courtney), Jim Backus (Jim Cleary), James Dean (un ouvrier imprimeur, non crédité au générique)...
Durée : 1 h 27
Sortie aux États-Unis : le 14 mars 1952. Sortie en France : avril 1953

Qui donc a vu ma belle ? (Has Anybody Seen My Gal ?)
Réalisé par Douglas Sirk. Producteur : Ted Richmond pour Universal International. Scénario : Joseph Hoffman, d'après un sujet d'Eleanor H. Porter. Image : Clifford Stine. Musique : Joseph Gershenson.
Avec Charles Coburn (Samuel Fulton), Piper Laurie (Millicent Blaisdell), Rock Hudson (Dan Stebbins), Gigi Perreau (Roberta Blaisdell)...
Durée : 1 h 29.
Sortie aux États-Unis : le 11 juin 1952. Sortie en France : le 13 septembre 1973.

Un homme pas comme les autres (Trouble Along the Way)
Réalisateur : Michael Curtiz. Producteur : Melville Shavelson pour Warner Bros. Scénario : Jack Rose et Melville Shavelson, d'après un sujet de Robert Hardy Andrews et Douglas Morrow. Image : Archie Stout. Musique : Max Steiner.
Avec John Wayne (Steve Aloysius Williams), Donna Reed (Alice Singleton), Charles Coburn (le père Burke), James Dean (rôle indéterminé, non crédité au générique)...
Durée : 1 h 49.

Sortie aux États-Unis : le 4 avril 1953. Sortie (limitée) en France : le 19 janvier 1955.

À l'est d'Eden (East of Eden)

Réalisateur : Elia Kazan. Producteur : Elia Kazan pour Warner Bros et First National. Scénario : Paul Osborn, d'après le roman de John Steinbeck. Image : Ted McCord. Musique : Leonard Rosenman.

Avec James Dean (Caleb Trask), Julie Harris (Abra), Raymond Massey (Adam Trask), Richard Davalos (Aron Trask), Burl Ives (le shérif Sam Cooper), Jo Van Fleet (Kate), Albert Dekker (Will Hamilton), Lois Smith (Ann)...

Durée : 1 h 55.

Sortie aux États-Unis : le 9 mars 1955. Sortie en France : le 19 octobre 1955.

La Fureur de vivre (Rebel Without a Cause)

Réalisé par Nicholas Ray. Producteur : David Weisbart pour Warner Bros. Scénario : Stewart Stern, d'après l'adaptation par Irving Shulman et Leon Uris d'un sujet de Nicholas Ray. Image : Ernest Haller. Musique : Leonard Rosenman.

Avec James Dean (Jim Stark), Natalie Wood (Judy), Sal Mineo (Plato), Jim Backus (Frank Stark), Ann Doran (Mme Stark), Corey Allen (Buzz Gunderson), Dennis Hopper (Goon)...

Durée : 1 h 51.

Sortie aux États-Unis : le 27 octobre 1955. Sortie en France : le 28 mars 1956.

Géant (Giant)

Réalisé par George Stevens. Producteurs : George Stevens et Henry Ginsberg pour Warner Bros. Scénario : Fred Guiol et Ivan Moffat, d'après le roman d'Edna Ferber. Image : William C. Mellor. Musique : Dimitri Tiomkin.

Avec Elizabeth Taylor (Leslie Lynnton Benedict), Rock Hudson (Bick Benedict), James Dean (Jett Rink), Carroll Baker (Luz Benedict II), Jane Withers (Vashti Snythe), Chill Wills (l'oncle Bawley), Mercedes McCambridge (Luz Benedict), Sal Mineo (Angel Obregon III), Dennis Hopper (Jordan Benedict III)...

Durée : 3 h 18.

Sortie aux États-Unis : le 10 octobre 1956. Sortie en France : le 13 mars 1957.

L'Histoire de James Dean (The James Dean Story) (1957)
Réalisé par Robert Altman et George W. George.
Narrateur : Martin Gabel.
Sortie aux États-Unis : le 18 octobre 1957. Sortie en France : le 22 octobre 1958.

James Dean, the First American Teenager (1975)
Réalisé par Ray Connolly.
Avec James Dean, Dennis Hopper, Sal Mineo, Natalie Wood...

James Dean (1976)
Réalisé par Robert Butler.
Avec Michael Brandon (William Bast), Stephen McHattie (James Dean), Brooke Adams (Beverly), Julian Burton (Ray), Candy Clark (Christine White)...
Diffusion aux États-Unis : le 19 février 1976.

Reviens Jimmy Dean, reviens (Come Back to the Five and Dime, Jimmy Dean, Jimmy Dean) (1982)
Réalisé par Robert Altman.
Avec Sandy Dennis (Mona), Cher (Sissy), Karen Black (Joanne), Sudie Bond (Juanita)...
Sortie aux États-Unis : décembre 1982. Sortie en France : le 6 avril 1983.

Hollywood Close-Up : James Dean, an American Original (1983)
Réalisé par Craig Haffner.
Diffusion aux États-Unis sur la chaîne ABC.

Forever James Dean (1988)
Réalisé par Ara Chekmayan.
Narrateur : Bob Gunton.

James Dean and Me (1995)
Réalisé par Gary Legon.

James Dean : A Portrait (1996)
Réalisé par Gary Legon.

À la découverte d'un rebelle (Rediscovering a Rebel) (1996)
Montage d'extraits de la Warner.

James Dean : Race with Destiny (1997)
Réalisé par Mardi Rustam.
Avec Casper Van Dien (James Dean), Carrie Mitchum

(Pier Angeli), Diane Ladd (la mère de Pier Angeli), Mike Connors (Jack Warner), Robert Mitchum (George Stevens)...
Sortie aux États-Unis : le 3 octobre 1997.

James Dean (2001)
Réalisé par Mark Rydell.
Avec James Franco (James Dean), Michael Moriarty (Winton Dean), Valentina Cervi (Pier Angeli), Enrico Colantoni (Elia Kazan), Edward Herrmann (Raymond Massey)...
Diffusion aux États-Unis : le 4 août 2001. Diffusion en France : le 29 décembre 2001.

The Mystery of Natalie Wood (2004)
Réalisé par Peter Bogdanovich.
Avec Justine Waddell (Natalie Wood), Michael Weatherly (Robert Wagner), Matthew Settle (Warren Beatty), Colin Friels (Nick Gurdin), Elizabeth Rice (Natalie Wood adolescente), Grace Fulton (Natalie Wood enfant), Nick Carpenter (James Dean)...
Diffusion aux États-Unis : le 1er mars 2004.

James Dean : Forever Young (2005)
Réalisé par Michael J. Sheridan.
Narrateur : Martin Sheek.

La Légende de Jimmy
De Michel Berger et Luc Plamondon.
Comédie musicale mise en scène par Jérôme Savary (à Paris).

À noter enfin que l'acteur Eric Clark a interprété à deux reprises le rôle de James Dean, dont il est le sosie, dans *La Mort vous va si bien* de Robert Zemeckis, en 1992, puis dans *Pulp Fiction* de Quentin Tarantino, en 1994.

RÉFÉRENCES BIBLIOGRAPHIQUES

SUR JAMES DEAN

James Dean : A Biography, William Bast, Ballantine Books, 1956.

James Dean Album, Ideal Pub. Corp., 1956.

Jimmy Dean Returns, Rave Pub. Corp., 1956.

The Real James Dean Story, Fawcett, 1956.

The Official James Dean Anniversary Book, Peter Meyerson, Dell, 1956.

James Dean ou le mal de vivre, Yves Salgues, Éditions Pierre Horay, 1957.

I, James Dean, T.T. Thomas, Popular Library, 1957.

James Dean et notre jeunesse, Xavier Grall, Éditions du Cerf, 1958.

De Tom Mix à James Dean, ou, le mythe de l'homme dans le cinéma américain, Raymond de Becker, Librairie Arthème Fayard, 1959.

Rebel, Royston Ellis, Consul Edition, 1965.

Continuity and Evolution in a Public Symbol : An Investigation into the Creation and the Communication of the James Dean Image in Mid-Century America, Robert Wayne Tysl, East Lansing, Michigan State University, 1965.

Farewell, My Slightly Tarnished Hero, Edwin Corley, Dodd, Mead & Co., 1971.

James Dean, A Short Life, Venable Herndon, Doubleday, 1974.

James Dean, Marceau Devillers, Anthologie du cinéma, 1972. Réédition revue et augmentée, Éditions Pygmalion, 1985.

James Dean Story, René Château, Éditions René Château, 1975.

James Dean, John Howlett, Albin Michel/Rock & Folk, 1975.

The Real James Dean, John Gilmore, Pyramid Books, 1975.

The Films of James Dean, MARK WHITMAN, Barnden Castell Williams Ltd., 1975.
James Dean le rebelle, DAVID DALTON, Le Sagittaire, 1975.
James Dean, RONALD MARTINETTI, Éditions France-Empire, 1975.
James Dean Revisited, DENNIS STOCK, Viking Press, 1978.
Too Young to Die, PATRICIA FOX-SHEINWOLD, Ottenheimer Publishers, 1979.
James Dean : un portrait, ROY SCHATT, Schirmer-Mosel, 1982.
James Dean is Not Dead, MORRISSEY, Babylon Books, 1983.
James Dean, JEAN-LOUP BOURGET, Éditions Henri Veyrier, 1983.
James Dean, sa vie en images, DAVID DALTON et RON CAYEN, Éditions Sylvie Messinger, 1984.
James Dean, sa vie... ses films..., MICHEL BULTEAU, Éditions Garancière, 1985.
The Death of James Dean, WARREN NEWTON BEATH, Grove Press, 1986.
Portraits, années 50, photographies de SANFORD ROTH, texte de BEULAH ROTH, Éditions Albin Michel, 1989.
James Dean : Shooting Star, BARNEY HOSKYNS, Bloomsbury, 1989.
Five for Hollywood, JOHN PARKER, Lyle Stuart Book, 1989.
James Dean Behind the Scenes, LEITH ADAMS et KEITH BURNS, Carol Publishing Corporation, 1990.
Jimmy Dean on Jimmy Dean, JOSEPH HUMPHREYS, Plexus Publishing Limited, 1990.
James Dean, Back Creek Boy, JAMES COURTNEY, GEM Group, 1990.
Unabridged James Dean : His Life and Legacy From A to Z, RANDALL RIESE, Contemporary Books, 1991.
James Dean par lui-même, NEIL GRANT, Librairie Gründ, 1991.
Mort d'un rebelle : Essai sur James Dean, MICHEL BULTEAU, Éditions du Rocher, 1991.
James Dean : Little Boy Lost, JOE HYAMS et JAY HYAMS, Warner Books, 1992.
James Dean : Photographs, AXEL ARENS, Schirmer's Visual Library, 1993.
James Dean, ALAN SCHROEDER, Chelsea House Publications, 1993.
Rebel Males : Clift, Brando, and Dean, GRAHAM MCCANN, Rutgers University Press, 1993.
James Dean, TIMOTHY JACOBS, Éditions Minerva, 1994.
James Dean, l'homme, l'acteur, la légende, BARNEY HOSKINS, Gremese,1994.

The James Dean Story : A Myth-Shattering Biography of an Icon, Ronald Martinetti, Carol Publishing Corporation, 1995.
James Dean : The Biography, Val Holley, St. Martin's Press, 1995.
James Dean, sa vie, son époque, sa légende ou... Le boulevard des rêves brisés, Paul Alexander, Éditions Grasset, 1995.
James Dean, la passion foudroyée, Philippe Defechereux, Jean Graton et Philippe Graton, Éditions Dupuis, 1995.
James Dean, sa vie, sa légende, Donald Spoto, Presses de la Cité, 1996.
Mondo James Dean : A Collection of Stories and Poems About James Dean, Lucinda Ebersole et Richard Peabody, St. Martin's Press, 1996.
James Dean : A Bio-Bibliography, David Hofstede, Greenwood Press, 1996.
Live Fast-Die Young : My Life With James Dean, John Gilmore, Thunder's Mouth Press, 1997.
The Ultimate James Dean Scrapbook, Ron Martinetti, Vagn Hansen et Marty Pitts, American Legends, 1997.
The Unknown James Dean, Robert Tanitch, B.T. Batsford, 1999.
James Dean, William Hall, Sutton Publishing, 1999.
James Dean Collectors Guide, Joe Bills et David Loehr, L-W, 1999.
Importance of James Dean, Walter Oleksy, Lucent Books, 2000.
Dizzy and Jimmy : My Life with James Dean, A Love Story, Liz Sheridan, Regan Books, 2000.
James Dean Died Here : The Locations of America's Pop Culture Landmarks, Chris Epting, Santa Monica Press, 2003.
The Timeless James Dean, Terry Cunningham, Stagedoor Publishing, 2004.
James Dean : Fifty Years Ago, Dennis Stock, Harry N. Abrams, 2005.
James Dean, George Perry, DK Adult, 2005.

AUTOUR DE JAMES DEAN

Rocks on the Roof, Jim Backus, Putnam's Sons,1958.
Rebels, the Rebel Hero in Films, Joe Morella et Edward Z. Epstein, Citadel Press,1971.
Bonjour, monsieur Lewis, Robert Benayoum, Éditions Éric Losfeld, 1972.
Kazan par Kazan, Michel Ciment, Éditions Stock, 1973.

The Quality of Mercy, An Autobiography, Mercedes McCambridge, Times Books, 1981.
Baby Doll, An Autobiography, Carroll Baker, Arbor House, 1983.
Nicholas Ray, Pierre Giuliani, *Filmo* n° 17, Édilig, 1987.
Elia Kazan, une odyssée américaine, Michel Ciment, Éditions Calmann-Lévy, 1987.
Une vie, Elia Kazan, Éditions Grasset, 1989.
Anna-Maria Pier Angeli : une Madone à Babylone, Mariella Righini, Éditions Robert Laffont, 1989.
Roman américain, les vies de Nicholas Ray, Bernard Eisenschitz, Christian Bourgois Éditeur, 1990.
Paul et Joanne, Joe Morella et Edward Z. Epstein, Éditions Denoël, 1990.
Hollywood Rogues, Michael Munn, St. Martin's Press, 1991.
Action, sur la direction d'acteurs, Nicholas Ray, Yellow Now-Femis, 1992.
Les chansons que m'apprenait ma mère, Marlon Brando et Robert Lindsey, Éditions Belfond, 1994.
Elizabeth Taylor, passions d'une vie, Donald Spoto, Éditions Belfond, 1996.
Pier Angeli, A Fragile Life, Jane Allen, McFarland, 2002.

ROMANS

The Immortal, Walter Ross, Simon and Schuster, 1958.
The Gay Place, Billy Lee Bremmer, Houghton Mifflin, 1961.
La vie rêvée de James Dean, Sam Toperoff, Joëlle Losfeld, 2000.
The Rebel : An Imagined Life of James Dean, Jack Dann, William Morrow, 2004.

Remerciements

FRANÇOISE DELIVET (*pour sa relecture attentive et son soutien indéfectible*)

GÉRARD DE CORTANZE et YVON GIRARD (*pour leur confiance*)

JEAN-CLAUDE ROMER et JEAN-CHARLES SABRIA (*pour leurs précieuses précisions*)

JÉRÔME REYNAUD (*pour son amour de Vialatte*)

ANNEXES

FOLIO BIOGRAPHIES

Balzac, par FRANÇOIS TAILLANDIER

Jules César, par JOËL SCHMIDT

James Dean, par JEAN-PHILIPPE GUERAND

Billie Holiday, par SYLVIA FOL

Kafka, par GÉRARD-GEORGES LEMAIRE

Modigliani, par CHRISTIAN PARISOT

Pasolini, par RENÉ DE CECCATTY

Virginia Woolf, par ALEXANDRA LEMASSON

À paraître au premier semestre 2006

Attila, par ÉRIC DESCHODT

Josephine Baker, par JACQUES PESSIS

Baudelaire, par JEAN-BAPTISTE BARONIAN

Cézanne, par BERNARD FAUCONNIER

Freud, par CHANTAL et RENÉ MAJOR

Gandhi, par CHRISTINE JORDIS

Ibsen, par JACQUES DE DECKER

Michel-Ange, par NADINE SAUTEL

Rimbaud, par JEAN-YVES MASSON

Composition Bussière
Impression Novoprint
à Barcelone, le 10 octobre 2005.
Dépôt légal : octobre 2005.

ISBN 2-07-030666-6./Imprimé en Espagne.

134192